Arnim Töpel

VOLL FAGNODDLT

Woher weiß ich, was ich glaube?

Arnim Töpel, geboren 1959 in Heidelberg, ist Jurist, Mediator und moderierte viele Jahre im Südwestfunk/Südwestrundfunk Baden-Baden. Für seine Radiosendung *Acht Plus* wurde er mit dem *Robert-Geisendörfer-Preis*, Medienpreis der Evangelischen Kirche in Deutschland, ausgezeichnet.

1999 entschloss er sich, die Bühne zum Beruf zu machen. Seitdem tourt er mit seinen Programmen, seinen Songs und seinem Piano. 2013 erschien sein erster Mundartkrimi. *VOLL FAGNODDLT* ist Kommissar Gündas achter Fall.

„Sil wer?"
„Sill! Faa! Nuss!" Kommissar Günda musste sich zügeln, nicht allzu viel Nachdruck in seine Stimme zu legen. Ganze drei Silben, das sollte doch zu merken sein.
„Ach der", gab Nolan wissend zurück, ohne von seinem Smartphone aufzublicken.
„Du kennsch denn?"
„Hm."
„Subba. Unn, wie moanschen? Weje Refaraad?"
„Hm?"
„Du musch doch als Refaraade halde in de Schul. Nommaal, hawwisch aa. Un do isses imma bessa, ma hot schun mol ä Thäämaa, wie wenn de Lehra sescht: *Soot, du Sseftl, du machsch jetz mol schää was zu Ringlblume in de Rännässangs*[1]."
„Referat? Nee."
„Awwa misst ia net in de Schul als mol irgendän Voatrag halde?"
„Ach so, die GFS[2]. Hm."
„Was weeßn isch, wie des bei eisch neimodisch heeßt. Mia hawwe Refaraade ghalde. Is jo worscht. Uff jedn Fall, des mähnisch. Un do wäa de Sylvanus doch glei mol ä subba Thäämaa. Odda?"
„Klar."
„Aaba?"
„Keine Ahnung."

Er seufzte. Und musste zugleich ein Grinsen unterdrücken. Inga hatte ihn gewarnt. Der Umgang mit ihrem Sohn sei schon eine Weile problematisch. Der *nölende Nolan*, wie sie ihn nannte, sei, vor allem was Schule anging, eine harte Nuss und mit fünfzehn natürlich auch in einem schwierigen Alter. Bis vor wenigen Jahren dagegen geradezu ein Bilderbuchkind, kommunikativ, anschmiegsam, wissbegierig, kurz: ein kleiner Sonnenschein.

---

[1] Renaissance
[2] **G**leichwertige **F**eststellung von **S**chülerleistungen, Ba-Wü-Spezialität

Kommissar Günda war sich seiner besonderen Aufgabe bewusst. Es galt, irgendwie mit dem heranwachsenden Sohn seiner Liebsten zurandezukommen, wenn sie beide eine Zukunft haben wollten. Und daran war ihm tatsächlich sehr gelegen.
Nolan kannte er jetzt gerade einmal wenige Minuten und bislang nur im ruhenden, genauer im liegenden Aggregatzustand. Inga hatte ihn ins kalte Wasser geworfen, beim Filius geklopft, zeitgleich die Tür geöffnet und ihn hinter sich hergezogen. Der schwere Duft der Lethargie war ihm entgegengeschlagen.
„Nolan? Lass dich bloß nicht stören!"
Dieses Hinweises hätte es nicht bedurft.
„Das ist der Günda. Mein... Auf jeden Fall, ich hab dir ja schon von ihm erzählt."
„Hm."
„Okay, ihr beiden, ich lass euch mal ein bisschen allein, dann könnt ihr euch beschnuppern."
Sprachs und verschwand.

Nolans Zimmer hatte ihm auf Anhieb gefallen. Das alles bestimmende Chaos darin hatte ihn an seine eigene Bleibe erinnert. Mit 15 wie auch jetzt mit 60. Es war nun an Kommissar Günda gewesen, das Gespräch zu beginnen, er war schließlich der Ältere: „Unn, wie isses?"
„Keine Ahnung."

Selwa die Schuld! Der Junge hatte ja recht gehabt, was für eine blöde Frage. Was Wunder, so hatte seine Standarderöffnung bei polizeilichen Vernehmungen Jugendlicher gelautet. Der Ton hatte sich schleunigst ändern müssen. Ohne zu zögern hatte er reagiert. Für einen fruchtbaren Fortgang des Gesprächs hatte er auf seine langjährig geschulte Beobachtungsgabe zurückgreifen können, ihm war aufgefallen, dass der Junge Ohrstöpsel trug, ein schöner Ansatzpunkt: „Ou, isch seh grad, du heasch bissl Mussisch? Hawwisch aa imma gemacht."

Mit großer Geste stülpte Kommissar Günda seine Hände über die Ohren. „So Wescha[3] hammia ghabt als Kopfheara, un drotzdähm bloß än Saund wie in de Badwonn. Außa du hosch rischdisch neigelatzt mit Haifai un Gwaddroo. Awwa hawwisch mia nadialisch net leischde gekennt."
„Klar."
„Was heaschn? Wahrscheinz Räpp, odda?"
Prompt kam Bewegung in den Jungen, er hob die Augen in Richtung eines Plakates an der Zimmerdecke. Ein Festival. Kommissar Günda besah sich die Liste der Bands. Keinen einzigen Namen kannte er. Er hatte nicht einmal eine Idee, um welche Art von Musik es sich handeln könnte, und entschied sich für einen Testballon: „Häffii Mäddl[4]?"
„Ba!" Eine erste heftigere Reaktion des Jungen. Ein Hauch von Verachtung lag in dieser einen Silbe.
„Ähä. Sondann?"
„Electro."
Tangerine Dream? Pink Floyd?, lag es ihm auf der Zunge, aber Kommissar Günda hielt inne. Bloß nicht gleich mit den ollen Kamellen kommen. Stattdessen zeigte er sich offen, interessiert: „Kannsch ma jo mol was voaspiele."
„Hm?" Nolan sah ihn an. Erstmals.
„Klaro. Isch hab schun alles gheat: Fank un Fouk[5], viel Pluus[6]. Soggaa Reggii un Pank[7]. Awwa des bloß aus Vasehe." *Glasse!* Die Formulierung gefiel ihm. Ja, so locker redete man über Musik unter Kennern.
„Mama hasst das."
„Schkenns." In der Tat, das war bei ihm nicht anders gewesen. Wohl eine Art Naturgesetz, der Musikgeschmack von Eltern und Kindern durfte sich nicht decken. „Donn heare ma liewa

---

[3] Universalbegriff im Kurpfälzischen für alles Überdimensionale
[4] Heavy Metal
[5] Funk und Folk
[6] Blues – untypische, fast wundersame Wandlung eines weichen Konsonanten
[7] Reggae und Punk

annamol bissl was. Wenn die Muddi net do is. Gell?“ Er zwinkerte ihm zu und überlegte zugleich, ob das nicht zu forsch gewesen war.
„Hm.“ Der Junge zeigte, er kam damit klar. Ein gutes, wichtiges Signal. Darauf ließ sich aufbauen.
„Viel zum du grad?“
„Hm.“
„Isch mähn, in de Schul?“
„Klar.“
Heikler Punkt, aber auch ein Zeichen für echtes Interesse, hier ging es nicht nur um Schönwetterthemen. Warum nicht gleich mal einen Schulterschluss wagen: „Fa misch am schlimmschde: Schämmii[8]!“
„Hm.“
Schulterschluss gelungen.
„Oh liewi Zeit, die dabbische Foaml. Un die krongge Exberimende. Die wu nie funkzioniat hawwe. Mia hawwe ähni ghabt, jedi Stund hot sies vasucht mim Bunsebrenna: *Wieso klappt das schon wieda nischt?* Mia sin als do-ghoggt un hawwe bloß noch glacht. Des kennsch bstimmt aa.“
„Klar.“
„Isch mähn, wenn ich dia bissl helfe soll, isch machs gärnn. Bloß net in Schämmii, hähä.“ Schon bei der Vorstellung musste er sich *forttschmeiße*.
„Hm.“
„Nadialisch bloß, wenn du des willsch.“
„Klar.“
„Gschischde, des hawwisch imma gonz gärnn gemacht. Un du?“
„Mhm.“
Kommissar Günda vernahm sehr wohl den feinen Unterton. Na also, sie sprachen schon mal dieselbe Sprache.
In diesem Moment hatte er die Eingebung gehabt: ein Referat in Geschichte! *Des wäas doch!* Und zwar freiwillig! Initiative zeigen,

---

[8] Chemie

Einsatz. Und einen Themenvorschlag hatte er auch gleich parat: „Sylvanus."
„Sil wer?"
„Sill! Faa! Nuss!"

Erlauben Sie mir an dieser Stelle eine Zwischenbemerkung, liebe Leserin, lieber Leser. Möglicherweise treibt Sie gerade die Frage um: Hä? [9]
Dazu später. Bissl Geduld!

Zuerst wollen wir noch ein wenig mit Kommissar Günda staunen. Mit Verwunderung registrierte der nämlich seine Erzlockerheit angesichts der durchaus pikanten, herausfordernden Situation. Dieser zeigte er sich mehr als gewachsen. Er agierte geradezu unbefangen. Wenn auch beileibe nicht unbedacht. *Wie sisch des eewe gheat*[10]*fa de Tschief.*
Vielleicht kam ihm dabei zugute, dass er selbst keine Kinder hatte, so war ihm die alles kritisch begleitende Elternwarte fremd. Er besah sich den Jungen. *Fuchzäh*[11]. Diese besondere Lebensphase hatte er lebhaft in Erinnerung. Auch diese scheinbare Bockigkeit kam ihm bekannt vor, sie war ihm durchaus sympathisch, hatte man die doch auch ihm in diesem Alter immer wieder attestiert. Zu unrecht. *Wie man in den Wald ruft…*, das galt auch und gerade im Dialog mit Heranwachsenden. Die sich so gerne erwachsen Dünkenden vergaßen doch allzu oft ihre eigene Jugend und flüchteten sich beim ersten Widerwort in selbstherrliches Gebaren, in großspurig gepriesene Lebenserfahrungen und Besserwissereien. In ihrer Arroganz suchten sie so, ihre eigene Überforderung zu kaschieren. Denn was wussten sie schon, die Alten, von der Lebenswirklichkeit der Jungen, von deren Weltsicht, deren Gefühlsleben?
Dieser Versuchung würde er keinesfalls erliegen. So schwierig es sein mochte als der neue Mann im Leben von Nolans Mutter,

---

[9] Wer soll das denn sein, dieser Sylvanus?
[10] gehört
[11] Fünfzehn

mit ihm stand beziehungsweise lag dieser Knabe nun jemandem gegenüber, der unbelastet war und der durch seine Arbeit bei der Polizei allzu oft erlebt hatte, wie fehlendes Verständnis und mangelnde Aufmerksamkeit der Erwachsenen die Kinder auf die schiefe Bahn gebracht hatten. Das konnte Nolan natürlich nicht wissen, aber er sollte davon profitieren.

Das leidige Thema *Schule* war dafür ideal. Dort würde vermutlich nach wie vor kein vernünftiger Anreiz für die jungen Leute gesetzt. Oder lauter untaugliche nach *Schäämaa Eff.* Was der Junge dagegen brauchte, das waren frische Impulse. Das lag doch auf der Hand.
Inga hatte durchblicken lassen, dass Nolan mittlerweile in allen Fächern schwächelte: „In der Grundschule ein Überflieger, ich begreife das nicht!“
Kommissar Günda begriff das schon. Aus Erfahrung wusste er, wie stark es gerade in diesem Alter auf Lehrer ankam, die individuell auf ihre Schüler eingingen. Genau das könnte ihm als Außenstehendem gelingen. Er spürte, er war für diese neue, anspruchsvolle Rolle als väterlicher Freund des Jungen geradezu prädestiniert. Und ein solches Referat war ein Geschenk, die perfekte Eintrittskarte in Nolans Kosmos.
Ohne sich aufzudrängen – *loggisch.*
Ohne sich anzubiedern – *klaro.*
Ohne jeden Druck – *des bringt jo eh nix.*
Ein Kennenlernangebot: Teste ihn einfach mal, den Alten, und lass dich überraschen! Der Junge würde rasch merken, dass Kommissar Günda anders war als die Erwachsenen in seinem Umfeld.
Er betrachtete den sich weiter organisch Fläzenden mit Wohlwollen. Zweifelsohne war es ein guter Start für sie beide. Nolan war interessiert, das spürte er. Er äußerte sich auch in keiner Weise ablehnend, als Kommissar Günda anbot, ihm ein paar Informationen zusammenzustellen: „Awwa bloß, wenn du des willsch.“

„Klar."
So gehörte sich das. Den Jungen immer schön ins Boot holen, nicht über ihn hinwegentscheiden, sich lieber einmal zu viel vergewissern. „Donn guggisch mol, was isch finne kann."
„Hm."
„Mach da kä Sogge, Nolään! Mia krieje des schun hie, mia zwee."
„Klar."

Inga konnte ihre Neugier kaum bezähmen: „Und, wie seid ihr klar gekommen? Sag bloß, er hat einen ganzen Satz gesagt!"
„Beschdens. Mia hawwe bissl vazehlt. Weje Mussisch, weje de Schul. Un iwwahaupt."
„Ach ja? Ihr habt über die Schule geredet? Kaum zu glauben! Bei dem Thema, da hängt er bei mir immer sofort unter der Decke. Und ich gleich mit. Aber bei dir ging das?"
„Klaro." Sieh mal an, nun übernahm er schon Nolans Rhetorik. „Mia hawwe gsacht, isch gugg, dass isch ihm bissl helf. Beiämme Refaraad."
„Er muss ein Referat halten? Davon hat er mir natürlich wieder nichts erzählt, typisch. Ach, Günda, was soll ich nur machen? Schule, das ist für uns beide ein rotes Tuch. Da ist jedes Wort, das ich sage, falsch. Völlig verfahren. Er macht einfach dicht, ich habe zu ihm keinen Zugang. Aber vielleicht du, das wäre toll."
„Hm." Bescheiden zuckte Kommissar Günda mit den Achseln. „Guggemamol. Jetz mache ma ärschda mol die GEZ."

Wie war unser Held, den wir übrigens trotz seiner Pensionierung auf vielfachen Wunsch nicht seines angestammten Titels berauben wollen, eigentlich in das Ruhelager von diesem Nolan gelangt? Nun, da bedarf es einer kurzen Rückschau: Zwischen Kommissar Günda, dem notorischen Junggesellen, und Inga Mertens, mit ihrer Mediationskanzlei *Doktor Quitt*

Nachmieterin der *Sokodo*[12] im Roten Ochsen zu Glickerbach, hatte es bei einer Party zu seinen Ehren gefunkt. Und zwar gewaltig.
Gut, seien wir ehrlich, das war nicht aus heiterem Himmel geschehen. Damit war ein ausgeklügelter Plan eines kleinen Zirkels von Verschworenen aufgegangen, die die feste Überzeugung einte, es sei allerhöchste Zeit, *dass dea mol ähni hot, unsan Tschief.* Zumal ihm durch die Pensionierung nun mehr als genug Zeit zur Verfügung stünde.
Begonnen hatte das nicht risikolose Unterfangen – man wusste um Kommissar Gündas sprichwörtliche Stur- und Schüchternheit in Liebesangelegenheiten – mit einem Gutschein für einen Probemonat bei einer Partnervermittlung, ein Geschenk des Kollegen von der Spurensicherung, Axel Kornfeld.
„Hea mol, Weize“, hatte er ihn darauf angefahren. „Isch brauch kähni, isch will kähni, un wenn isch ähni wolle deed, deed isch die aa alläa finne!“
Damit wäre der Fall erledigt gewesen, wenn sich nicht herausgestellt hätte, dass nicht Kornfeld, sondern dessen Frau Rosie *des uffgebrocht hot.* Deren Charme war Kommissar Günda ebenso erlegen wie dem der Wirtin vom Roten Ochsen, Marion Helche, die sich sogleich erboten hatte, bei den anstehenden *Kaaschdings*[13] mitzuhelfen und die Treffen mit den Aspirantinnen in ihrem Gasthaus stattfinden zu lassen. Unter Aufsicht des Teams, versteht sich. Kompetent, kompromisslos, konkret: „Die? Uff kähn Fall!“
Nach sage und schreibe achtundvierzig Begegnungen binnen kürzester Zeit – Kommissar Günda machte seinem Ruf durch fortgesetzte Wortkargheit alle Ehre – mochte sich der zum Glücksuchen Getragene immer noch nicht für eine der Kandidatinnen entscheiden, was Kornfeld zu dem Vorschlag veranlasste, die *Hot Achdefärzzisch* bei einer Party einfach noch einmal zum *Schoudaun* antanzen zu lassen. Geballt, auf dass die Macht

[12] Sonderkommission *vun do* (siehe auch Fußnote 19)
[13] Castings

der Gegenüberstellung Kommissar Günda zu einem Bekenntnis nötige. Marion Helche und Rosie Kornfeld hatten ihre Zweifel an dieser Vorgehensweise, keimte doch in ihnen der Verdacht auf, es sei bislang einfach nicht die Richtige dabei gewesen.
Kommissar Gündas Einschätzung war leider wenig hilfreich, er kam bei noch so hartnäckigen Nachfragen, wie das jeweilige *Dejding*[14] verlaufen sei, nicht über ein gegrunztes *Hmpf... Schweessnet*[15]... *Missdisch*[16] *mol iwwaleeje*[17]... hinaus.

Im Vorfeld der Festivitäten war unerwartet Bewegung in die verfahrene Sache gekommen durch Wiebke Freese, die Mutter von Kommissar Gündas ehemaligem Assistenten, zu der er schon lange einen ausgezeichneten, wenn auch rein freundschaftlichen Draht hatte. Sie hatte von den fruchtlosen Bemühungen erfahren und bei ihrer eigenen Recherche jene Inga Mertens im Roten Ochsen kennengelernt, und sie war überaus angetan von ihr. Eine Einschätzung, die sie mit Marion Helche teilte. Damit war für die Frauen klar: „Die isses!“
Konspirativ und konsequent zusammenwirkend gelang es den beiden, dafür zu sorgen, dass Kommissar Günda und Inga Gelegenheit fanden, sich während der Party näher kennenzulernen. Marion Helche musste dazu allerdings irgendwann handgreiflich werden: „Soot, jetz hogge Sie sisch mol hie zu unsam Tschief!“

Sicher, man hätte mit Fug und Recht von Kuppelei sprechen können. *Unne? Was solls?* Entscheidend war doch, es hatte tatsächlich funktioniert, der Grundstein war gelegt. Nun war es an den beiden *Duadldauwe*[18] – so O-Ton Kornfeld –, mehr daraus zu machen.

---

[14] Dating
[15] Ich weiß nicht, verwoben
[16] Müsste ich, ähnlich verflochten (Sie erkennen das lautmalerische Muster?)
[17] überlegen
[18] Turteltauben

Die Hoffnungen erfüllten sich. In der Folge näherte man sich sehr behutsam an, traf sich bewusst auf neutralem Terrain: im Schwetzinger Schlossgarten, im Mannheimer Luisenpark, auf dem Heidelberger Philosophenweg. Und es stellte sich heraus, sie konnten nicht nur sehr gut miteinander reden – Inga kam bei der Verständigung mit Kommissar Günda zugute, dass ihre Vorfahren väterlicherseits ebenfalls *vun do*[19] waren –, sie vermochten auch gut zusammen zu schweigen. Was bisweilen durch Kommissar Gündas mangelhafte Kondition begünstigt war, wenn sie auf Ingas Wunsch doch noch den einen oder anderen Schlenker machten. Klaglos willigte er ein, um keine Zweifel an seiner neuen Leidenschaft für ausgiebige Spaziergänge zu schüren.

Viel Zeit hatten sie sich gelassen mit dem Erschließen der Privatsphäre. Sie besuchten zwar des Abends Restaurants, den Rest der Nacht jedoch verbrachte jeder artig bei sich daheim. Doch es war klar, irgendwann würde man die Wohnstatt des anderen kennenlernen. Kommissar Günda trieb dazu keine Eile. Er fürchtete, seine Wohnung könnte allzu viele Anzeichen des ewigen Junggesellen aufweisen und abschreckend wirken. So war es Inga, die zuerst die Initiative ergriff und ihm ihre Wohnung zeigte: tipptopp, picobello, geradezu einschüchternd proper.

„Schau dich bloß nicht um, Günda, ich bin nicht dazu gekommen, groß aufzuräumen!“

Oh, leck!, dachte er besorgt. Wie würde es erst sein, wenn sie vorbereitet wäre? Oder hatte ihr Sohn etwa einen Reinigungsfimmel? Als er bald darauf erstmals Nolans Zimmer in Augenschein nehmen durfte, bestätigte sich die Abwegigkeit dieses Gedankens.

Irgendwann war es nicht mehr vermeidbar gewesen, und er hatte auch seine Gemächer geöffnet. Inga hatte darauf gedrungen: „Oder hast du mir am Ende etwas zu verheimlichen, Günda?“

---

[19] Irreführend: nicht von dort, sondern von hier

Er war hin- und hergerissen und hatte dann doch beschlossen, ihr nicht seine neue, seine eigentliche Heimstatt zu zeigen, die Fischerhütte am Hopfeloch, sondern seine alte Wohnung, in der er jedoch seit seiner Pensionierung vor gut einem Jahr kaum noch Zeit verbrachte. *Sunscht glaabt die noch, isch bin vollischt dabbisch*[20]*. Bissl weeß sies jo bstimmt schun.*
Tagelang hatte er gesaugt, gewienert und versucht, irgendwie Ordnung zu schaffen. Schlussendlich hatte er alles, was herumlag, in Schränke und Truhen verfrachtet und reichlich nervös auf ihr Urteil gewartet.
„So habe ich mir das hier vorgestellt."
Kommissar Günda war sich nicht sicher, wie er diese Bemerkung zu deuten hatte.
„Hier lebst du also. Schon lang?"
Das könnte eine Fangfrage sein. *Nein, erst seit kurzem, die Möbel hab ich noch vom Vormieter.* Oder: *Ewig. Da fällt einem gar nicht mehr auf, was sich alles angesammelt hat.* Oder einfach die Wahrheit: *Woohne? Des du isch do gaa nimmie.*

---

[20] bekloppt

Eskapismus tat Not: „Äh, was annares, wie wäassn, Inga, mia zwee fahre bissl weg zamme?“
„Das ist eine sehr gute Idee. Bitte ans Meer.“
Kommissar Günda hatte für den Anfang eher an den Pfälzer Wald gedacht, aber gut.
„Kümmerst du dich? Ich bin im Moment ziemlich eingespannt.“
„Kä Probblähm.“

War es dann aber doch. Buchen übers Internet, das funktionierte, so hieß es jedenfalls, aber das war ihm unheimlich. Es sollte doch alles perfekt sein, und er hatte das noch nie gemacht. Am Ende würden sie in irgendeiner Bruchbude landen, in der Einflugschneise des Flughafens und in Riechnähe des örtlichen Abwassersystems.
Dann fiel ihm ein, er verfügte ja durchaus über Beziehungen, die er spielen lassen konnte. Seine Donde Doale, die kleine Schwester seiner Mutter, besaß an einer der spanischen Sonnenküsten eine Ferienwohnung, von der alle schwärmten. Mit Ausnahme von ihm, dem notorischen Reisemuffel. Er hatte bei den zahllosen Diavorträgen, mit denen runde Geburtstage gerne endeten, jede Menge einladender Bilder gesehen. Und ebenso viele sangriaselige Gesichter. Die Donde Doale nutzte ihre Wohnung vorwiegend selbst, vermietete sie aber auch an Verwandte und Freunde – *günschdisch*.

Der Kontakt zu seiner Tante war immer ein besonderer gewesen. Vor allem als nach dem Vater recht bald auch seine Mutter gestorben war, hatte sie sich für ihn verantwortlich gefühlt. Da sie beträchtlich jünger war als seine Mutter – der klassische Nachzügler –, war es allerdings eher das Verhältnis kleiner Bruder-große Schwester, und große Schwestern konnten schon mal nerven. Zumal, wenn sie irgendwann nicht müde wurden, sich zu erkundigen, wie es um sein Liebesleben bestellt war: „Unn, Günda, wie siehtsn aus, hosch du ball mol ähni?“

Was bei Familienfeiern nur zu gerne aufgegriffen wurde, und was dazu geführt hatte, dass er bei diesem Thema schlagartig schmallippig wurde. Man schob das auf seinen verschrobenen Charakter: „So issa halt, unsan Günda. Dea is schun als klähna Buu bissl annaschda gwest."

Die Donde Doale war bestens vernetzt, auch außerhalb der Familie in zahlreichen Vereinen und in der Kirchengemeinde aktiv und das überall in maßgebender Funktion. Was ihrem patenten Naturell entsprach. Mit ihrem Philipp hatte sie einen Mann vom Schlag *Aa debei*[21]. Zusammen hatten sie zwei Töchter aufgezogen, die selbstredend früh den Mann fürs Leben kennengelernt und flugs für Nachwuchs in der Familie gesorgt hatten. *Wie sisch des gheat*, er solle sich ruhig ein Beispiel daran nehmen. Man unkte zwischenzeitlich, auch Donde Doales Enkelkindern würde es bestimmt noch vor Kommissar Günda gelingen, unter die Haube zu kommen.
In Sachen Ferienwohnung müsste er nun nicht gerade zu Kreuze kriechen, aber ein wenig diplomatisches Geschick walten lassen, um zu erklären, wieso ihn plötzlich nach Jahrzehnten diese Unterkunft lockte. Das sollte machbar sein, er wusste, wenn es drauf ankam, konnte er sich auf seine Tante verlassen. Seit ein paar Jahren bewohnte sie ihr Häuschen in der alten Arbeitersiedlung im Heidelberger Pfaffengrund allein, ihr Philipp war nach kurzer Krankheit gestorben. Man hatte im Familienkreis zu Anfang Sorge gehabt, dass ihr der Verlust nach Jahrzehnten der Ehe den Boden unter den Füßen wegziehen würde. Doch es zeigte sich, wie hilfreich ihre zahlreichen Kontakte waren und wie pragmatisch sie mit der Situation umzugehen verstand: „S is, wies is. Vum Rumheile kummda aa net widda, moin Filp."
Die Donde Doale freute sich über den unverhofften Besuch, blieb aber ihrer fürsorglichen Rolle treu: „Ach Gott do, Günda, was meschen du do? Probblähme?"

---

[21] Mitläufer, unauffällig, aber verlässlich – wörtlich: Auch dabei

„Hä? Wisso?“
„A, dass du mol do ufftauchsch, so gonz außa de Reih…“
„Isch bin grad in de Neh gwest un hab gedenkt, isch gugg mol voabei.“
„Ähä. Wu bischn gwest?“ Einfach mal etwas hinzunehmen, das hatte noch nie zu ihren Stärken gezählt.
„Schbin ä-fach bissl rumgfahre, isch hab jo jetz Zeit, seitdähm dassisch in Pengzioon bin.“ Ein cleverer Schachzug, den er sich zurechtgelegt hatte, schließlich kannte er seine Donde. „Un du hoschs jo schun schää do im Paffegrund.“
Damit war die Sache geklärt: „Un jetzat? Uff was waatschn? Alla! Kumm nei, Kärll!“
Wie eh und je war sie auf unerwarteten Besuch vorbereitet. Sie nahmen auf der kleinen Terrasse Platz, und sie servierte Kaffee und selbstgebackenen Kuchen, zu seiner Freude seinen Lieblingskuchen: *Abblgedegglda*[22].
Nach einigem Geplänkel über Wetter und Schädlinge im Garten kam sie auf den Punkt: „Babbl net rum, Günda! Wisso bischen voabeikumme? Du hosch doch was uffm Härzze. Als Donde spüat ma des.“
Er zierte sich noch ein bisschen, rückte dann aber doch mit der Sprache heraus, er wolle in Urlaub fahren, ob sie denn noch die Wohnung in Spanien habe.
„Ualaub? Du? In Sponnje? Wisso? Bisch kronk? Willsch noch äh Mol des Meer sehe?“
Ja, so war sie, die Donde Doale, nie ein Blatt vor den Mund nehmend.
„Odda hosch du endlisch mol ähni?“
Es wäre die Gelegenheit gewesen, sich zu offenbaren, aber zu frisch war seine Beziehung mit Inga, als dass er sich nun tausend Fragen stellen wollte; er wusste ja selbst kaum, wie ihm gerade geschah. Er schwadronierte also von Erholung, Tapetenwechsel, neuer Lebensphase und griff schließlich zum alles rechtfertigenden Argument schlechthin: „So halt.“

[22] gedeckter Apfelkuchen

„Klaro! Eh du de Abgong mesch, kannsch hie. Wonn donn?"
„A ball."
„Kä Probblähm. Mogge?"
„Net gonz. Wie wäassn mit iwwamogge?"
„Oukey."
„Äh, hea mol, Donde Doale, wie lang brauch man do? Des is jo schun ä Stick, odda?"
„Günda, des sin zweedausend Kilomeeda, du willsch die awwa net mim Audo fahre, odda?"
Das hatte er tatsächlich vorgehabt, schon um keinen Flug buchen zu müssen.
„Ruf doch mol de Holga oo, dea hot als guude Kondagde fa Flüg, günschdisch. Fa disch allää is des jo kä Probblähm."
Hatte sie ihn gerade fragend angesehen?
„Nänää, do kimma isch misch schun selwa."

Es klappte tatsächlich alles reibungslos. Wenn auch mit Hilfe eines Reisebüros, das sich auch gleich um die Transfers vom und zum Flughafen kümmerte. Inga war Feuer und Flamme, gerade im Hinblick auf seine Kurzentschlossenheit: „Du überraschst mich immer wieder, Günda. Toll!"
„Gell?"

Sie verbrachten in Spanien eine wunderbare Zeit, geprägt von Nähe und Einklang, als es am dritten Abend plötzlich klingelte.
„Hä? Wea kannen des sei?"
Nun, er hätte es ahnen können.
„Donde Doale? Du? Des is jo mol ä schääni Iwwaraschung!"
„Isch waa grad in de Neh, un isch hab gedenkt, isch gugg mol korzz nei, ob alles in Orddnung is, ob du klaa kummsch. Net dass du nix finsch un vasuchsch mim Fööhn zum Koche. Isch weeß doch, wie des is mit eisch Männas."
Sie zwinkerte ihm zu, schob ihn beiseite, stapfte ins Wohnzimmer und stemmte angesichts einer perplexen Inga im Bademantel die Hände in die Hüften: „Guggemoldo. Ä Fraa. Halwa

naggisch aa noch. Günda, wenn hosch du uns do vaheimlischt?" Sie ging auf Inga zu und streckte die Hand aus. „Isch bin die Doale, demm sei Donde." Fragend schaute sie zu Kommissar Günda: „Odda babblt die bloß sponnisch? So sieht die awwa net grad aus."

Zu seiner Erleichterung verstanden sich die beiden Frauen auf Anhieb. Auch seine anfängliche Sorge, Inga könnte es übelnehmen, dass er nicht mit offenen Karten gespielt hatte, was die Eigentümerschaft der Wohnung anging, erwies sich als unbegründet. Sie quittierte die Information mit einem Lachanfall.
„Die hot Humoa, die Fraa. Des kamma als brauche bei unsam Günda."
Doch die Donde Doale war natürlich auch neugierig: „Unn, wonn isses bei eisch so weit?"
Er versuchte abzulenken: „Äh, was annares, was wolle ma dringge?"
„Prozeggo. Kenne ma glei druff oostoße. Allo, wonn wärdd gheiat[23]?"
„Donde Doale, bidde!"
„Weesch, Inga, unsan Günda, des is än spezielle Fall, mia wisse des schun long. Mia hawwe als gewaat un gewaat, gfroocht un gfroocht: *Hosch du net ball mol ähni?* Un was waa? Nix. Die meischde vun seim Joagong, die sin schun widda zwee Mol gschiede, mindeschdens, do hot unsan Günda imma noch kähni. Isch muss zugewwe, isch heed des net gedenkt, dass des nochmol glabbt. Noch dezu, dass du soä Schnugglisch finsch wie die." Sie deutete mit dem rechten Zeigefinger auf Inga. „Odda sach bloß, hosch du vleischt noch ähna? Un unsan Günda, des is bloß doin Laffa[24] fa mol zwischeduasch?" Kommissar Günda räusperte sich. Vergebens.
„Auf, Inga, saach dei Sach: Bisch du vaheiat?"
„Nicht mehr."

---

[23] geheiratet
[24] Lover

„Des is schummo guud. Isch sach da mol ähns, unsan Günda, des is schun än reschde. Bissl koomisch issa halt. Kä Wunna, so long kä Fraa. Awwa des bringsch du schun hie. Un isch bin jo aa noch do. Gell? Un du, Günda, du gebsch da bissl Mieh mit derre. Net dass die glei widda fortt is."
„Donde Doale, jetz du mol langsoom. Mia misse uns doch ärschda rischdisch kennelärnne."
„Do hosch aa widda rescht. Allo, wie siehtsn aus, Inga, bisch du evangelisch odda gadohlisch?"
„Evangelisch."
„Des is rescht."
Kommissar Günda stöhnte, aber Inga schien das Gespräch in keiner Weise unangenehm.
„Wir sind in unserer Familie aber nicht sonderlich religiös. Meine Mutter schon, na ja, jedenfalls nach außen, aber nach der Konfirmation war bei mir eigentlich Schluss. Mittlerweile sieht mich die Kirche nur noch an Weihnachten."
Die Donde Doale nickte interessiert, prostete gelegentlich und erfuhr so manches aus Ingas Leben. Freimütig erzählte sie von ihrer gescheiterten Ehe, von ihrem Sohn im heiklen Alter und von ihren Eltern. Vom Großvater väterlicherseits, der zum Leidwesen ihrer Mutter die Mundart gepflegt habe. Die habe rigoros darauf bestanden, dass zu Hause hochdeutsch gesprochen wurde, und das, obwohl sie selbst aus Nürnberg stammte, einer Dialekthochburg.
Die Donde Doale nickte bestätigend. „D-Fronggä[25]! Schun aiig, wie die babble."

Kommissar Günda beobachtete seine Inga und genoss es, die Gelegenheit dazu zu haben. Er ertappte sich, wie er abschweifte und wie sie ihn dennoch mit jedem Wort ein wenig mehr bezauberte. Als die Flasche geleert war, stand die Donde Doale unvermittelt auf und erklärte, sie lasse das junge Glück nun alleine. Sie würde bei einer ihrer Freundinnen übernachten.

[25] Die Franken

Kurz nach seiner Rückkehr aus dem Urlaub erhielt er einen Anruf: „Günda? Do is dei Donde."
Bestimmt wollte sie wissen, wie es ihm in Spanien gefallen hatte, aber vor allem würde sie sich eingehend zu Inga äußern. Er lag richtig, wenn auch in unerwarteter Hinsicht: „Hoiisch mol zu, Günda! Jetz nix geje dei Inga, die gfällt mia, awwa du weesch, des kann Probblähme gewwe weje de Hochzisch."
„Hä? Wissoän des?"
„A, die is doch evangelisch."
„Isch doch aa, Donde Doale. Un jetz hea mol, wea seschtn iwwahaupt, dass mia heiare…"
„Obacht: Die is vun de Luddarisch Sortt, also net wie du. Kläa des, befoa dass des gombliziat wärdd. Aa weje de Kinna. Hihi."

„Hea mol, Donde Doale, wie isch beim ledschde Mol bei dia im Paffegrund gwest bin, do hosch du noch gedenkt, isch mach ball de Abgong, un jetz, jetz wärrisch bletzlisch Vadda?"
„Des kann als gonz schnell gehe, Günda. Beides."

Er hatte ihr gegenüber das Thema heruntergespielt, aber so ganz war es ihm nicht aus dem Kopf gegangen. Und so hatte er seinen alten Freund Rudolf angerufen, Pfarrer im Ruhestand. Dem erzählte er von seiner neuen Beziehung und von der kryptischen Bemerkung seiner Tante: „Hea mol, Ruddl, evangelisch is doch evangelisch, odda etwa net?"
„Tja, was soll ich sagen. Wenn das alle so gesehen hätten, wäre den Leuten viel Ärger erspart geblieben, gerade hier bei uns in der Kurpfalz. Wenn ich mich recht erinnere, gab es sogar einen Pfarrer, der in Heidelberg hingerichtet wurde."
„Wie bidde? In unsam schääne, ramondische Heidlbäiig?"

„Ich meine, aber ich schau gerne nochmal nach, wenn dich das interessiert."
Das tat es, und so erfuhr Kommissar Günda vom Schicksal des Johannes Sylvanus, geköpft am 23. Dezember 1572 auf dem Marktplatz in Heidelberg. Er hatte von diesem Ereignis noch nie gehört, auch der Name sagte ihm nichts. Pfarrer Sylvanus –

noch dazu mit *Ibbsiloon* –, das klang nicht gerade nach einem eingeborenen *Neckarschleimer*[26].
Sofort war der altgediente Kriminalist in ihm geweckt. Seine jahrzehntelange Berufserfahrung hatte ihn eben nachhaltig geprägt, dagegen konnte ein Jahr Ruhestand herzlich wenig ausrichten. Kommissar Günda kam einfach nicht umhin, sich geradezu reflexartig Gedanken zu machen, was damals geschehen sein mochte. Überdies reizte es ihn. So gab er sich nach seinem Telefonat mit seinem Freund Rudolf nur zu gerne wilden Spekulationen hin: Was hatte sich dieser Pfarrer zu schulden kommen lassen, dass man es für angemessen befand, ihn hinzurichten? Hatte er am Ende einen Mord begangen?
Wie könnte es zu einem solchen gekommen sein? *Mol iwwaleeje*, im sechzehnten Jahrhundert lauerten bestimmt mannigfaltige Gefahren, die schützende Ordnungsmacht war vermutlich nicht immer präsent, von Notrufnummern ganz zu schweigen. Vielleicht war Pfarrer Sylvanus von Räubern überfallen worden, witternd, bei einem Geistlichen, da ist bestimmt was zu holen. Vielleicht aber hatten sich die Angreifer verrechnet, und Sylvanus war ein durchaus wehrhafter Hüne, Typ *Wescha*, der, in Wut geraten, schon mal zulangen konnte. Bei der folgenden Auseinandersetzung hatte er dann jedes Maß verloren. Einem Normalbürger hätte man das nachgesehen, und es hätte keine strafrechtlichen Konsequenzen gehabt, aber an einen Pfarrer hatte man strengere Maßstäbe zu stellen, schließlich hatte der doch tunlichst die andere Wange hinzuhalten.
Andere Theorie: Sylvanus war selbst ein Spitzbub, hatte einiges auf dem Kerbholz, zum Beispiel regelmäßig die Kollekte unterschlagen. Der treue Kirchendiener war ihm auf die Schliche gekommen – *zack*, hatte der Ertappte den ihm gefährlich werdenden Zeugen aus dem Weg geräumt.
Nochä Idee: Eine Hochzeit ist aus Krankheitsgründen kurzfristig ausgefallen. Unser braver, aber auch ein wenig vertrauensseliger Geistlicher kommt unerwartet früher nach Hause und ertappt

[26] Spitzname der Heidelberger

den dreisten Nebenbuhler samt seiner Gattin beim ehebrecherischen Treiben. Und *ratzfatz* eskaliert die Sache.
Oder aber Sylvanus ist selbst kein Kind von Traurigkeit, hat sich aber für außereheliche Eskapaden die falsche Frau ausgesucht. Nämlich die seines Nachbarn. Oder die seines Kollegen. Oder gar die des Kurfürsten? *Feia-Oowett*[27]*!*

Der Fall hatte ihn auf Anhieb fasziniert, entsprechend präsent war dieser Sylvanus in seinem Kopf, als Kommissar Günda seine erste Begegnung mit Ingas Sohn hatte. Und bei seinen Überlegungen, was man wohl tun könnte, um dem Burschen aus seinem schulischen Jammertal zu helfen, hatte er die Eingebung: Mit Sylvanus ließe sich doch bestimmt beim Lehrkörper gewaltig punkten: *Hoppla! Was hat denn unser Nolan da für eine sensationelle Story ausgegraben? Respekt!*
Nolan hatte natürlich keine Ahnung von diesem Sylvanus, auch wenn er ganz cool so getan hatte als ob. Naiv war Kommissar Günda schließlich nicht. Aber es wäre natürlich in dieser Situation völlig falsch gewesen, den Jungen der Unkenntnis zu überführen und zu blamieren. Nein, er würde ihm einfach im Anschluss an ihr gutes Gespräch ein paar kurze Informationen zusammenstellen. Einen Appetithappen reichen, bloß Stichworte. Viel wusste er ja selbst noch nicht, aber genug, um zu ahnen, die Beschäftigung damit würde sich lohnen. Das Thema allein war doch schon eine gute Note wert. Zudem spielte das Ganze auch noch in der Region, in Heidelberg! Vielleicht würde man Nolan zu einem Interview einladen. Kurpfalzradio, Rhein-Neckar-Zeitung, Mannheimer Morgen, alle hätten bestimmt Interesse. Spätestens dann würde das auch bei seinen Mitschülern Wirkung zeigen. Nicht zu vergessen, bei seinen Mitschülerinnen!
Kommissar Günda wiederum würde sich im Hintergrund halten, aber auch *bissl* bei seiner Liebsten punkten. Wie nannte

[27] Feierabend

man das so schön? Eine *Uin-Uin*[28]-Situation. Dafür hieß es nun aber dranbleiben. Als er wieder in seiner Hütte am Hopfeloch war, schrieb er also Nolan einen Brief. Kurz, knackig, locker.

Lieber Nolan,
wie versprochen hier ein paar Informationen über unseren Mann: Johannes Sylvanus war ein evangelischer Pfarrer in der Kurpfalz. Irgendwas muss vorgefallen sein, denn am 23. Dezember 1572 wurde er in Heidelberg geköpft. Auf dem Marktplatz. Ich kann mir vorstellen, was du jetzt denkst: Wie bitte? Ein Pfarrer wird hingerichtet? Und das auch noch in der Uni-Stadt, in der Geistesmetropole Heidelberg? Alda Schlabbe[29]*, ganz schön spannend! Finde ich auch.*
Viele Grüße Günda

Also, wenn er darauf nicht ansprang! Ach ja, vielleicht hatte Nolan gleich die eine oder andere Frage. Vorsichtshalber fügte er ein PS an mit seiner Handynummer.

Kannst mich ruhig anrufen, wenn du Fragen hast. Aber bestimmt willst du erst mal alleine recherchieren.

Blieb die Frage, wie er Nolan den Brief zukommen lassen sollte? Am besten einfach per Post, schön unaufdringlich. So würde auch ein bisschen Zeit vergehen, bis die Nachricht eintrudelte mit der kleinen, unverhofften Hilfestellung. *Obdimaal.* Nolan würde das bestimmt zu schätzen wissen.

Kaum war er zurück, da klingelte sein Handy. Kommissar Günda war irritiert. Viele hatten seine Nummer nicht. Konnte das etwa Nolan sein? Dann schien die Sylvanus-Idee aber gleich mal so was von eingeschlagen zu haben: *Mama, ich muss dringend mit Günda sprechen, wie kann ich ihn erreichen?* Vorstellbar war nach diesem gelungenen Auftakt alles.

---

[28] Win-Win
[29] wörtlich: Alter Schuh

„Günda? Do is dei Donde."
„Donde Doale? Du?" Eine gewisse Ernüchterung konnte er nicht verbergen.
„Hosch ebba[30] annaschda a-waat? Isch weeß schun, Günda, voll fagnallt halt. Schää. Unn, wie siehts aus?"
„Guud."
„Seida weidakumme weje de Hochzisch?"
„Jetz hea mol, Donde Doale, des is doch noch zu frisch. Mia woohne jo noch net mol zamme."
„A, des wäa jo aa noch schääna. Wilde Ehe, des wolle mia net."
„Mia losse uns Zeit."
„Awwa net zu viel, Günda! Du weesch, du bisch nimmie de Jingschde. Jetz was annares: Hosch du Fräsch[31]? Woohnsch du seit neischdem inneme Zoo?"
„Hä? Wissoä?"
„Ma heats. Laut un deutlisch. Än Frosch."
Nun fiel es auch Kommissar Günda auf. „A-wa[32], des is draus. Mooment, isch mach grad die Dia[33] zu."
Im selben Augenblick wurde ihm bewusst, gerade hatte er einen gewaltigen Fehler begangen. Von seinem Refugium am Hopfeloch wusste nämlich so gut wie keiner, das hatte er schön geheimhalten können. Auch und gerade in der Familie. Fragte sich, wie lange noch. Denn die Donde Doale war für ihre investigative Fragetechnik berühmt.
„Wie drauß? Du hosch Fräsch[34] uff doim Balkoon?"
„Gönau."
„Do hupse die doch glei mol nunna."
„Des kummt voa."
„Un wie kumme die donn widda nuff? In de zwedde Stock?"
„Mim Dramboolin, do stehe jo iwweraal vun denne rum."

---

[30] jemand
[31] Frösche
[32] entschiedenes Nein
[33] Tür
[34] Das reine *ö* gibt es nicht, deshalb heißt es auch nicht *Brötchen*, sondern *Weck*.

„Günda, losses! Mia brauchsch nix vazehle. Du bisch umgezorre, stimmts? Loss misch mol roode: ä Haus mit Puul.
„Äh… so ähnlisch.“
„Sauwa. Wie bei mia in Sponnje. Donn hawwisch disch bissl inschbiriat. So musses sei. Un nadialisch mit viel Blatz spääda fa dei Schätzl. Wenn alles gekläat is. Des gfällt mia. Aiig.“
„Fascht.“
„Wie fascht?“
„A, mea halwa.“
„Hä?“
„Des kamma so net saare.“
„Sondann?“
„Alla guud.“ Widerstrebend erzählte er ihr von seiner exklusiven Errungenschaft, der Hütte am Hopfeloch.
„Ä taini Haus? Subba, des heedisch aa gärnn.“
„Schun bissl taini, bloß net gonz. Awwa hea mol, Donde Doale, des muss unna uns bleiwe, isch will net, dass alle Leit des wisse…“
„Sebvaständlisch.“
„Isch hab do mei Ruh, un des soll aa so bleiwe. U-bedingt.“
„Des vasteh isch voll, Günda. Donn macht eisch mol än schääne Oowett. Un bei derre Gelegenheit kannsch du des glei mol kläare.“
„Waas?“
„Günda! Bidde! Des, wufu mias ghabt hawwe.“
„Ou, isch seh grad, isch muss korzz. Grad is moin Frosch uff de Grill ghupft. Hmmm, legga…“

Am nächsten Morgen machte er sich auf den Weg in die Bücherei. Er wollte schon ein bisschen vorbereitet sein, falls Nolan Fragen hätte; außerdem interessierte es ihn tatsächlich, das Schicksal dieses Kirchenmannes. Eigentlich wollte er nach Heidelberg fahren, aber dann besann er sich eines Besseren. Gab es nicht auch in Glickerbach eine kleine Bücherei?

„Kamma helfe?"
Ein Mann, kaum jünger als er, saß an der Empfangstheke und blickte ihn forschend über Zeitung und Lesebrille an. Kommissar Günda war überrascht, normalerweise galt das Büchereiwesen doch als weiblich dominiert. Aber Glickerbach war eben einfach besonders.
„Isch sachs mol glei: Ball is do zu. Mia hawwe die Effnungszeide reduziat. Middags nimmie."
„Ähä."
„Findisch korräkkt. Weils bessa is. Schmähn Büschas, pff."
„Ach Gott, isch les on sisch gonz gärnn", wandte Kommissar Günda etwas zaghaft ein.
„Isch net. Mescht jo nix, jeda wia will. Was Spezielles?"
„Uff jedn Fall!" Er hatte Mühe, seine Begeisterung zu unterdrücken. „Gschischde. Seschzähndes Jahrhunnat. Wisse Sie, sgeht nämmlisch um än Parra..."
„Ähä. Hawwe Sien Ausweis?"
„Hm?"
„Än Ausweis fa die Büscharei, hawwe Sie denn?"
„Nää, noch net."
„Mescht nix."
Der Mann legte die Zeitung auf die Theke, schraubte sich aus seinem Stuhl und ging zu einer Umzugskiste, beschriftet mit *Zum Mitnehmen*. Er bückte sich ächzend. „Do hawwisch schun mol was: än schääne Karl May. Aa noch voll agduell: *Unna Geia*. Odda wie wääaren des: *Fit im Alda mim Dopsball*. Odda des do: *Wie bastl isch mia oine Blumenambl?*"
„Äh..."

„Wisse Sie was, nämme Sie ruisch die gonz Kischt mit, des muss eh fortt, des Glumb. Des brauch jo kähn Mensch."
Die Türschelle ging und eine Frau stürmte abgehetzt herein: „Robbat? Was meschen du do? Bass bloß uff dei Kreiz uff."
„Obacht!", raunte der Mann ihm zu. „Mei Scheffin is widda do." Und an sie gewandt verkündete er den Erfolg auf ganzer Linie: „Alles gebongt, Schätzl, du kummsch grad rescht, mia hawwe alles gekläat, dea Monn do nimmt denn gonze Kruuscht mit."
„Loss gut sei, Robbat, isch iwwanemm des. Tschuldischung." Sie rang nach Luft. „Isch bin grad korzz in de Abdeeg[35] gewest. Sie wisse, wies is in de Kommune, mia sin groonisch unnabsetzt do in de Büscharei. Robbat, geh du ruisch schun hähm, schkumm glei nooch. Kundschaft geht voa. Fa de Middag is noch was im Kihlschronk. Isch hab voagekocht."
Mit einem ins Leere gemurmelten „Alla…" ging der kulinarisch umsorgte Buchverächter zur Tür, drehte sich dann aber nochmals um: „Ou, jetz heedisch halwa des Wischdischde vagesse: de Karl May. Klähna Witz. Nää, mei Roazang. Neewebei, de Hahne im Gloo dropft nimmie."
Seine Frau griff sich in die Haare und brachte die etwas lädierte Frisur wieder in Ordnung: „Fa irgendwas mussa jo guud soi, dea Dabbes. Soot. Unn, junga Monn, wie kann isch Ihne helfe?"

Und siehe da, es gab in der Glickerbacher Bücherei nicht nur Karl May, sondern auch den perfekten Einstieg zu seinem Thema in Gestalt eines handlichen Büchleins zur Geschichte der Kurpfalz.

Wieder zu Hause am Hopfeloch angekommen, stutzte er. Etwas hatte sich verändert. Jemand hatte gefegt, und gleich mehrere blaue Müllbeutel standen prall gefüllt neben seiner Hütte. Bestimmt jemand vom Fischerverein, dachte er. Wahrscheinlich ein Wechsel im Vorstand, neue Besen eben. Wurde auch Zeit.

---

[35] Apotheke

Die wenigen Nachbarhütten hatte man kaum noch gepflegt und schließlich beseitigt, die Natur begann bereits, sich des Geländes zu bemächtigen. Gut, dass wieder ein frischer Wind wehte. Bei Gelegenheit würde man sich bekanntmachen, dann könnte er sich für den freundlichen Kehrdienst mit einem Gläschen revanchieren.

Den Abend würde er alleine verbringen, so viel war klar. Inga hatte durchblicken lassen, sie habe sich für schwierige Gespräche zu rüsten. Kommissar Günda war vorbereitet: ein Ring *Lioona*[36], *Sempf, vun demm schaafe nadialisch, paa Laugeweck un Gugumma*[37], *eigleegde.*

Die Lektüre des Geschichtsbuchs verschob er auf den nächsten Tag, gab es doch zur Krönung *ä schääni Flasch Barollo.*

[36] Fleischwurst
[37] Gurken

Kommissar Günda musste sich orientieren. Ein paar Geräusche ließen sich nicht recht mit dem Hopfeloch in Einklang bringen. Ein Presslufthammer? Ein Betonmischer? Seit wann gab es hier eine Baustelle? Das war ja wohl kaum im Sinne des Naturschutzes. Wenn der neue Vereinsvorstand so weiter machte, würde man da doch ein Wörtchen zu reden haben.
Das Geräusch erstarb unvermittelt. Sicherheitshalber ließ er einen Moment verstreichen und drehte sich dann nochmals um. Die ausgeleierten Federn der betagten Campingliege ächzten. Zugegeben, seine Schlafstatt war der Schwachpunkt in dieser Hütte, aber er war noch nicht dazu gekommen, eine Veränderung vorzunehmen, und die idyllische Umgebung machte den mangelnden Komfort mehr als wett. Er schlief am Hopfeloch so gut wie sonst nirgends.

Kaum war er wieder sanft weggedämmert, da klopfte es. „Bidde net!" Doch hoffentlich kein Antrittsbesuch der neuen Vereinsleitung. Hier war keiner zu Hause! *Basta!*
Das Klopfen wurde eindringlicher. Wer konnte das denn sein? Kommissar Günda schaute auf die Uhr: Punkt 8.
„Günda? Isch bins."
Die Donde Doale. Des deaf jetz awwa net woa sei.
Er schleppte sich Richtung Tür, schlüpfte auf dem Weg in seinen grün-weiß-gestreiften Frottee-Bademantel und hielt in Ermangelung eines Gürtels den Stoff krampfhaft zusammen.
„Schläfsch du imma so long, seitdähm dass du nimmie schaffsch?"
„Sgibt imma was zum schaffe", meldete sich von hinten jemand zu Wort, und Kommissar Günda entdeckte nun auch, was den Lärm verursacht hatte: Im Schlepptau der Donde waren fünf Frauen, eine von diesen startete mit Schwung einen Laubsauger. Kommissar Günda verzog das Gesicht. Die Donde Doale gebot Einhalt, wofür der morgens überaus Lärmempfindliche dankbar war.
„Mei Meedls un isch, mia hawwe gedenkt, mia wokke mol

wuannaschd. Geschdan hawwe mia schun bissl geguggt, awwa do waasch du net do. Odda?"
„Ähä."
„Sunscht heede mia nadialisch Bscheid gsacht, dass mia heit de Moaje kumme, um bissl Orddnung zum schaffe. Än Monn hot jo do kähn Blick defoa. Un isch muss saare, schää isses do am Hopfeloch. Des hawwisch gaa net gekennt. Ia?"
„Nää."
„Nää."
„Null."
„Nein."
„Isch aa net."
„Wobei, bissl was misst schun gemacht werre."
„Wüüscht isses."
„Aiig wüüscht."
„Männas halt."
„Awwa des is doch klaa, mia Fraue hawwe jo än gonz annare Blick. Mia kimmare uns. Im Fall, dass du mol Bsuch kriggsch. Vunnare Bekonnde odda so." Sie zwinkerte ihm zu. „Mia wolle jo net, dass do ebba än Schogg griggt. Kannsch disch ruisch widda hieleje."
„Odda ooziehe."
„Männas halt!"

Seufzend machte Kommissar Günda kehrt und zog sich an. Wie konnte er das Geschwader bloß wieder loswerden? Es gab nur einen Weg, eine klare Ansprache: *So geht das nicht! Das ist mein Haus! Wenn hier einer einen Laubsauger anschmeißt, dann bin ich das! Hammia uns vastanne?!*

Diese entschiedene Ansage musste dann doch noch etwas warten, denn als er aus der Tür trat, zog ihm der Duft von Kaffee in die Nase.
„Hosch schun gfriistickt, Günda? Bstimmt net, odda?"

Ganz so leicht, wie es vielleicht den Anschein hatte, war es Inga nicht gefallen, ihren Sohn mit dem neuen Mann in ihrem Leben bekannt zu machen. Resolut mochte ihr Ins-Zimmer-Schubser gewirkt haben, genau besehen war er Auswuchs einer tiefen Rat- und Hilflosigkeit Nolan gegenüber. Schon geraume Zeit machte ihr das zu schaffen. Gewiss, dass ihre Ehe irgendwann beträchtlich ins Wanken geraten war mit allen unschönen Nebenerscheinungen, auch vor den Augen und Ohren des Jungen, das mochte eine gewisse Erklärung für die unerfreuliche Wandlung ihres Sohnes bieten, doch insgesamt schien es Inga zutiefst ungerecht, dass sie nun mit einem muffelnden, maulfaulen Matz gestraft war. Ausgerechnet sie, die allzeit gesprächsbereite Mama, die nie mit dem Anspruch der Unfehlbarkeit auftrat. Die sie sich doch stets bemüht hatte, mit Liebe und Verständnis durch diese auch für sie alles andere als einfache Phase zu gelangen, geleitet vom festen Vorsatz, die zahllosen Erziehungsfehler ihrer eigenen Mutter tunlichst zu vermeiden.
Natürlich wollte sie Nolans Vater nicht ersetzen, das war doch überhaupt keine Frage. Es gab und es würde für ihn immer nur den einen Papa geben. Gleichwohl war etwas Unerwartetes eingetreten: Sie hatte nach geraumer Zeit des Desinteresses an einer dauerhaften Beziehung einen Mann kennengelernt, mit dem sie sich genau eine solche vorstellen konnte.
Mindestens bemerkenswert, wenn nicht gar verwunderlich: Bislang war zwischen Günda und ihr von Liebe nie die Rede gewesen. Dabei proklamierte man die doch so gerne vollmundig, wenn man den Verdacht auf schnöde Triebabfuhr entkräften wollte. Inga empfand durchaus Erleichterung, kein Liebesbekenntnis abgeben zu müssen, denn noch vermochte sie nicht zu bestimmen, was es denn nun genau war zwischen ihnen beiden. Es war anders als alles, was sie bisher erlebt hatte, immerhin so viel war klar. Es war schon gar nicht vergleichbar mit der Beziehung zu Klaus-Dieter. Wie auch, mit dem war sie viele Jahre verheiratet gewesen, mit dem hatte sie einen

gemeinsamen Sohn, und mit dem hatte sie eine gänzlich andere Lebensphase verbracht. Weiß Gott nicht alle Zeiten waren schlecht gewesen, auch wenn Klaus-Dieter ihr immer vorgeworfen hatte, mit der Trennung die gesamte gemeinsame Zeit *in den Dreck zu ziehen*. Typisch! Das war nun mal die Rolle seines Lebens: das arme Opfer. Vielleicht vor allem seiner selbst.
Manchmal fragte sie sich, ob ihre Ehe wohl noch Bestand hätte, hätte sie sich nicht beruflich neu orientiert. Ganz gewiss hatte zu deren Ende beigetragen, dass sie irgendwann begonnen hatte, Entscheidungen zu fällen, Entscheidungen von Inga für Inga: für eine Neuorientierung beruflicher Art, für eine Ausbildung zur Mediatorin, mithin für einen neuen Beruf, für eine selbstständige Tätigkeit und zu guter Letzt für das Infragestellendürfen ihrer Ehe. Ihr war vorher gar nicht so klar gewesen, dass sie nicht nur entscheiden durfte, sondern dass sie es vor allem auch konnte. Dieses Bewusstsein trug sie nun in diese frische Beziehung. Ob sie es wollte oder nicht, deren Endlichkeit konnte von Anfang an einkalkuliert werden. Schon das unterschied sie fundamental von dem unschuldigen, unbedingten Wunsch der frühen Jahre nach ewiger Liebe.

All das hätte sie liebend gerne mit Nolan besprochen, offen, freimütig, rückhaltlos. Wie sehr hätte sie sich früher gewünscht, dass ihre Mutter so mit ihr geredet hätte. Dass sie nur einmal nicht die Perfekte gespielt hätte, die sich nur den einen Vorwurf machte, dass es ihr nicht gelungen war, eine ebensolche Tochter hervorgebracht zu haben. Wofür selbstredend Schuldige ausgemacht werden konnten: falsche Freundinnen, fatale Freunde, verhängnisvolle Idole, zur Not aber auch das unzulängliche Erbmaterial von väterlicher Seite. Was immer Inga in ihrem Leben zustande brachte, es genügte nicht den Erwartungen. Das hatte die Anforderungen, die sie selbst an sich stellte, nicht gerade klein werden lassen. Wenn es ihr ausnahmsweise einmal gelungen war, denen zu genügen, pflegte ihre Mutter kategorisch festzustellen. „Das bist du nicht. Ich kenne dich besser."

Zum Glück war sie gerade dabei, sich mit über 50 endlich zu emanzipieren, ihren eigenen Weg zu gehen und nicht jede Entscheidung in ihrem Leben an ihrer Mutter zu orientieren. Sei es, um deren Anerkennung zu erlangen, sei es aus schierem Trotz.

Etwas nervös, aber frohen Mutes hatte sie eines Abends versucht, ein solches Gespräch mit Nolan zu führen, hatte sein Lieblingsessen gekocht, zur Feier des Tages gestattet, dass er mit ihr ein Glas Wein trank. Sie hatte angesetzt, sie müsse mit ihm etwas Wichtiges besprechen, nein, er müsse keine Angst haben, es gehe nicht um die Schule, es gehe um sie. Sie habe es nicht darauf angelegt, es sei einfach passiert, sie habe einen Mann kennengelernt, der ihr etwas bedeute. „Er heißt Günda. Komischer Name, ich weiß.“

Kaum hatte sie begonnen, ihr Herz auszuschütten, um das seine zu öffnen, da hatte Nolan erklärt, er müsse zurück in sein Zimmer.

„Wieso?“

„Schule.“

„Kann das nicht warten? Es ist mir wirklich wichtig, Nolan.“

„Ich dachte, Schule ist wichtig.“

Da war ihr nichts mehr eingefallen. Sie hatte ihr fast volles Glas in einem Zug ausgetrunken, das, was von ihrem Kalbsschnitzel noch übrig war, vom Teller gegriffen und war erbost in ihr Zimmer gestürmt: „Mach doch, was du willst!“ Überhastet, ahnend, jeden Moment könnte sie in Tränen ausbrechen.

Bald darauf hörte sie aus seinem Zimmer Musik. Brülllaut und rücksichtslos wie immer. Nicht gerade die optimale Untermahlung zur Vorbereitung von Lernerfolgen. Ihrem ersten Impuls, das Kalbsschnitzel an die Wand zu pfeffern, widerstand sie, denn umgehend plagte sie das schlechte Gewissen, ob ihn vielleicht die Erwähnung eines anderen Mannes im Leben seiner

Mutter verletzt hatte? Womöglich war das seine Art, darauf zu reagieren. Doch noch während sie mechanisch viel zu lange auf dem Schnitzel kaute, wuchs die bittere Erkenntnis, einmal mehr war sie nicht zu ihrem Sohn durchgedrungen. Sie war für ihn im Grunde nur eines: lästig.

Okay, dann eben auf die harte Tour, hatte sie nach durchgrübelter Nacht am nächsten Morgen gedacht und bei erstbester Gelegenheit Kommissar Günda und Nolan ohne Rücksicht auf Verluste aufeinander losgelassen. *Da! Seht zu!*

Eigentlich sollte sie froh sein, dass mit den beiden alles so gut gelaufen war. Doch so sehr sie sich auch bemühte, es gelang ihr nicht, so zu empfinden. Stattdessen gab es tatsächlich etwas wie Eifersucht. Es versetzte ihr einen Stich, dass dieser fremde Mann auf Anhieb einen Zugang zu ihrem Sohn gefunden hatte. Noch dazu beim heiklen Thema Schule.
Stand nun im Endeffekt Nolan zwischen Günda und ihr? Oder war das bei ihrem Sohn bloßer Ausdruck von Protest? Die neue Beziehung torpedieren, indem er ihren Freund, ihren Lebensgefährten oder was auch immer seiner Mutter vorzog?

Schluss damit! Sie musste unbedingt aufhören, alles zu hinterfragen. Eine Marotte, die natürlich auch an ihrem neuen Beruf lag. Als Mediatorin war sie es gewohnt, nach den Botschaften hinter den Botschaften graben zu müssen. Bei Nolan war das aussichtslos, weil es keine Botschaft gab. Nur Desinteresse.
Es hatte sich angebahnt, dass sie das nicht würde abhaken können, und so war sie ganz froh gewesen, dass der für heute vorgesehene Termin kurzfristig abgesagt worden war. Sie war dennoch in ihr Büro gekommen, um wenigstens räumlichen Abstand zu gewinnen. Mit mäßigem Erfolg. Sie beschloss, die Konsequenz zu ziehen: Dies war nicht der Tag, den man mit seinem Liebsten ausklingen lassen sollte. Ihm zuliebe.
Und auch nicht mit Nolan. Ihr selbst zuliebe.

Manchmal war es besser, die Zeit arbeiten zu lassen. Sie würde sich einen schönen Abend machen. Alleine. Bestimmt gab es irgendwo in einem Heidelberger Kino einen reizvollen Film; sie schaute in ihrem Smartphone nach dem Programm.
Es klopfte. Marion Helche, die Wirtin vom Roten Ochsen, lugte zur Tür hinein: „Schwollt bloß mol gugge, ob Sie was brauche."
„Sehr aufmerksam, Frau Helche. Vielen Dank, aber ich bin eh gleich weg."
Inga schätzte diese Frau, und sie mochte sie. Und das nicht nur, weil sie erheblichen Anteil am Zustandekommen ihrer Beziehung hatte. Als sie Günda das erste Mal gesehen hatte, hatte sie ihn grässlich gefunden. Vor allem weil er ihr im Vorfeld geradezu angedient worden war von diesem impertinenten Mann mit diesem merkwürdigen Namen: *Weizen*. Ein *Womanizer* sei er, der Günda, hatte der ihn geradezu angepriesen. Vielleicht könne er ja behilflich sein, dass dieser Frauenheld sie zumindest in Erwägung zöge. Versprechen könne er bei der Vielzahl von Bewerberinnen natürlich nichts. Na, da hatte er bei ihr ja den richtigen Knopf gedrückt!
Wie sich herausstellte, war das alles andere als in Gündas Sinne. Dieses Missverständnis auszuräumen, ihm eine Chance zu geben, das hatte Marion Helche vermocht, indem sie sie einander näher gebracht hatte. Zielstrebig, hartnäckig und einfühlsam zugleich. Eine in jeder Hinsicht taffe Frau, diese Wirtin vom Roten Ochsen in Glickerbach!
„Ich gehe ins Kino. Haben Sie Lust mitzukommen? Ich lade Sie ein, Frau Helche."
„Des geht leida net, schmuss noch bissl was schaffe, morje hawwisch ä Geborddsdaagsfeia."
„Schade, vielleicht ein andermal."
„Gärnn. Donn viel Spass! Un saare Sie mol än schääne Gruß!"
„Äh, an wen?"
„A, on de Tschief. On Ian Günda."
„Ach so. Ja, klar. Natürlich. Das mache ich gerne."

Marion Helche war beunruhigt. Sie hatte Kommissar Günda schon eine Weile nicht mehr in Glickerbach gesehen. Bis vor kurzem war er regelmäßig aufgetaucht, um seine Inga zu besuchen oder abzuholen. Nun blieb das aus, und auch *demm sei Schätzl* zeigte gewisse Ermüdungserscheinungen. Marion Helche wollte das nicht überbewerten, jeder hatte seinen Alltag zu bewältigen, aber es gab schon zu denken. Oder war das einfach normal bei Menschen jenseits der 50? Wich da die Phase der Verliebtheit deutlich schneller jener Abgeklärtheit, in die Beziehungen irgendwann unausweichlich drifteten? *Des langt jetz widda mit derre Ramondig.*

Auffallend auch, dass der erste gemeinsame Urlaub die beiden nicht gerade zusammengeschweißt hatte. Vielleicht hatte es eine Überdosis an Nähe gegeben. Oder war etwas Ungutes vorgefallen in Spanien? Hatte man Seiten am anderen entdeckt, über die man auf Dauer nicht würde hinwegsehen können? Oder war auch das normal im fortgeschrittenen Alter, man holte sich eine gewisse Portion Nähe, kam damit gut und gerne eine ganze Weile aus, um sich irgendwann, ohne Hast und Eile die nächste Dosis abzuholen?

Vielleicht galten generell für die Altersklasse Ü50 besondere Regeln, gab es andere Bedürfnisse, war man nicht mehr geeignet für eine Hals-über-Kopf-Beziehung mit Haut und Haaren und ohne jeden Rückhalt. Vernunft, Umsicht, Selbstbeherrschung, eine solide Basis – aber vielleicht auch ein träge machender Cocktail für die Liebe? Marion Helche war bedeutend jünger als die beiden, doch auch sie hatte bereits die Bremskraft der Lebenserfahrung für jeden Euphorieschub gespürt.

Eines jedoch stand für sie fest: Sollte diese doch so vielversprechende Beziehung ins Trudeln geraten, sie würde sich nicht sofort damit abfinden und sich ins Zeug legen, jedwedes Hindernis aus dem Weg zu räumen. Indes, sie konnte die Lage nicht richtig einschätzen, deshalb beschloss sie, die anderen aus dem Team ins Boot zu holen, die Kornfelds. Beide in ähnlichem Alter wie die momentan sparsam Turtelnden.

Sie griff zum Telefon, erreichte auch gleich Rosie Kornfeld und gab ihr unumwunden ihre Sorge zu verstehen.
Die fackelte gar nicht erst lange: „Weesch was, Marioon? Mia kumme glei mol voabei. Gähngt[38] des?"
„Klaro."

Die Günda-Inga-Romanze hatte sie zusammengeschweißt. Alle drei verspürten sie Verantwortung für ein dauerhaftes Happy End. Nach einer kurzen Schilderung ihrer Beobachtungen bat Marion Helche um eine Expertise aus Sicht der älteren Generation.
„Jetz bissl obacht, Marioon!", entgegnete Kornfeld mit einem Augenzwinkern, um dann vehement zu betonen, die Intensität von Gefühlen hänge nicht vom Alter ab, sondern in erster Linie von der persönlichen Disposition: „Isch sachs mol so: Ähmol Lätinn Laffa, imma Lätinn Laffa!"
Rosie Kornfeld, die gerade einen Schluck Rosé getrunken hatte, kommentierte die Einlassung mit einem Prusten.
„Odda etwa net?"
„Doch, doch uff jedn Fall. Alladings…"
Axel Kornfeld runzelte die Stirn: „Jetz binnisch mol gspannt."
In jeder Beziehung gebe es nun einmal solche und solche Zeiten, Höhen und Tiefen, hielt Rosie Kornfeld salomonisch fest: „Nommaal!"
„Oukey, schgebs zu, mia hawwe aa mol unsa Griisse ghabt. Awwa jetz schun? Die sin doch grad mol paa Woche zamme!"
Die Anzeichen seien ja nicht eindeutig, meinte Marion Helche.
Kornfeld nickte, gab aber zu bedenken, womöglich käme Kommissar Günda nicht damit klar, dass Inga Ehe-Erfahrung mitbringe.
Marion Helche setzte dagegen, die Ehe sei doch gescheitert und nach allem, was man wisse, sei es Inga gewesen, die sich getrennt habe.
„Do gheare imma zwee dezu", dozierte Kornfeld wissend.

[38] Ginge

„Manschmool langt awwa aa schun ähn Dabbes“, widersprach seine Rosie zur heimlichen Belustigung von Marion Helche.
„Is jo worscht, donn issa vleischt eifasischdisch uff annare Männas un kummt dodemit net klaa. Weila mähnt, do kanna net mithalde.“
„Männas? Annare? Welli?“
„Was weeßnisch? Vleischt hot unsa Inga nooch derre dabbische Scheidung ärschda mol bissl Ablenggung gebraucht. Schmähn, mia wisses jo net, am End is die än wilde Feggaa, un in Sponnje sin sie zu nix kumme, weil D-Inga so long gebraucht hot, demm Günda zum vazähle, mit wemm sie alles was ghabt hot.“
Die Frauen schüttelten ungläubig die Köpfe.
„Unsan Günda“, Kornfeld winkte abschätzig, „bei demm isses ä-facha. Wus nix zum vazehle gibt…“

Die Frauen tendierten zum Abwarten, Kornfeld dagegen wollte sofort Genaues wissen und schlug vor, sich in Ingas Räumen im Roten Ochsen umzuschauen, um entsprechende Indizien aufzuspüren.
Rosie Kornfeld zeigte sich entsetzt: „Des kannsch doch net mache, Axl.“
„Wisso? Hea mol, isch bin vleischt bei de Spuresischarung gwest! Ich weeß, wie des geht. Die meiikt des nie, des garandia isch. Isch hab des druff.“
„Indressant. Hosch du bei mia vleischt aa schun spioniat?“
„Nää. Fa waas? Mia hawwe jo kä Geheimnisse zuänanna.“
„Des will isch dia aa geroode hawwe!“
„Alla guud. Mia maches jetz so, isch waat noch bissl mim Inspiziare vun de Inga, awwa ia seid hoffentlisch eivastanne, wenn isch misch bissl beim Günda um…“
Rosie Kornfeld blickte streng.
„Um-hoiisch! Des mähnisch nadialisch.“
„Awwa bidde, Axl, kähn Kees mache!“
„Du kennsch misch.“
„Eewe.“

Axel Kornfeld wollte es sich nicht anmerken lassen, aber er teilte die gelassene Haltung seiner Teamkolleginnen nicht. Seine große Sorge war, *dass de Tschief die Sach vamasslt.* Frauen wollten umworben werden, umgarnt, aber auch erobert. Wer wüsste das besser als er. Da kam man mit gündascher *Schennonz* nicht weit. Er beschloss, mit dem Betagten, aber Unerfahrenen von Mann zu Mann zu sprechen und ihm bei der Gelegenheit den einen oder anderen Tipp zu geben.

Als er am Hopfeloch ankam, musste er sich wundern. Eine ungewohnte Ordnung war unübersehbar. Der Herr des Hauses erschien allerdings dann doch im gewohnten *Schlabbalugg*[39].
„Hea mol, Günda, leefsch du imma so rum? Isch mähn, isch kann mia des a-lauwe, weil mei Rossie, die weeß nadialisch, was sie an mia hot, awwa dei Inga… isch mähn bloß.“
„Babbl kähn Kees, Weize. Des bringt moin Körppa bessa zua Geldung. Un bissl abgenumme hawwisch aa. Gugg!“
Er steckte den Daumen in den Hosenbund, zog diesen ein wenig nach vorne und ließ ihn mit Bedacht schnalzen. Ein sattes, ploppendes Geräusch ertönte beim Aufprall. „Un des, obwoohl dass isch schun gfriistickt hab.“
„Isch bin be-eidruggt. Awwa hea mol, Günda, sach bloß, du hosch bissl uffgroomt?“
„Sieht ma des?“
„Ha, un wie. Ma meiikt schun, dass do jetz än annare Wind weht. Unn?“
„Was unn?“
„Wie gfälltsare do?“
„Vun wemm schweddsch du eigendlisch, Weize?“
„A, vun wemm wohl. Drei Mol deafsch du roode. Vun doim Schätzl nadialisch. Unn? Gfälltsare do?“
„Schun. Uff jedn Fall. Vollischt. Isch mähn, des is jo kwassi obdimaal.“

---

[39] Schlabberlook

„Schweessnet. So ganz oohne Kumfoa[40]? Awwa fa eisch zwee langt jo wahrscheinz Luft un Liebe."
„Hm."
„Gell?"
„Hea mol, Weize, sei ma net bees, awwa isch hab bissl was zum du."
„Isch will jo aa net weidas steare. Schwollt bloß mol gugge, wies dem junge Glick so geht."
„Subba!"
„Sauwa. Donn mach isch misch glei widda vum Agga."
„Mach des. Alla!"
Entgegen seiner Ankündigung machte Kornfeld keinerlei Anstalten zum Aufbruch.
„Isch waat grad, bissie kummt, un sach korzz *Hallole* zu derre, isch hab sie jo noch gaa net gsehe nooch eiam Ualaub, demm schääne."
„Hea mol, Weize, des dauat noch."
„Des mescht nix. Isch habs net eilisch. Isch mähn, bis die Fraue als färddisch sin, oh liewi Zeit, isch kenns. Awwa isch will jo ubedingt heare, wiessare gfalle hot, in Sponnje."
„Des kennda annamol begwadsche. Heit gehts schlescht."
„Wisso?"
„Weil… weil die is net do."
„Issie schun fortt?"
„Gönau."
„Schaffe?"
„Ähä."
„Schad. Awwa aa net schlimm weidas, donn kenne mia jo bissl babble."
„Weize, sei ma net bees, awwa…."
„Isch vasteh schun, du willsch noch bissl butze, gell? Wemma mol oogfange hot! Dann mach isch liewa glei de Has. Net dassisch aa noch än Butzlumbe in die Händ gedriggt grigg. Alla, tschüssl, Günda! Un sach mol än schääne Gruß!"

---

[40] Komfort – woher das *u* kommt? Kä Ahnung.

Kornfeld verließ pfeifend das Gelände, kehrte aber, kaum außer Sichtweite, zurück und legte sich auf der gegenüberliegenden Seite vom Hopfeloch auf die Lauer. Sein Gefühl sagte ihm, hier stimmte etwas nicht. Und richtig: Nachdem Kommissar Günda in seiner Hütte verschwunden war, tauchte er kurz darauf wieder auf. Ohne Reinigungsuntensilien. Dafür mit einem Buch. *Middeme Buch?!*

So langsam wurde die Sache unheimlich.

Anfangs war Kommissar Günda schon ein bisschen enttäuscht. Er hatte sich mehr von einer noch so kurzen Geschichte der Kurpfalz versprochen, nicht bloß Namen, Daten, historische Landkarten und die Abbildung zeitgenössischer Kupferstiche. Die Darstellungen der zahlreichen territorialen Veränderungen ermüdeten ihn zunehmend, auch die Schilderungen der wechselhaften Verbindungen zu Bayern, zur Oberpfalz und zum Rheinland vermochten ihn nicht zu fesseln, ganz zu schweigen von den unzähligen Auseinandersetzungen und Kriegen. Dass ein ganzes Kapitel den hiesigen Gesteinsarten, der Fruchtbarkeit des Bodens, Ackerbau und Viehzucht gewidmet war, ließ ihn schließlich beinahe das Buch zuklappen. *Allweil langts!*
Doch dann wurde es unversehens interessant. Es ging um die Religion in der Region. Der Fall Sylvanus fiel in die Regentschaft von Kurfürst Friedrich dem Dritten, genannt *der Fromme*. Was für ein Prädikat! *Aldale!* Würde man heutzutage ein Staatsoberhaupt derart titulieren, es käme einer Schmähung gleich. Indes, Despektierliches gegenüber der obersten Obrigkeit, das konnte man sich damals bestimmt nicht erlauben. Also vielleicht doch ein Hinweis auf augenfällige Gottesfürchtigkeit? Oder bloß clevere Selbstvermarktung?
Des fromme Fritzl jedenfalls war ursprünglich katholisch aufgewachsen, wandte sich aber bald Luther zu. Kein unüblicher Trend *dorttmols*. Er wurde Nachfolger von Kurfürst Ottheinrich, der keine direkten Erben vorzuweisen hatte. Auch der ein Anhänger Luthers und einer, den man aufgrund seiner Leibesfülle möglicherweise *de klä Dick* genannt hatte. Hinter vorgehaltener Hand, versteht sich, *weils bessa is.*
Wie Kommissar Günda erfuhr, monierten manche Friedrichs mangelhafte Bildung, andere wollten gar eine gewisse Schlichtheit des Gemüts bemerkt haben. Gleichwohl galt er gemeinhin als willensstarker Kurfürst, als gewiefter Taktierer. Das zeigte sich zum Beispiel, als er 1566 auf dem Augsburger Reichstag vor dem Kaiser in Bedrängnis geriet. Der Vorwurf gegen ihn: Calvinisten in der Pfalz und verbreitete Attacken der Pfälzer

Prediger gegen die Lutheraner. *Hä?* Kommissar Günda stutzte. *Wu kummen die jetz uff ähmol hea, die Calvinischde? Un was sollen des iwwahaupt sei?* Irritiert las er weiter. Jedenfalls zog sich *unsa Fritzl* aus der Schlinge, indem er einfach behauptete, er wisse gar nicht, worum es gehe. Er habe Calvin nie gelesen, für ihn gelte ohnehin nur die Bibel, entsprechend befehle er sich der kaiserlichen Gnade.

Hot funkzioniat, war aber offenkundig *raffiniat*. Denn, so stellte sich das Kommissar Günda dar, die calvinistische Richtung dominierte in Heidelberg tatsächlich zunehmend. Aus Westeuropa seien scharenweise Religionsflüchtlinge in die Kurpfalz gekommen. Auch auf Einladung des Kurfürsten. Lehrstühle und Pfarreien seien bald mit auswärtigen Anhängern Calvins besetzt worden. Zu den wichtigsten Beratern des Kurfürsten wurden ein gewisser Christoph Ehem, Jurist aus Augsburg, und Caspar Olevianus aus Trier. Beide Calvinisten. *Aha.* Hinzu stieß Zacharias Ursinus, *aa vun derre Sortt*, der deshalb aus Breslau hatte fliehen müssen. 1562 gab der Kurfürst seinen Chef-Theologen Ursinus und Olevianus den Auftrag, einen eigenen Heidelberger Katechismus zu entwickeln, der den Katechismus Luthers ersetzen sollte. Die Gesamtentwicklung zeigte Wirkung, die letzten Lutheraner in Führungspositionen quittierten freiwillig den Dienst.

Kommissar Günda war zunehmend verwirrt. *Isch vasteh des net: Wu issn des Probblähm mim Ludda? Was machen die fan Tärzz?* Zu seinem Verdruss tauchte noch eine weitere Gruppierung auf: die Zwinglianer. *A nää, des aa noch!* Kommissar Günda rauchte der Kopf *voa lauda Calvinischde, Zwingliana, Luddarana. Fehle jetz bloß noch die Gündarana! Eewe langts!* Er klappte das Buch zu und atmete tief durch. *Un alles in unsam schääne Heidlbäiig!*

Un jetzat?

Da kam ihm der rettende Gedanke: *Fortt mit demm dabbische Gezagga weje Religioon!* Ab nach Heidelberg! Schlimm genug, dass man viel zu selten diese Stadt besuchte, in die es Touristen in Scharen zog.

Urplötzlich befiel ihn eine regelrechte Sehnsucht nach dem Schloss, nach der Alten Brücke. Er musste an den Neckar, auf den Kornmarkt. Nachsehen, ob noch alles da war, was für die Welt der Inbegriff von Romantik war, für ihn als Einheimischen dagegen *nommaal*. Und zwar viel zu *nommaal*, wie ihm gerade bewusst wurde. Kommissar Günda schnalzte mit der Zunge. *Des is doch glei mol ä schääni Idee: Auf gehts uff Heidlbäiig! Bissl duasch die Fußgängazoon laafe, bissl gugge, mol än schääne Kaffee dringge.* Bei der Gelegenheit könnte er sich tatsächlich mal etwas Neues zum Anziehen kaufen. Außerdem gab es am Hopfeloch in jüngster Zeit entschieden zu viel Besuch.

Als er die Heidelberger Stadtgrenze passierte, überfielen ihn unerwartet nostalgische Gefühle. Er beschloss, einen kleinen Schlenker zu machen, einen Besuch in seiner alten Wirkungsstätte, *bei de Bollezei*. Seit seiner Pensionierung hatte er nicht mehr in der Zentrale vorbeigeschaut. Er wollte nicht zu denen gehören, die ihr früheres Leben offenkundig nicht loslassen

konnten. *Rum is rum*, so hatte er das im Vorfeld gesehen, und daran hielt er fest. Nicht zuletzt hatte es mit der Sokodo in Glickerbach ja eine würdige letzte Station seiner Amtszeit gegeben, wo er auf formidable und beneidete Weise sein eigenes Süppchen hatte kochen können.
Seine lange Abwesenheit bekam er sogleich zu spüren, schon an der Pforte wurde er nicht erkannt. Nur weil immerhin einer von fünf Kollegen, die er als Bürgen benannte, noch in Amt und Würden und glücklicherweise gerade greifbar war, gelang es ihm schließlich, sich Zutritt zu verschaffen. Dabei war der Zeitpunkt durchaus bewusst und gut gewählt: *Mahlzeit allaseits!*
Er wusste, wenn er noch jemandem aus dem kleinen Kreis der Verbliebenen antreffen würde, dann jetzt, *in de Kantiin*, jeder an seinem angestammten Platz.
„Ach Gott do, de Tschief, was meschen du do?"
„Isch hab schun gedenkt, denn gibts nimmie."
„Ma hot jo nix mea gheat, seitdähm dass du in Pengzioon bisch."
„Isch hab imma gsacht, dea lebt bstimmt jetz uff Hawaii middare Hulahuppdänzarin."
„Auf, hogg disch, Günda!"
Der Empfang tat ihm gut. Noch war er also nicht ganz vergessen. Und es zahlte sich aus, sich rar zu machen. Wenn er hier täglich auftauchen würde, wäre die Reaktion gewiss eine andere: *Feischdi Woohnung, Günda?*
„Rot mol, wasses heit gibt?"
„Ribbsche mit Kraut."
„Gönau! Wuhea weeschn du des?"
„Des ännat sisch nie. Des gibts noch in hunnat Joa."
„Des Ribbsche heit is scheinz aa schun so alt."
„Gut siehsch aus, bissl zugelegt?"
„Oh! Selwa!"
„Jetz vazehl mol. Was gibtsn Neies?"
„Nix weidas."
„Gaa nix?"

„Nää."
„Do hawwe mia annares gheat."
„Hä?"
„Kaum dass du nimmie schaffsch, läsch dus glei mol grache. S heeßt, de Günda, dea hot jetz ähni."
„Wie isch des gheat hab, hots misch schia varopft."
„Isch hab glei mol än Aushang gemacht, newedroo vun denne Fahndungsfoddo: *Kaum zu glauben, aaba wahr, de Günda hot doch glatt ä Fraa!* Hawwe die Leit gsacht: *Waas? Dea? Im Leewe net! Des is bestimmt bloß Feeg Nuus*[41]*!*"
Kommissar Günda grinste. Er hatte sich nicht getäuscht. Wenn er für die Verbreitung einer Neuigkeit sorgen wollte, musste er nur Kornfeld zum Stillschweigen verpflichten: „Bidde, Weize, vaspreschl mia, du vazehlsch des kähm vun meinare Inga, schun gaa net denne Hannebambl vum Brässidium!" Das Schaulaufen als Neubeweibter genoss er durchaus. Wenn er ehrlich war, die Aussicht darauf hatte ihn zu diesem Spontanbesuch überhaupt erst verleitet.
„Was is des fa ähni, wie siehtsin aus, jung, klää, dick, dabbisch?"
„Auf, jetz vazehl mol, loss da doch net alles aus de Nas ziehe."
„Ach Gott", setzte er zögernd an. „Ä Fraa halt."
„Wie alt?"
„Weeßischnet."
„Günda, bidde."
„Wahrscheinz zwonzisch, du Fuchs!"
„Nää, nommaal."
„Was issn fa disch nommaal?"
„A, nommaal fa mei Alda halt."
„Also sibbzisch blus. Gradliada!"
„Du Sseftl. Isch geb da glei!"
„Wisso hosch sie net mitgebrocht?"
„Die schafft."
„Des is schummo guud. Hosch du wennigschdens ä Foddoo?"
„Fa waas?"

---

41 Fake News

„Isch hab imma Foddoo vun meinare debei. Des is alladings dreißisch Joa alt, des Foddoo. Haha!“
„Gebs zu, du hosch bstimmt ä Foddoo vun de Ingahahaha….“
Kommissar Günda drohte theatralisch mit dem rechten Zeigefinger: „Mooment! Wuhea wisst ia, wie die heeßt?“
„Günda! Mia schaffe vleischt bei de Bollezei? Mia hawwe unsa Gwelle.“
„Un, wie siehts aus? Steigsch ei bei derre?“
„Hä?“
„A, die is doch Mediatoorin. In Gliggabach.“
„A, ia wisst jo schun mähna als wie isch.“
„Neewebei: Alles in Orddnung, ma hot nix weidas gheat, außa dass die än Soohn hot. Isch hoff, du weesch des aa schun.“
„Nadialisch. Mia unnanämme als was zamme.“
„Ou? Spielsch als mit demm Räddlkaschde[42]?“
„Mooment, Günda, korzzi Kondrollfrooch: Wie heeßdan, de Klähne vun derre Inga?“
„Nolään.“
„Stimmt. Un wie alt issan, dea Strooma[43]?“
„Ou…“ Kommissar Günda tat, als käme er soeben heftig in Verlegenheit. „Fuchzäh.“
„Stimmt. Tescht bschdanne. Un mia kenne disch beruische, sliggt nix voa geje denn, dea is net bleed uffgfalle.“
„Noch. In demm Alda weeß ma nie.“
Kommissar Günda war in dieser Hinsicht zuversichtlich, für die einschlägigen Vergehen müsste Nolan ja erst einmal aufstehen.
„Alla, Günda, mia misse donn mol widda was schaffe. Un duä?“
„Isch geh noch bissl in die Stadt. Schobbe[44].“
„Obacht, Günda, du bisch doch bstimmt mim Audo do.“
„Nää, net so schobbe. Bissl eikaafe.“
„Kä schleschdi Idee. Hol da mol än neie Kiddl. Länga als wie dass isch mei Fraa kenn, kenn isch demm Günda soin Kiddl.“

---

[42] Tischfußball

[43] Herumtreiber

[44] missverständlich: Schobbe petzä = Wein trinken

Sie versprachen sich das baldige Wiedersehen, und man rang ihm das Verprechen ab, Inga beim nächsten Mal mitzubringen. Erst hatte er das brüsk von sich gewiesen, aber dann musste er sich eingestehen, der Gedanke gefiel ihm. Zum ersten Mal würde er mit einer Frau auftauchen, und die konnte sich auch noch sehen lassen. Das war wahrlich eine völlig neue Situation, und er verspürte einen gewissen Stolz.

In der Heidelberger Hauptstraße suchte er den erstbesten Laden *fa Glamodde* auf. Eine zu seiner Beruhigung nicht mehr ganz junge Verkäuferin – er hasste es, wenn ihm Zwanzigjährige modeberatend zuleibe rückten – kam auf ihn zu. Ihr Blick verriet langjährige Erfahrung. Wonach er Ausschau halte?
„Bissl was fa de Frihling."
Hatte er tatsächlich Frühling gesagt? Jetzt, zu Herbstbeginn?
Sie lächelte wissend: „Dann kommen Sie mal mit, ich glaube, ich habe genau das Richtige für Sie."
Normalerweise scheute er im Kaufhaus den Blick in den Spiegel, schon die Beleuchtung machte ihn blass, alt und griesgrämig. Doch dieser cremefarbene Leinenanzug mit dem weißen Leinenhemd stand ihm weit besser als erwartet. Lag das

nur an seiner gesunden Gesichtsfarbe vom Urlaub? Oder sah man sie ihm etwa an, die Verliebtheit?

Mit einem völlig neuen Gefühl schlenderte er nun durch die Hauptstraße. Täuschte er sich, oder betrachteten ihn vor allem die weiblichen Passanten *annaschda*? Er erreichte den Marktplatz, setzte sich in ein Straßencafé und beschloss, Inga teilhaben zu lassen. Und sie auch ein wenig vorzuwarnen *uff de neie Günda*. Er nahm sich sein Handy und schickte sich an, sein erstes *Tsälfii* nicht nur zu fabrizieren, sondern auch gleich zu versenden. Früher hätte er das unmöglich gefunden, sich selbst zu fotografieren, aber hier fiel das nicht weiter auf, alle machten nichts anderes. Er rückte sich in Positur. *Zack, a-leedischt. Un glei noch ähns!* Zufrieden lehnte er sich zurück, sein Blick wanderte über den Marktplatz.

Plötzlich fiel ihm dieser Pfarrer Sylvanus wieder ein. Hier also war der Mann vor 450 Jahren hingerichtet worden.

Als sie sich am Abend beim Italiener einfanden – getrennt voneinander eintreffend –, tat Kommissar Gündas Vorabinformation über seine ungewohnte Optik Ingas Verwunderung offenkundig keinen Abbruch. Er vermutete, die Wirkung *in escht* war einfach noch bedeutend eindrucksvoller.
„Oha! Neu?"
„Ähä."
„Steht dir gut. Selbst ausgesucht?"
„Halwa."
„Wegen mir?"
„Bissl." Er mochte es sehr, wenn ihre Gespräche mit wenigen Worten auskamen. „Swaa mol Zeit."
„Du weißt, mir gefällt, dass du keinen übersteigerten Wert auf deine Kleidung legst…"
„Des hosch du schää foamuliat. So kammas saare."
„Obwohl, als ich dich das erste Mal sah, hattest du diesen unfassbar hässlichen Gockelanzug an, du sahst aus wie soeben dem Traumschiff entsprungen."
„Des hot de Weize uffgebrocht."
„Eine Idee deines alten Kollegen, ich weiß. Der dich mit allen Mitteln an die Frau bringen wollte."
„Denn Oozug, denn hawwisch glei mol entsoiigt. Fuaschbaa."
„Ich habe nichts dagegen. Und sonst? Was hast du heute sonst so gemacht?"
„Isch waa bei de Bollezei."
„Oh!"
„Nää, isch hab bloß mei alde Kollege bsucht. Schää. Bissl nosdalgisch."
„Fehlt dir denn das alte Umfeld, die Arbeit?"
„Null."
„Und, hat sich viel verändert?"
„A-wa, als noch des dabbische Gebabbl. Stell da mol voa, die hawwe des schun gewisst mit dia. Fluafunk, saarisch bloß. Än schääne Gruß ibbrigenz, isch soll disch beim näggschde Mol mitbringe, sie deede disch gärnn kennelärnne."

„Das können wir gerne machen. Und wenn wir gerade beim Kennenlernen sind, ich wollte etwas mit dir besprechen....“
„Ou.“
„Kein Grund zur Besorgnis. Obwohl...“
„Vazehl!“
„Ich kenne ja jetzt deine Tante.“
„Schlimm?“
„Überhaupt nicht. Ich finde nur, jetzt solltest du auch jemanden aus meiner Familie kennenlernen.“
„Doin Ex?“
An ihrem markanten Lachen konnte er sich einfach nicht satthören.
„Davon kann ich nur abraten. Nein, ich finde, du solltest meine Mutter kennenlernen.“
„Äh... „ Kommissar Günda wusste nicht so recht, wie er auf diesen unerwarteten Vorschlag reagieren sollte. „Weeß die iwwahaupt schun Bscheid? Isch mähn weje... uns?“
„Eine Mutter spürt so etwas, um mal einen ihrer Klassiker zu zitieren.“
„Awwa vazehlt hosch du noch nix.“
„Ich habe mal etwas angedeutet. Egal. Am Sonntag? Einverstanden? Es steht eh ein Besuch an, dann könnte ich das verbinden. Ganz zwanglos.“

Sie merkte es ihm hoffentlich nicht an, aber ein wenig beunruhigte ihn der Gedanke an einen Antrittsbesuch bei seiner möglichen künftigen Schwiegermutter schon. Immerhin war es sein erster Antrittsbesuch bei einer möglichen künftigen Schwiegermutter überhaupt.
Was würde von ihm erwartet? Dass er um Ingas Hand anhielt?
Solcherlei ging ihm durch den Kopf, als er bemerkte, dass er bislang eine Antwort schuldig geblieben war: „Äh... Wisso...“, setzte er an.
„Wieso ich dich meiner Mutter vorstellen möchte?“
Etwas in ihrem Ton und an ihrer Mimik ließ ihn aufhorchen.

„Nänää, des is jo nommaal. Isch wollt saare: Wisso… net? Des is doch mol ä schääni Idee. Des wärdd bstimmt aiig… schää."
„Ja. So kann man das auch nennen. Na, du wirst sie ja kennenlernen. Ich kann dir schon jetzt versprechen, sie wird jede Menge Fragen haben."
„Wie mei Donde."
„Andere. Es kann dir passieren, dass sie dich regelrecht ins Kreuzverhör nimmt."
„So viel gibts vun mia net."
„Glaubst du. Aber ich will dir nicht zu viel verraten, du wirst es ja erleben. Keine Angst, im Zweifel schießt sie sich auf mich ein."
„Donn deedisch mol saare: Alla, browiare mas!"
„Genau. Darauf trinken wir."
Sie stießen an, und das Klirren der Gläser weckte die Aufmerksamkeit des Kellners: „Dottore? Abe Sie noch eine Wunsche?"
„Mia heede gärnn än klähne Noochdisch. Habt ia heit vun derre Grähm Brüllee?"
Der Kellner nickte verheißungsvoll.
„Donn heede mia gärnn zwee."
„Für mich bitte nicht."
Kommissar Günda grinste sie an: „Wea schwetztn vun dia?"

Eines hätte ihn brennend interessiert, aber er traute sich nicht, sie zu fragen: Wie hatte Nolan auf seinen Brief reagiert? Bekommen haben müsste er ihn. Wahrscheinlich hatte er es für sich behalten, war ja auch richtig so, das war eine Sache zwischen ihnen beiden. Insofern verbot es sich, Inga danach zu fragen. Er wollte schließlich ein Vertrauensverhältnis zu dem Jungen aufbauen, und dazu gehörte, die Mama nicht bei jedem Schritt einzubeziehen. Nein, da geschah nichts hinter Ingas Rücken. Er bewahrte sie lediglich davor, sich einzumischen. Ganz klar die richtige Strategie. Entsprechend neutral hatte er den Briefumschlag gestaltet.

Und Nolans Nochnichtreaktion? Geduld! Der musste sich ja erst vertraut machen mit der Materie, damit er entsprechend gerüstet in der Schule auf seinen Lehrer zugehen konnte.

Inga machte es ihm leicht, die Gedanken an Nolan und Sylvanus in den Hintergrund geraten zu lassen, denn sie legte ihre Hand auf seine: „Bis dein Nachtisch kommt."
Die Kerze flackerte zwischen ihnen beiden, und er hielt ihrem manchmal so unergründlichen Blick stand.
„Ich habe übrigens gar keine Fragen an dich, Günda. Weißt du warum?"
„Hm, nää?"
„Ich weiß schon alles. Und alles andere interessiert mich nicht."
„So geht mias aa, Inga."
„Halt! Doch! Eine Frage habe ich: Wieso schickst du mir Fotos von Kirchtürmen?"
„Hä?"
„Du hast mir doch vorhin Fotos per SMS geschickt. Auf beiden ist ein Kirchturm zu sehen."
„Zeig mol hea."
Sie gab ihm ihr Smartphone, und er besah sich das überraschend eindeutige Motiv.
„Oh liewi Zeit, wie peinlisch! Falschrum. Des sollt eigentlisch ä Tsälfii werre. Vun mia."
Sie lachte so laut, dass sich einige Restaurantgäste nach ihnen umdrehten: „Ich dachte, das hat bestimmt was mit deiner Tante zu tun."
„Hä?"
„Na ja, die hat es doch sehr mit evangelisch oder katholisch."
Bessa gsacht mit Fifty Shades of Evangelisch, dachte er, doch dann kam sein Nachtisch, und er war froh, nicht der Versuchung zu erliegen, das Thema zu vertiefen.

Beschwingt und etwas beschwipst betrat sie ihre Wohnung.
„Nolan? Ich bin wieder da."
Keine Antwort. Erwartungsgemäß. Die Jacke auf dem Boden, die Schuhe irgendwohin gekickt. Er blieb sich einfach treu.
Inga besah sich die Post: Werbung, Rechnungen und ein Brief in unheilvollem Finanzamtgrau. Diese Sorge erwies sich als unbegründet, doch eine andere keimte sogleich auf, denn der Brief war adressiert an ihren Sohn. Ihr erster Gedanke: *Schule, Alarm!* Sie schaute auf die Rückseite des Umschlages. Absender: *Projekt Sylvanus*?
Wahrscheinlich eine harmlose Spinnerei unter Pubertierenden. So etwas hatte sie damals auch mit ihren Freundinnen zelebriert. Der Gedanke daran ließ sie erleichtert grinsen. Es konnte ja auch mal ganz normal zugehen. Überdies ein hoffnungsfrohes Signal: Man schrieb einander noch Briefe.

Ohne zu klopfen und schwungvoller als sonst öffnete sie Nolans Tür. Ein Zeichen für Entspannung, wie sie fand. Er hatte seine Position nicht maßgebend verändert, seit sie sich verabschiedet hatte, blickte sie aber jetzt an. Immerhin. Sie war drauf und dran, ihren Geldbeutel zu zücken und ihn für diese noble Geste fürstlich zu belohnen.
„Warst du bei deinem Papa?"
„Hm."
„Wie wars?"
„Normal."
„Und sonst? Irgendwas zu besprechen?"
„Nee."
„Du hast Post."
„Hm?"
„Ein Brief von…" Sie besah sich nochmals den Absender. „Ein Sylvanus-Projekt. Kommt dir das bekannt vor?"
„Keine Ahnung."
„Ich leg dir den Brief mal auf den Schreibtisch. Kümmere dich."

Sie spürte den Alkohol. Sie wusste um das Risiko. Im nüchternen Zustand hätte sie die Frage nicht gestellt, aber in Anbetracht des vorangegangenen, geradezu munteren Dialoges wurde sie unversehens übermütig: „Und für morgen?"
„Hm?"
„Schule?"
„Hm."
„Alles klar?"
„Klar."
„Hausaufgaben gemacht?"
„Hm."
„Alles vorbereitet?"
„Hm."
„Schreibt ihr morgen eine Arbeit?"
„Nicht dass ich wüsste, Hochwürden."

Manchmal überraschte sie der Junge.

Keine Frage, Kommissar Günda war ein *Tschentlmähn* alter Schule. Wo sie auch waren, stets bestand er darauf, dass Inga zuerst nach Hause gebracht wurde. *Oukey*, eine klitzekleine Rolle spielte dabei, es war für ihn noch nicht an der Zeit, mit seinem Hopfeloch herauszurücken.
Sein Stammtaxifahrer zeichnete sich dabei durch ein gutes Gedächtnis ebenso aus wie durch eine gehörige Portion *Diskrääzioon*: „Un jetz, Scheff? Gehts widda in die Pamba?"

Dort angekommen entdeckte Kommissar Günda, dass er eine Nachricht auf dem Anrufbeantworter hatte: „Ich wollte nur mal hören, ob du dich schlau gemacht hast. Weißt du jetzt, wie evangelisch du bist? Ruf doch mal an! Gruß, der Ruudel."
De Ruddl. Dea lärnnts aa nie, schmunzelte Kommissar Günda. Dann stutzte er. Hatte etwa jemand sein Bett gemacht?

Bei Kornfelds im Schlafzimmer brannte noch Licht. Auch wenn sie bereits nachtfertig war, der Herr des Hauses ließ es sich nicht nehmen, seiner Rosie zumindest einen kurzen Tagesbericht zu liefern.
„Muss des sei, Axl? Isch bin schun so mied."
„Moomendemol, du hosch doch wisse wolle, was isch de gonze Daag oogstellt hab."
„Des is drei Stund hea. Ärschda hosch gschbachtlt, donn hosch disch voa de Färnnseh ghoggt."
„Isch musst halt bissl runnakumme, abschalde nooch denne ganze viele Eidrigg. Schun net so oohne, was isch do alles a-lebt hab."
„Alla guud, bringe mas hinna uns!"
„Folgendes. Ärschda bin isch gewest… wuä? Auf, root mol!"
„Was weeßnisch, uffm Gloo?"
„So ähnlisch: am Hopfeloch. Glei moggens."
„Beim Günda? Oh liewi Zeit, isch habs geahnt. Unn?"
„Schlumbelisch oogezorre wie imma, dea Kärll. Aaba, hoiisch zu: Ea roomt bissl uff scheinz. Immahien."
„So musses sei, alles beschdens. Gdnacht!"
„Jetz kummts: Sei Inga, die wäa schun fortt de Moaje, hodda gemähnt. Schaffe."
„Des soll voakumme. Un donn isses wischdisch, dass ma genung Schloof hot. Isch aa."
„Rossie, wenn du misch frääsgsch…"
„Isch froog disch awwa net."
„Jetz hoiisch mol zu: Wenn du misch frääsgsch, demm sei Inga, die is iwwahaupt net dortt gwest, die Nacht."
Genervt setzte sich Rosie Kornfeld in ihrem Bett auf: „Wuhea willschen du des wisse, Axl?"
„So was spüa isch. Außadähm: Ea hot misch net neigelosst in sei Gemääscha."
„Do is jo nix debei. Vleischt issie noch drin gewest. Naggisch. Odda sie hot noch gschloofe. Die hots guud."
„Im Leewe net! Sie wäa schun fortt, hodda gsacht, un ea heed aa

noch än Haufe zum schaffe. Hodda awwa net. Schabb geguggt."
„Du hosch denn beobacht? Axl, wenn dea disch sieht, was sollen dea dengge? Do simmia doch unneduasch."
„Mach da kä Sogge, Schätzl. Isch hab des druff. Fasteggl t hawwisch misch, brofessionell. Un dea, was mescht dea?"
„Kä Ahnung. Schloofe? Jetz kumm mol uff de Bungd!"
„Dea hot sisch hieghockt. Un ge-lee-se! Ä Buch. Un jetz du!"
„Isch kann do nix debei finne."
„Gebläddat und gebläddat. Wie wenna bloß Bildlin ooguggt."
„Des is jo än rischdische Srilla[45], wu du do a-lebt hosch. Glei gibts aa noch ä Leisch. Disch!"
Kornfeld ließ sich nicht beirren: „Uff ähmol Buch forttgschmisse un weggfahre. Uff Heidlbäiig."
„Wuhea weeschn des jetz? Saach bloß, du hosch denn fafolgt!"
„Nää. Isch hab doch mei Gwelle. Die hawwe misch oogruufe. Ärschda hoddan Bsuch im Brässidium gmacht un donn ab in die Fußgängazoon, Sach zum Ooziehe kaafe. Alläa! Irgendwonn issa hähmkumme, do waas schun dunggl. De Günda als noch alläa! Wissoä? Des froorisch disch."
„Weila bei de Inga die gonz Zeit gebabblt hot, hot sie gsacht *Hea mol, du Sseftl, jetz langt mas, isch muss schloofe, kannsch drauß weidababble!*"
„Nää, weila uffgschmisse is. Weila net weeß, wies geht. Zwee Schmatza, un donn is doch schun zabbe bei demm. Weesch, was des wahrscheinz faä Buch is, wua hot? Biene Maja. Oswalt Kolle."
„Hm?"
„Uffkläarung! Wu kumme all die klähne Kinna hea? Was mussischn do mache? Wedde ma? Weesch, was dea u-bedingt braucht? Än Fachmann. Än Expärdde uff demm Gebiet: misch! Awwa wemm saarisch des, Schätzl, gell? Soot, un jetzat..."
Rosie Kornfeld hob die Augenbrauen.
„Jetz kannsch schloofe."

---

45 Thriller

Schon wieder ein neuer Leser!
Die Leiterin der Glickerbacher Bücherei staunte nicht schlecht: „Unn, junga Monn, kamma helfe?"
Der Ton gefiel ihm, Axel Kornfeld war gleich aufgekratzt: „Sie! Isch bin vaheiat."
„Is jo net schlimm weidas, isch aa."
„Schad-schad! Klähna Witz. Nää, folgendes: Isch heede mol gärnn ä Frooch."
„Bidde."
„Kann do jeda was ausleihe bei Ihne?"
„Kummt druff oo. Sin Sie vun do, vun Gliggabach?"
„Net direkt. Awwa isch bin schun efdas do, weil isch bin gut bekonnt zu de Fraa Helsche vum Roode Ochse."
„Zu de Marioon? Donn is des kä Probblähm. Isch mach Ihne än Gaschtausweis. Gilt fa ähn Muunet[46]. Name?"
„Weize, äh Kornfeld, Axel."
„Kornfeld wie mas sprischt?"
„Nää. Spreschle dud mas Weize."
„Hahaha! Sie gfalle mia. Endlisch mol widda än rischdische Monn, mia hawwe jo bloß noch Fraue bei uns in de Büscharei."
„Ealisch? Donn kummisch efdas."
Sie startete ihren Computer. „Soot, isch kimma misch. Donn deafe Sie schummo bissl rumgugge. Odda wisse Sie schun was Sie wolle deede?"
„Weje Kinna."
„Glei ums Eck. Im Fall, dassie mei Hilf brauche, melde Sie sisch ruisch."

Axel Kornfeld war beeindruckt. Groß war die Bücherei wahrlich nicht, aber das Angebot für Kinder erschlug ihn geradezu: *Wea sollen des Zeigs alles lese? Mol gugge, was sie hawwe.*
Nun, ganz so gut bestückt war die Abteilung nicht, wie er feststellen musste. Sein Lieblingsautor aus Kindertagen fehlte: Karl May.

---

[46] Monat

In der Spielecke kicherten zwei Mädchen über einem Puzzle.
„Suchst du ein Buch für deine Kinder?"
„Der hat doch keine Kinder, der ist doch viel zu alt."
„Mooment", widersprach Kornfeld. „Wo-hea wollt ia daas wissöön?"
„Wie heißen denn deine Kinder?"
„Isch, äh, isch habe koine Kinda."
„Siehst du, der ist zu alt."

Die Büchereileiterin erwies sich als überaus aufmerksam und hatte sich unbemerkt zu ihnen gesellt: „Gehe die Ihne uff de Wegga? Seie Sie ealisch. Wisse Sie, die sin beinah jedn Daag do, außa Freidaag, un die kenne froore… Die Müddas liefare die zwee ab un gehe dann wahrscheinz schää än Prozeggo dringge. Jetz losst mol den junge Monn in Ruh, dea sucht was." Sie drehte sich wieder zu ihm: „Un was genau?"
„Isch…" Er nahm sie verschwörerisch beiseite und fuhr flüsternd fort: „Isch bräuscht was fa zum Uffkläare."
„Kä Probblähm, gehe Sie mol mit! Un ia zwee spielt schää weida."
Sie zog ihn ins Nebenzimmer.
„Uffkläare, ähä. Buu odda Meedl?"
„Buu."
„Wie alt?"
„Seschz… Äh, also uff jedn Fall än Oofänga."
„Hahaha! Des simmia alle mol gewest. Odda?"

Im Nu hatte sie fünf Bücher ausgesucht: „Do is bstimmt was debei. Isch find des ibbrigenz subba, dass Sie sisch um Ian Enggl kimmare. Die Eldan, die hawwe jo heit meischdens kä Zeit. Wenn isch Ihne was empfehle deaf, am beschde, Sie losse denn Klähne ärschda mol allää gugge, un wenna Froore hot, kann de Ooba helfe. Un im Fall, dass de Krutze mol selwa kumme will in die Büscharei, am beschde freidaags…"

Wie hatte er das gemeint, *de Ruddl*, mit seiner Nachricht auf dem Anrufbeantworter: *Weißt du schon, wie evangelisch du bist?*

Uff jedn Fall evangelisch genung! Selbst wenn das nur flapsig dahingesagt war, es wurmte ihn. *Des wolle ma doch mol sehe!*

Dazu musste er allerdings seine alte Wohnung aufsuchen, alle wesentlichen Unterlagen waren dort.
Bei dieser Gelegenheit leerte er den randvollen Briefkasten. Es fand sich ein Schreiben seines früheren Assistenten Fritjof Freese mit der erwarteten Einladung zur Hochzeit: *Schää!* Ansonsten das Übliche: Rechnungen und jede Menge Werbung. Seit seinem sechzigsten Geburtstag war er offenkundig in eine neue Zielgruppe gerutscht. Fortan setzte man bei ihm auf einen dringenden Bedarf an Hörgeräten und Treppenliften. Dazu erreichten ihn im Internet gleich mehrmals täglich Angebote für Potenzpillen. *Des basst jo, als hea demit!*
Kommissar Günda hatte den Erfolg plastisch vor Augen: Mit dem Hörgerät würde er nun endlich die bislang vergeblichen Lockrufe aus dem Schlafzimmer im oberen Stock vernehmen können und daraufhin sogleich eine dieser Wunderpillen einwerfen. Die entfaltete sodann ihre heilsbringende Wirkung auf der gemächlichen Fahrt ins Paradies mit dem Treppenlift. *Gebongt! Mussisch hawwe.*
Ah, und das nächste Angebot rundete die Sache so richtig ab: Eine Versicherung bot ihm Sterbevorsorge an. Ganz wichtig: *Sofortiger Versicherungsschutz bei Unfalltod. Sauwa! Machischglatt!*
Das machte doch das Glück erst perfekt: Lockruf von oben, *Ffiaagraa ei-schmeiße*, noch schnell die Sterbeversicherung abschließen und ab in den Treppenlift! N*uffzuus*! Und zwar endgültig.
Er entsorgte die Angebote, lüftete kräftig, machte sich einen Kaffee und dann auf die Suche. Amtliche Unterlagen verwahrte er in einer alten Aktentasche, die er von seinem Großvater geerbt hatte.
Einziges Problem: Wo befand sich die Aktentasche? Vor seinem Urlaub hatte er diese aus einer plötzlichen Sorge vor Einbrechern so gut versteckt, dass er sie nun nicht mehr fand. Lag auch daran, dass er vor der für ihn in jeder Hinsicht besonderen Reise so vieles zu bedenken hatte: *Welli Hos? Wella Kiddl? Mit welläne Schuh?*

Nicht zuletzt war da die Frage, wie ihn der Urlaub verändern würde. Wer würde ihn danach wohl aus dem Spiegel anblicken, *wella Günda?*

Nachdem er gut eine Stunde gesucht hatte, entdeckte er die Tasche durch Zufall: Sie stand verstaubereit vor der Garderobe neben der Eingangstür, und er war schon gleich auf dem Weg in seine Wohnung beinahe über sie gestolpert, während er konzentriert und ungeduldig die Post durchgesehen hatte. Er setzte sich auf die Couch im Wohnzimmer und nahm die Tasche auf den Schoß. Man könnte auch sagen, er presste sie an sich. Ewig her, dass er sie zur Hand genommen hatte.
Sein ganzes Leben in einer Aktentasche. *Un jetzat?*
Ehe er sich über den Inhalt hermachte, fand er es angemessen, den passenden Soundtrack dazu aufzulegen, und er wurde rasch fündig: *From the Beginning*, Emerson, Lake and Palmer. Augenblicklich tauchte er ein. Immer wieder erstaunlich, wie detailliert er die alten Songs in Erinnerung hatte. Er kannte nur einen Menschen, dem das ähnlich ging: Wiebke Freese, die Mutter seines früheren Assistenten. Die musste er ohnehin kontaktieren wegen der anstehenden Hochzeit. Vielleicht könnte er sie auch ins Vertrauen ziehen im Hinblick auf die drohende Begegnung mit Ingas Mutter, sie könnte ihm bestimmt wertvolle Tipps geben, schließlich war sie ja jetzt auch Schwiegermama. *Guudi Idee, des machisch glei.*
Wiebke Freese hatte mit seinem Anruf gerechnet: „Du hast Post bekommen, ich weiß. Und?“
„Kenne ma zamme fahre, bissl Mussisch hoiische. Heasch des grad bei mia?“
„Emerson, Lake and Palmer.“
Mittlerweile überraschte ihn ihre Repertoirekenntnis nicht mehr.
„Gönau.“
„Mir war ja Greg Lake immer der Liebste von den dreien.“
„Mia aa, des Kiiboadgenuudl[47] brauchisch net.“

[47] Keyboardgenudel

„Sehe ich auch so. Es gibt übrigens ein paar schöne Solo-Aufnahmen von ihm, kennst du die?"
„Nää."
„Ich stelle sie zusammen, dann können wir sie auf dem Weg zu Fritti und seiner Holden hören."
„Sauwa!"
„Und sonst, wie läuft es bei dir und Inga?"

Wiebke Freese war wohl der Mensch, mit dem er am offensten reden konnte. Mit Inga ging das zwar irgendwie auch, und doch war das etwas anderes. Da war er nicht unbefangen, da stand immer zugleich viel auf dem Spiel.
„Mia kumme guud klaa. Kamma net annaschda saare."
„Das dachte ich mir. Eine tolle Frau. Passt zu dir. Halt die schön fest, Günda!"
„Schvasuchs. Apropoo…"
Er erzählte ihr vom anstehenden Besuch bei Ingas Mutter. „Wie machischn des? Uff was mussischn do achde?"
„Das fragst du mich?"
„A, du bisch doch aa ähni, ä Schwiegamuddi."
„Schon, aber da gibt es einen feinen Unterschied."
„De Freese, des is än Strooma un isch net."
„Ja, aber das ist vorbei. Sie hat ihn ganz schön im Griff, die Kleine, ich erkenne ihn manchmal nicht wieder. Und da sind wir schon bei dem fundamentalen Unterschied: Das Verhältnis Schwiegermutter-Schwiegertochter ist ein gänzlich anderes als das von Schwiegermutter zu Schwiegersohn."
„Ähä. Inwiefärnn des? Bessa?"
„Na ja. Ich hätte wirklich nicht gedacht, dass ich auch so bin."
„Wie? Wie bischn?"
„Eifersüchtig, das bin ich manchmal."
„Weil sie dia net gfällt, die Klää? Weila was Bessas vadient hot?"
„Überhaupt nicht. Im Gegenteil, ich mag sie. Aber sie… sie nimmt mir irgendwie meinen Sohn weg."
„Hea mol, Wibbge, sei ma net bees, awwa seit mia uns kenne,

un mia kenne uns schun ä Weil, seitdähm willsch du, dassa endlisch mol auszieht, doin klähne Enddreißischa. Gell? A-inna disch!"
Wiebke Freese lachte: „Hast ja recht. Manchmal ist man einfach…"
„Dabbisch, schkenns."
„Also, mach dir keine Sorgen, sei entspannt, sei du selbst. Ich bin sicher, du gewinnst das Herz deiner Schwiegermama im Sturm."

So eingestimmt fiel es ihm nun bedeutend leichter, den Inhalt der Aktentasche zu inspizieren, vor dem er sich, wie er genau wusste, gedrückt hatte. Vor diesen paar Zeugnissen, die seine Vergangenheit widerspiegelten. Viel mehr würde von ihm wohl nicht übrig bleiben als das, was sich in dieser Aktentasche befand. So hatte er das jedenfalls noch vor wenigen Minuten nüchtern eingeschätzt.
Dank Wiebke war ihm klar: *Bleedsinn!* Immerhin war er gerade dabei, ein neues Leben zu beginnen. Mutig, unerschrocken, geradezu tollkühn, was den kommenden Sonntag betraf. Wie hatte Wim Thoelke einst beim Großen Preis so trefflich anspornend gerufen? *Rissikoo!*
Obendrein war er fündig geworden, in Sachen Dokumente war eben auf ihn Verlass. Jetzt konnte er neben Personalausweis, Führerschein, polizeilichem Führungszeugnis, Rentenbescheid und Blutspenderausweis auch seine Konfirmationsurkunde zum Kaffee mitbringen, denn die hielt er gerade in Händen. Stumm las er seinen Bibelspruch:

Herr, zeige mir deine Wege und lehre mich deine Steige; leite mich in deiner Wahrheit und lehre mich! Denn du bist der Gott, der mir hilft; täglich harre ich dein. Psalm 25, 4/5

Da stand nichts von beschränkter Geltung, von begrenzter Laufzeit. Das hatte Bestand, und das sollte Wirkung zeigen. Auch und gerade an einem Sonntagnachmittag.

„Ist Nolan nicht dabei?"
Schon mit ihrer ersten Äußerung wich Gesine Jablonski erheblich vom prophezeiten Ablauf des doch angeblich immergleichen Sonntagnachmittagbesuches ab.
Auch Kommissar Günda hatte im Vorfeld gefragt, ob Ingas Sohn mitkäme – allerdings mit dem Hintergedanken, er könnte sich mit dem Jungen zu gegebener Zeit zurückziehen, sich ein bisschen der BSE widmen, während Mutter und Tochter bestimmt einiges zu besprechen hätten.
„Nolan?", hatte ihm Inga geantwortet. „Der kommt nie mit. Meine Mutter hat sich daran gewöhnt."
Nun, in Maßen, wie sich gerade zeigte: „Willst du ihn nicht zu mir mitnehmen?"
„Mama, Nolan kommt seit zwei Jahren nicht mehr mit. Der ist fünfzehn, der hat sonntagnachmittags anderes vor."
„Schon gut, ich habe mir ja nur erlaubt zu fragen. Entschuldige, dass ich mir wünsche, auch mal meinen Enkel zu sehen."
Nach dieser gelungenen Einstimmung richtete sich ihr fragender Blick nun auf ihn, den unübersehbaren Fremdkörper.
„Das ist…", beeilte sich Inga zu erklären. „Das ist mein… Freund Günda. Ich habe dir ja schon von ihm erzählt."
„Hast du? Nicht, dass ich wüsste."
„Günda, das ist meine Mutter."
„Äh, hallo."
Eindeutig der ideale Moment, einen Blumenstrauß zu überreichen. Kommissar Günda bereute, Ingas Einschätzung *Auf Blumen legt meine Mutter überhaupt keinen Wert* gefolgt zu sein.
„Und jetzt? Wars das? Wollt ihr gleich wieder gehen? Die lästige Pflichtübung erfüllt?"
Eine herzliche Einladung klang anders. Kommissar Günda ahnte, was Inga mit ihren Andeutungen gemeint haben könnte. Er hatte sie sich anders vorgestellt, nicht so schlank, nicht so agil und nicht so forsch. Mit einem Wort: mütterlicher. Vorsichtshalber wollte er nicht nach Ähnlichkeiten zwischen Mama und Tochter Ausschau halten.

Auf der Terrasse war gedeckt. Für drei Personen.
„Ich bin eben zu voreilig davon ausgegangen, dass Nolan mitkommt“, erläuterte Gesine Jablonski und schickte sich an, das dritte Gedeck abzuräumen.
„Lass es doch stehen für Günda.“
„Diese Tasse nimmt Nolan immer.“
Wenna mol do is, schoss es Kommissar Günda durch den Kopf.
„Schön, Mama, dann nehme ich Nolans Tasse und Günda bekommt meine. Zufrieden? Jetzt setz dich! Auch du, Günda!“
Diesen ungnädigen Ton kannte er noch nicht von Inga.
„Ich habe Kuchen mitgebracht. Meine Stammkonditorei hatte heute leider eine geschlossene Gesellschaft.“
„Ich bin ja dankbar für alles, was man für mich tut. Man kann übrigens für solche Fälle vorbestellen.“
„Ich habe alles mitgebracht. Wie immer. Wir haben eine andere Konditorei gefunden. In Glickerbach. Eine Empfehlung von Günda.“
Empfehlung, des is vleischt bissl zu viel gsacht, dachte er, denn er wollte an diesem Tisch ungern für irgendetwas verantwortlich gemacht werden. Sein Nicken blieb eher unbestimmt.
Inga bugsierte den Inhalt der Schachtel vorsichtig auf den Kuchenteller.
„Käsesahne?“
„Die ist für Günda.“
„Du weißt, ich esse keine Käsesahne.“
„Ich weiß, deshalb habe ich auch Obstkuchen mitgebracht. Wie immer. Apfel. Und Kirsche mit Streusel.“
„Nun, wir werden sehen.“
Stöhnend nahm jetzt auch Inga Platz.
„Bring doch bitte gleich die Schachtel in die Küche, Kind. Du weißt, ich mag es nicht, wenn der Müll hier auf der Terrasse herumliegt.“
„Des kann isch doch…“, setzte Kommissar Günda eilfertig an, aber Inga kam ihm zuvor. „Dann kann ich mir auch gleich einen Tee machen.“

„Tee? Seit wann trinkst du Tee?“
„Seit 40 Jahren, Mama.“

Die Zeit ohne Inga mochte nicht so recht vergehen, das Gespräch kam schleppend in Gang.
„So, und Sie sind also…“
„De Günda.“
„Aha.“
„Gönau.“
Stille.
„Und wo haben Sie meine Tochter kennengelernt? Bei der Arbeit?“
„Oh liewi Zeit, jo net!“, brach es aus ihm heraus, und er erschrak selbst ob der Entschiedenheit. „Äh, isch mähn, des muss jo net sei.“
„Wie meinen?“
„Isch äh… bin äh…. bei de Bollezei. Gö-we-sön.“
„Bei der Polizei? So so. Sitte?“
„Früha. Kuaz. Aaba lang genuug.“

Endlich tauchte Inga wieder auf: „Na, habt ihr euch schon ein bisschen beschnuppert?“
„Er erinnert mich an meinen Schwiegervater.“
Das klang eher nach einer Diagnose. Einer besonders niederschmetternden.
„Inwiefärnn?“, warf Kommissar Günda mutig ein, Ingas mahnenden Blick ignorierend.
„Er sprach ganz ähnlich“, beschied sie ihn kurz, um sich wieder ihrer Tochter zuzuwenden: „Wie ich höre, ist er bei der Polizei. Ich dachte, ihr hättet euch bei deinen Gesprächskreisen kennengelernt.“
„Ich leite keine Gesprächskreise, Mama. Ich bin eine gefragte Mediatorin, eine zertifizierte obendrein.“
„Ich habe deinen Vater übrigens beim Tanzkurs kennengelernt, ich weiß nicht, ob ich das jemals erzählt habe. Tanzt er?“

Ingas Mutter sprach über ihn, als sei er gar nicht anwesend. „Dein Vater war ein leidenschaftlicher Tänzer. Ein hervorragender Tänzer. Wenn man nicht viel Positives über ihn sagen kann, aber tanzen, das konnte er. Jedenfalls in jungen Jahren."
„Günda hat viele Verbrechen aufgeklärt. Er gilt als einer der erfolgreichsten Ermittler in der Region."

Ein kluger Schachzug der erfahrenen Tochter, wie es schien. Endlich war er im Spiel, Gesine Jablonski nahm ihn tatsächlich in den Blick: „Es ist gewiss von Vorteil, so zu sprechen, wenn man vorwiegend mit Kriminellen zu tun hat."
„Mama!"
„Was? Du weißt, ich habe meinen Schwiegervater gemocht. Ein schlichtes Gemüt, aber herzensgut. Ich habe allerdings immer Wert darauf gelegt, dass bei uns im Haus richtig gesprochen wird. Selbst wenn wir meine Verwandten aus Nürnberg zu Besuch hatten. In meinem Hause habe ich diesen Singsang nicht geduldet. Deshalb, Herr, äh, Günda, deshalb hatte meine Inga auch nie Probleme in der Schule. Sie hätte alles studieren können. Gut, Kunstgeschichte ist es dann geworden."
„Mama!"
„Keine Sorge, ich erwarte keinen Dank. Wie läuft es denn mit Nolan in der Schule?"
Inga seufzte, schien aber denn doch froh um den Themenwechsel: „Er müsste sich einfach mal auf den Hosenboden setzen und was für die Schule tun."
„Klaus-Dieter konnte gut mit ihm lernen."
„Klaus-Dieter ist vor Jahren ausgezogen."
„Und das bedauere ich immer noch sehr."
Es erscholl ein weiterer Seufzer, noch tiefer als der vorhergehende.
„Ich glaube, dem Jungen fehlt es an Ehrgeiz. Da kommt er vielleicht nach dir. Als du klein warst, war das anders, aber irgendwann war er dahin, dein Ehrgeiz. In jeder Hinsicht."
Ihr Blick wanderte wieder zum Gast am Tisch.

Kommissar Günda hatte sich die letzten Minuten ganz auf seine Käsesahne konzentriert, räusperte sich nun jedoch entschlossen und sorgte damit für gespannte Stille.
„De Nolään, dea lärnnt als mit mia. Mia schaffe grad zamme anneme Refaraad. Bissl exoodisches Thäämaa: *Johannes Sylvanus.* Frühe Neuzeit unnam Friedrisch, demm Dridde, genannt *dea Fromme.* Mia sin noch zimmlisch am Oofang, awwa so viel kann isch schun mol saare: Wenn sisch eian Nolään fa was indressiat, donn hot dea so was vun Biss. Reschbeckt! Bis zum näggschde Keeskuche simmia noch net so weit, awwa beim iwwanäggschde kamma middeme Zwischeberischt reschle. Nadialisch bloß, falls eusch des indressiat."

„Na, hab ich dir zu viel versprochen?"
„Net direkt."
„Ich fand das übrigens sehr geschickt, wie du das mit dem gemeinsamen Lernen erwähnt hast. Das hast du gut erkannt, bei meiner Mutter muss man auch mal bluffen."
„Wie bleffe?"
„Du willst mir doch nicht erzählen, dass du meinen Nolan dazu gebracht hast, was für die Schule zu tun."
„Doch."
„Aha. Sag mal, wie war nochmal der Name, den du vorhin erwähnt hast?"
„Sylvanus."
„Oh! Dann hast du Nolan den Brief geschrieben mit diesem Projekt Sil…?"
„Faa! Nuss! Gönau. Sach mol än schääne Gruß an doin Buu."
„Ach, komm doch noch mit rein."

Er folgte ihrer Einladung sehr gerne und rechnete mit einem entspannten Ausklang des Nachmittags. Doch Inga nahm ihn bei der Hand und steuerte schnurstracks auf Nolans Zimmer zu. Der befand sich in der gewohnten Position.

„Sag mal, hast du dich eigentlich schon bei Günda bedankt für seine Mühe?“
„Des muss doch jetz net sei, Inga“, beschwichtigte Kommissar Günda.
„Doch, doch. Man kann nicht alles als selbstverständlich nehmen. Höchste Zeit, dass der Junge das lernt.“
„Inga! Losses! Bidde!“
„Da! Was sagst du dazu: Dein Brief liegt noch genau so da, wie ich ihn hingelegt habe. Unberührt. Erwartest du etwa noch, dass Günda ihn dir vorliest?“
„Do steht jo gaa net druff, dass dea vun mia is.“
„Aber ja doch: Absender Sil….“
„Faa! Nuss! Is jo worscht. Dea hot halt noch viel annares zum du ghabt, dea Buu. Stimmts, Nolään?“
„Von wegen. Nichts, gar nichts hat er zu tun. Im Haushalt hilft er nicht, zu seiner Oma geht er nicht mit, hier im Zimmer sieht es aus wie Sau, er liegt nur rum und spielt mit seinem Handy.“
„Dea lärnnt mim Kommbjuuda, des mache die heit. Hawwisch rescht, Nolään?“
„Das einzige, was ich von ihm erwarte, ist, dass er sich um die Schule kümmert. Ist das wirklich zu viel verlangt?“
Kommissar Günda fühlte sich zunehmend unbehaglich.
„Mia ware jo unnawegs. In derre Zeit hodda bstimmt einiges gschafft fa die Schul. Des sin jo viele Fäscha, wu dea hot, un die valange heit viel vun denne junge Leit.“
„Lachhaft. Die werden doch nur geschont. Aber es ist wie immer, ich rede und rede und rede. Und was macht er?“
Die Frage richtete sich an Kommissar Günda, er ließ sie vorsorglich unbeantwortet.
„Er schweigt. Wie immer. Lass die Alte doch reden, die regt sich wieder mal auf, ist bestimmt bald vorbei. Eines sage ich dir, mein Lieber: Meine Geduld ist am Ende! Ich erwarte, dass du endlich mal deinen Hintern bewegst und dich um die Schule kümmerst. Und um Gündas Sil… Dingsbumms. Haben wir uns verstanden? Sonst ziehe ich andere Saiten auf, mein Freund!“

Kam es ihm nur so vor, oder war Inga nach ihrem gemeinsamen Auftritt im Jugendzimmer etwas reserviert? Er wüsste allerdings nicht wieso? Er hatte mit seiner ruhigen Art ausgleichend gewirkt, Verständnis füreinander geweckt, fast schon wie ein Mediator agiert. Es hatte sich gezeigt, es war von Vorteil, das Ganze mit Abstand betrachten zu können. Und der Brief, *dea dabbische*, das war doch sein Fehler gewesen. Wer von den jungen Leuten schrieb heute noch Briefe? Gut, er wusste jetzt Bescheid und würde andere Kommunikationswege suchen, war ja kein Drama. Inga wiederum hatte ein bisschen Dampf ablassen können, aber sie hatte auch erlebt, wie unverkrampft er mit Nolan umging. Er nahm sie behutsam in die Arme: „Unn? Alles widda guud?“
Sie wich zurück: „Was?“
Erneut zog er sie an sich: „Des wärdd schun alles.“
Irgendwie beschlich ihn das Gefühl, sie hatte noch etwas auf dem Herzen. Er lockerte die Umarmung ein wenig, um sie anschauen zu können: „Is iagendwas?“
„Wieso? Was soll sein?“
Der unvermittelt scharfe Ton ihm gegenüber irritierte ihn.
„Hosch du was? Weje mia?“
Sie löste sich aus seiner Umarmung: „Wieso fällst du mir in den Rücken?“
Mit allem hätte er gerechnet, aber nicht mit diesem Vorwurf: „Hä? Des binnisch doch gaa net.“
„Bist du wohl.“
„Isch hab bloß vasucht zum vastehe…“
„Allem, was ich gesagt habe, hast du widersprochen. Du bist aufgetreten wie sein Anwalt. Du untergräbst meine Autorität. Der nimmt mich doch nicht mehr ernst! Wieso auch? Er hat ja dich, der für ihn jedes vernünftige Argument auseinandernimmt. Du schlägst dich voll auf seine Seite. Vielen Dank auch!“
„Iwwahaupt net. Du hosch jo rescht weje de Schul, awwa isch vasuch aa denn Klähne zum vastehe. Des is wischdisch.“

Im Nachhinein betrachtet, wäre das für beide der Moment gewesen, in dem man noch zu einem versöhnlichen Ende hätte gelangen können. Mit Ingas nun folgender Bemerkung jedoch steuerten sie direkt und unausweichlich auf ihren ersten Krach zu: „Das ist eben der Unterschied, ob man Kinder hat oder nicht. Mit Kindern wird man automatisch erwachsen."
„So a-wachse wie du voahiin bei deinare Muddi?"

Gut geschlafen hatte Inga nicht. Spurlos war die erste und unerwartete Auseinandersetzung mit Günda an ihr nicht vorübergegangen. Wie schnell sich das wandeln konnte! Gerade noch hatte sie sich ihm derart verbunden gefühlt, als er bei ihrer Mutter Haltung gezeigt hatte, schon wenig später hatte er sie verraten und im Stich gelassen.

Ihr Glück, dass sie sich auf sich verlassen konnte, wenn es um die Arbeit ging. Es stand an diesem Montagvormittag der erste Termin einer untereinander heillos zerstrittenen Erbengemeinschaft an. Wie gewohnt hatte sie sich am Vorabend noch einmal eingehend darauf eingestimmt. So war sie der Versuchung entgangen, über Gebühr darüber nachzusinnen, wer welchen Anteil an ihrem Nolan-Zwist trug.

Am nächsten Morgen war ihre Haltung gegenüber Günda auch schon nicht mehr ganz so unversöhnlich gewesen. Auf der Fahrt nach Glickerbach hatte sie sogar darüber nachgedacht, sich bei ihm zu melden. Prompt hatte ihr Handy geklingelt. Ihr erster Gedanke: Günda, um Wiederannäherung bemüht.
Vom Prinzip natürlich schön, aber – sofort schmolz ihr Wohlwollen rapide – doch bitte nicht jetzt, zur Unzeit, an einem Montagmorgen zur ganz normalen, üblichen Arbeitszeit um kurz vor 10 Uhr.
Der Blick auf das Display verriet, sie hatte ihm unrecht getan. Nicht er hatte diese Grenze zur verletzenden Gedankenlosigkeit überschritten, sondern – ihre Mutter. Dass die sich nicht weiter darum scherte, ob sie zu arbeiten hätte, und davon ausging, dass ihre Tochter nur darauf wartete, einen Plausch mit ihr zu führen und in dessen Verlauf das Wort zur Woche zu hören, das war typisch. Sie reagierte nicht auf den Anruf.
Kaum war die Sitzung beendet, klingelte es erneut.
„Ja, Mama?“
„Ich habe es vorhin schon versucht, aber du warst nicht erreichbar.“

„Ich habe gearbeitet."
„Aha. Hat es dir wenigstens Spaß gemacht?"
„Was meinst du mit Spaß?"
„Entschuldige, dass ich nachfrage. Eine Mutter interessiert sich nun einmal, wie es ihrer Tochter geht. Oder darf es das nicht?"
Inga stöhnte: „Doch, natürlich. Unbedingt."
„Warum bist du schon wieder so gereizt?"
Es war erstaunlich, wie ihre Mutter einerseits völlig falsch liegen konnte, aber andererseits einen Kern traf. Sie war ohne Zweifel gereizt.
„Ich bin nicht gereizt."
„Mir musst du nichts vormachen, Kind."
„Mama, ich muss gleich wieder weiterarbeiten. Ich habe den nächsten Termin. Was gibt es?"
„Ich möchte dich nicht aufhalten. Wir können später telefonieren. Wenn ich nicht wieder ungelegen komme."
„Nein, wir reden jetzt. Also bitte, worum geht es?"
„Ich mache mir Sorgen."
„Das ist ja mal ganz was Neues. Ich bin erwachsen, Mama, ich bin über 50."
„Eine Mutter macht sich immer Sorgen. Oder darf ich das nicht?"
„Doch, doch."
„Ich wäre froh, wenn sich jemand um mich sorgen würde."
„Mhm."
„Ich mache mir Sorgen um dich, ständig bist du so gereizt."
„Kein Wunder."
„Was?"
„Nichts."
„Außerdem mache ich mir Sorgen um meinen Enkel. Jemand muss sich um ihn kümmern. Du bist der Doppelbelastung nicht gewachsen, ich spüre das. Sonst wärst du nicht immer so gereizt."
„Ich kümmere mich schon um ihn. Und Günda hilft mir. Hast du ja gestern gehört."

„Eben."
„Ja, klar. Das musste ja kommen. Schieß los, was gefällt dir nicht an ihm? Spucks aus!"
„Du musst nicht so mit mir reden, Kind. Oder spricht man so in deinen Gesprächskreisen miteinander?"
„Worum geht es, Mama?"
„Ich sorge mich, wie es Nolan verkraftet, wenn er nicht mehr mit seinem Vater lernen darf, sondern mit einem fremden Mann."
„Lernen muss, wolltest du sagen."
„Das hast du gesagt."
„Die beiden kommen sehr gut miteinander aus."
„Meinst du."
„Ja, das meine ich."
„Und wie findest du das?"
Wie gelang es ihr nur immer wieder, den kritischen Punkt zu erwischen?
„Gut. Sehr gut finde ich das. Phantastisch sogar."
„Und was sagt Nolan?"
„Nolan? Der ist jetzt in einem Alter, da spricht man nicht mehr viel mit seiner Mutter."
„Du hast in diesem Alter sehr viel mit mir geredet. Ich kann mich gut erinnern, wie du damals oft meinen Rat gesucht hast. Zum Beispiel, als du Liebeskummer hattest wegen Jan."

Ein Mal, ein einziges Mal hatte sie in einem fatalen Moment der Schwäche ihre Mutter ins Vertrauen gezogen, und seit bald 40 Jahren fand sich Gelegenheit, das zu erwähnen.
„Es ist wichtig, dass man seinen Kindern zuhört. Wie willst du wissen, wie es ihm geht, wenn ihr nicht miteinander redet?"
„Mama, ich muss jetzt."
„Ich weiß, das möchtest du nicht hören. Aber eines Tages wirst du mir dankbar sein. Denk an meine Worte!"

„Unn? Wie siehts aus, Ruddl?“
Einträchtig saßen die beiden Männer nebeneinander *uffm Benggl* in einer der hinteren Reihen der Heidelberger Providenzkirche. Kommissar Günda hatte Heiliggeist als Treffpunkt vorgeschlagen, aber sein Freund Rudolf hatte mit dem Hinweis auf die zahlreichen Touristen dort erfolgreich für die Alternative plädiert. Das Gebäude war mit dem Besuchermagneten am Marktplatz nicht vergleichbar, es fiel inmitten der Fußgängerzone kaum auf, der schmucklose Eingang ging trotz eines Aufstellers *Offene Kirche* neben den farbenfroh schreienden Schaufensterauslagen unter. Betrat man die Kirche, war der Kontrast enorm. Draußen das pulsierende Leben, flanierende Passanten, schwatzend, lachend, lärmend, dazwischen immer wieder mühsam manövrierende Lieferwagen. Doch hatte man die Tür hinter sich geschlossen, überwältigte die plötzliche Stille.

Kaum hatten sie Platz genommen, hatte die Orgel eingesetzt, als feiere man ihnen zu Ehren Gottesdienst. Wie sich mit dem ersten abgebrochenen Lauf herausstellte, übte der Gemeinde-

Organist. Ein Umstand, der den beiden Männern entgegenkam, bot doch die immer wieder beginnende und alsbald verhallende Musik die Gelegenheit zum intensiven, wenn auch geflüsterten Austausch.

„Unn, Ruddl? Saach dei Sach! Bin isch jetz evangelisch, odda net?“

Wie um einen Akzent zu setzen, hob die Orgel zu einer Melodie an, die mit einem Misston vorzeitig erstarb.

Rudolf fischte eine Brille aus seinem Sakko und besah sich Kommissar Gündas Konfirmationsurkunde eingehend.

„Hea, Ruddl, des is jo wie dorttmols an de Grenz vun de DeDeÄrr. Do hot ma aa imma Ängscht ghabt *Sin mei Babiere in Orddnung? Sollisch mol mei lingges Oa freimache?*“

Die Orgel spielte einen einsamen, tiefen Ton.

„Issa gfälscht, dea Spruch? Hawwisch misch neigschmugglt zu eisch? Sachs narre.“

„Nein, nein. Alles in Ordnung.“

„Puh! Glick ghabt. Donn binnisch schummo beruischt. Net dass isch denn jetz noch umdausche muss. Odda än neie beantraare, weila abgloffe is.“

„Hast du dir den Spruch ausgesucht?“

„Ealisch gsacht, isch weeß des nimmie. Vleischt waas mei Muddi. Awwa isch glaab, die hawwe des dorttmols ä-fach gelost. Mia gfällda jednfalls.“

„Mir auch.“

„Auf, jetz vazehl mol, Ruddl, was hotsn uff sisch mit denne evangelische, denne vaschiedene? Du hosch so was gsacht beim leddschde Mol. Un isch hab aa was glese in die Rischdung.“

„Nun, Martin Luther fand damals viel Zuspruch, aber es gab auch bald jede Menge Kritiker.“

„Bei de Gadohle. Kä Wunna: Griddigg am Papscht, schelde weje denne Bosse[48] mim Ablasshandl un glei mol net wennischa wie fimfeneinzisch These defu an die Käiisch gebabbt. *Hier steh isch nun, isch kann net annaschda.*“

---

[48] Unsinn, Dummheiten, vor denen selbstredend auch Bosse nicht gefeit sind.

„Ja, so fing es an. Aber es gab auch bald Kritiker unter den Protestanten.“
„Sgibt imma Leit, die was zum griddissiare hawwe.“
„Das war aber nicht irgendwer. Da meldeten sich bedeutende Theologen zu Wort, auch aus anderen Ländern, aus der Schweiz zum Beispiel. Die legten die Bibel anders aus und sorgten schon bald für unterschiedliche Strömungen bei den Protestanten. Mächtige Strömungen. Auf der einen Seite gab es also die Lutheraner, auf der anderen die Calvinisten, die Zwinglianer...“
„Des hawwisch gemähnt: Calvinischde, Zwingliana, Luddarana, awwa des kann jo net so aiig sei, hot ma halt bissl dischbudiat. Nommaal. So hot de Ludda jo selwa oogfange. Dea hot jo scheinz gärnn mol gstridde.“
„Na ja, das waren nicht einfach nur Diskussionen, da ging es um Lager, um Abgrenzung, um Bekenntnisse, um entweder oder.“
„Des vasteh isch net, um was kamma sisch do streide?“
„Ein ganz zentrales, sehr kontroverses Thema: das Abendmahl. Die Bedeutung von Brot und Wein kann man unterschiedlich auslegen. Ist das nun symbolisch? Ist das mehr als nur symbolisch? Inwiefern ist Jesus beim Abendmahl anwesend?“
„Awwa hea mol, Ruddl, des is doch roin akadähmisch fa paa Theolooge. Jetz nix geje disch. Vun mia aus kenne die sisch rumstreide. Des hot awwa doch mit de Leit nix zum du, die wu ä-fach an Gott glaawe un an de Jesus, schää in die Käiisch gehe un oowetts sisch bedange, weils ihne gut geht, un beede, dass sie am annare Daag aa was zum schbachtle hawwe. Odda dass sie mogge beim Fußball ä Toa schieße, des hab isch als gemacht, schgebbs zu. Awwa des is doch glei mol worscht, was do paa vun denne Theolooge auskaschbare.“
„So war es eben nicht. Es gab sehr wohl unmittelbare, massive Auswirkungen der verschiedenen Lehren. Manche wollten, dass es in der Kirche keine Bilder mehr gibt, damit die Gläubigen nicht abgelenkt werden. Daraufhin gab es den sogenannten

Bildersturm, da hat man die Kirchen regelrecht auseinandergenommen und alles, was irgendwie nach Schmuck aussah, wurde zerstört und entfernt."

„Paa Raudies halt."

Seitens der Orgel ertönte eine mächtige Dissonanz.

„Nein, das folgte Überzeugungen und strengen Regeln, da steckte System dahinter. Mancherorts wurde sogar das Orgelspiel untersagt."

„Fundamendalischde, Fa-nadigga, die gibts imma. Un die Mäschdische, was hawwe die gsacht?"

„Die waren involviert. Maßgebend sogar. Es heißt, ein Kurfürst habe sich höchstpersönlich bei solchen Säuberungsaktionen von Kirchen beteiligt. Es gab ja eine ganz enge Verbindung von Kirche und Politik. Wenn sich ein Fürst einer Strömung anschloss, war damit klar: *Alle mal herhören, wir sind ab jetzt keine Lutheraner mehr, wir sind Calvinisten. Punkt.*"

„Klaro! Loggisch! Des vasteh isch voll!" Kommissar Günda schüttelte verständnislos den Kopf. „De Ludda, dea is jo bloß ä-fach evangelisch. Awwa mia, mia sin evangelischa! Un wenn mia so weidamache, donn werre mia soggaa evangelisch *präämium*! Ä Wunna, dassie unsan Jesus net glei mol ausgschlosse hawwe, dea hot jo gaa kä Ahnung ghabt. Pff. Schun koomisch, odda? Do hawwe sie grad beim Papscht die Unfehlbaakeit abgschafft, un dann hawwe sie nix Bessares zum du, als wie die Unfehlbaakeit fa sisch selwa glei mol widda zum a-finne. Sauwa! Bin isch froh, dass des heit kä Roll mea spiele dud." Kommissar Günda warf seinem Freund einen fragenden Blick zu: „Ooda?"

„Jjjein." Rudolf wand sich sichtlich. „So dramatisch natürlich nicht mehr."

„Aaba?"

„Das führt zu weit. Wir sind ja hier nicht in einem Oberseminar. Andersrum würde mich interessieren: Mal abgesehen von dieser offiziellen Urkunde und abgesehen davon, dass du bestimmt brav deine Kirchensteuer zahlst…"

„Isch muss als ganz schää latze, des kannischda saare…"

„Mich würde interessieren, Günda, warum glaubst du, du bist evangelisch?"
Die Frage verblüffte ihn. Er wartete vergebens auf den nächsten Orgeleinsatz, um sich Bedenkzeit zu verschaffen.
„Frei heraus, was fällt dir dazu ein, woran denkst du?"
„Ealisch gsacht, isch glaab, isch bin des ärschda worre, evangelisch. Wie isch värrzeh waa, do hots gheeße *Auf, du gehsch jetz zum Konfiamande-Unnarischt!* Alla guud, hot ma des gemacht, weil ma des ä-fach gmacht hot. Un nadialisch weje de Gschengge. Do wäa ma jo aa schää dabbisch gwest, wenn ma des net gemacht heed. Un donn ware mia dortt im Gemeindehaus fuchzisch[49] Buuwe un Meedlin. Schummo guud, weil paa annare Meedlin wie in de Schul. Un donn hot de Parra gsacht: *Soot, do hebdan Kadeschismus. Do wärdd glei mol des Glaubensbekenntnis aussewennisch glärnnt. Beim näggschde Mol hoiisch isch des ab.* Do hot ma doch net dischbudiat: *Momendemol, wie issn des, wenn isch des uffsaach, bin isch donn Calvinischt odda Luddarana? Un iwwahaupt, wie issn des mim Abendmahl, wea issn do was odda wea?* Weesch wassisch mähn?"
Rudolf nickte, und Kommissar Günda fragte sich für einen kurzen Moment, ob er sich über ihn lustig machte.
„Was grinsch? Hawwisch was Falsches gsacht?"
„Nein, nein, du bist halt kein Theologe."
„Tschuldischung. Muss ma des sei? Isch sach da mol ähns, Ruddl, wenn isch zum Abendmahl geh, un des is net so oft, awwa wenn, donn isses net imma gleisch. Manschmol bin isch noch mied un hoiisch gaa net, was gsacht wärdd. Manschmol hea isch, wie die Oiigl spielt. Manschmol denggisch, wie gut dasses mia geht, manschmol net. Manschmol denggisch, wisso denggisch jetz des grad, missdisch net was annares dengge? Manschmol denggisch, heit gehts awwa aiig lang. Manschmol denggisch… nix. Un manschmol bin isch ma net so sischa, was genau isch grad dengge du. Un isch glaab, des deaf isch alles als Evangelischa. Odda etwa net, Ruddl?"

---

[49] fünfzig

„Aber klar."
Auch der Organist schien sich nun seiner Sache sicher. Das folgende Stück erfuhr keine Unterbrechung mehr, es dauerte an die fünf Minuten und ließ die beiden Männer andächtig verstummen.
Als der letzte Akkord verhallt war, spürte Kommissar Günda eine Hand auf seinem linken Knie.
„Aufbruch?"

Beim Abschied vor der Providenzkirche erinnerte sich Kommissar Günda, dass er noch ein Anliegen hatte: Ingas Sohn halte ein Referat in Geschichte. Er habe ihm versprochen, ein bisschen dabei zu helfen und vielleicht könne er, Rudolf,

Material beisteuern. Der junge Mann würde gerne diesen Sylvanus zum Thema machen. „Du a-innasch disch?“
„Der Theologe, den man hingerichtet hat in Heidelberg.“
„Gönau. Was hoddan oogstellt? Wara net evangelisch genung? Odda zu aiig?“
„Der Vorwurf lautete *Ketzerei*, soviel ich weiß. Finde ich übrigens sehr gut, was ihr da vorhabt. Sehr reizvoll, so was aus der heutigen Warte zu beleuchten, aus Sicht des Rechtsstaats, im Lichte der Aufklärung. Wie alt ist denn der Junge?“
„Fuchzäh.“
„Oh. Ach so.“
„Wie *Ach so*?“
„Na ja, in dem Alter haben die Jungs ja nicht so großes Interesse, sich in solche Themen einzuarbeiten.“
„Mähnsch?“
„Das setzt ja schon gewisse Bildung und Lebenserfahrung voraus.“
„Langsoom!“ Kommissar Günda verspürte den Drang, für Nolan Partei zu ergreifen. „Des kummt imma druff oo. Sgibt halt Buuwe, die indressiare sisch. Un des is so ähna. Isch mähn, soll isch demm saare *Wie bidde? Du willsch was zum Sylvanus mache? Des schaffsch du nie! Mach liewa was zum Bätmähn!*“
„Da hast du natürlich recht. Ich kann mal schauen, was ich zu dem Thema finde.“
„Du hosch des jo mol studiat.“
„Das stimmt.“
„Odda hosch du kä Mööglischkeide mea, kä Kondagde?“
„Doch, doch.“
„Ma muss demm junge Monn schun was oobiede, was Gscheids. Net dass dea sisch unnafoddartt fühlt.“
„Das soll er natürlich keinesfalls.“

Widerwillig und wenig überzeugt hatte Axel Kornfeld die mehrheitliche Einschätzung des Teams hingenommen, de Tschief brauche mit seiner Inga einfach mehr Zeit als andere, man müsse Geduld haben und dürfe sich keinesfalls einmischen. Er zweifelte weiterhin an dieser Strategie und blieb aufmerksam. Zu Recht. Eine Routineüberwachung in Glickerbach hatte ihn die mühsam auferlegte Zurückhaltung endgültig aufgeben lassen. Er hatte beobachtet, wie Kommissar Günda unentschlossen unweit vom Roten Ochsen stand. Als warte er irgendwie auf eine Eingebung. *Odda uff de Frihling.* Auf Kornfeld machte er einen geradezu verlorenen, ja, hilflosen Eindruck. *Uffgschmisse issa, unsan Tschief, awwa voll!* Genau, wie er vermutet hatte. *Dea dauat misch*[50], *dea Kärll.* Es war an der Zeit zu handeln. Er ging auf ihn zu, betont beiläufig: „Ou, de Tschief! Was meschen du doo? Waatsch uff dei Schätzl?"
„Äh… gönau."
„Unn, hebda heit schun was Schäänes voa?"
„Guggemamol."
„Ähä. Des hawwisch mia gedenkt."
„Hä? Wie mähnschen des, Weize?"
„Jetz folgendes: Kenne mia uns iagendwu hiehogge? Bloß mia zwee? Mia misse mol schwetze. Kummo mit in mei Audole!"
Kornfeld wartete keine Antwort ab und setzte sich zielstrebig in Bewegung. *Koomisch*, dachte Kommissar Günda. *Was willan jetz widda, dea Dabbes?*
Er folgte seinem früheren Kollegen zu dessen Fahrzeug und ließ sich gespannt neben ihm auf dem Beifahrersitz nieder.
„Folgendes, Tschief: Isch hab dia was mitgebrocht: Büschas."
„Ou." Kommissar Günda war überrascht, Kornfeld galt gemeinhin nicht gerade als Leseratte.
„Isch mähn, des wäa vleischt was fa disch."
„Des is jo nett vun dia. Was fa Thäämaa?"
Kornfeld stockte: „Hmpf. Uff jedn Fall u-heimlich wischdisch."
„Ähä."

[50] Der tut mir leid.

„Grad fa disch. Grad momentan. In doinare Siduazioon.“
„Do binnisch mo gspannt. Nämmlisch?“
„Uffkläarung.“
Kommissar Günda war verblüfft. „Weize, wuhea weeschn du des?“
Der zuckte mit den Achseln. „Isch habs geahnt, gonz ä-fach. Mansches hot ma net imma parat, wenns druff ookumt.“
„Des stimmt schun, des bschäfdischt misch schun grad zimmlisch. Eewe hawwischs noch defu ghabt.“
„Do gugg. Mit wemm?“
„Middeme Parra.“
Kornfeld schluckte teilnahmsvoll. De Tschief hatte sich einem Pfarrer anvertraut, so weit war es also schon gekommen. Er fühlte sich bestärkt: „Siggsch. Un isch hab rischdisch viel zu demm Thäämaa. Isch hab aa schun bissl neigeguggt, aiig infoamadief, do steht im Grund alles drin. Teils soggaa mit Bildlin, was ma halt so brauch, damit ma weeß, wus lang geht.“
„Bildlin?“ Kommissar Günda war kurz irritiert. „Ah, vum Lessing un vum Kant.“
„Jetz, Günda, vun wemm dass die sin, die Bildlin, des is jetz net weidas wischdisch. Kann gut sei. Uff jedn Fall guud gemacht, iwwasischtlisch, aa im Döddai. Weil ä Bild, des sacht als mol mähna wie zwee Wortte. Stimmts?“
„Schun. Awwa sgeht jo aa viel bei dem Thäämaa *Uffkläarung* um die Theorie.“
„Günda, jetz mach da mol kähn Kopp! Du brauchsch die Bäissiggs, des langt.“
„Nänää, Weize. Wenn isch misch mit was bschäftdisch, donn will isch des schun genau wisse. Do gehts jo um was.“
„Schun.“
„Aa fillosoofisch.“
„Awwa aa Teschnik.“
Ein fragender Blick seitens des Nachbarn.
„Uff jedn Fall, isch hab voasischtshalwa glei paa vun denne Büschas mitgebrocht, vaschiedene.“

„Des is guud, isch mähn, do gibts jo unnaschiedlische Denkschule, Meinunge, Ströömunge."
„Siggsch, do weesch du schun mea als wie isch. Do, in derre Dudd[51] hawwisch des Sach."
„Gekaaft?"
„Nää, do in Gliggabach ghollt, in de Büscharei. Neddi Fraa ibbrigenz. Hot Ahnung."
„Stimmt. Isch bin neulisch aa bei derre gwest."
„Un wenn du färddisch bisch, brauchsch mas net gewwe, brings ä-fach glei widda in die Büscharei zu derre, sei so guud."
„Odda isch valänga, weil des is schun schwera Stoff."
„Oukey, im Fall, dass du Froore hosch, scheue disch nischt! Isch bin bereit, schkenn misch bissl aus. Du weesch, die Rosie un isch, mia sin schun ä Weil debei."
„Do gugg, des is bei eisch aa als Thäämaa."
„Uff jedn Fall. Mia sin do uff ähm Nenna zum Glick."
„Schää."
„Gell? So musses sei. Jetz guggsch mol, un donn sehe ma weida."
„Mach isch, Weize, un isch sach mol donge!"

Als kurz darauf Inga aus dem Roten Ochsen kam und ihn entdeckte, wussten sie beide nicht so recht, wie sie reagieren sollten.
„Hast du auf mich gewartet, Günda?"
„Äh… Isch waa grad in de Neh." Kommissar Günda deutete unbeholfen auf die Tragetasche mit dem Emblem der Glickerbacher Bücherei.
„Darf ich mal sehen?"

Ich ahne es, liebe Leserin, lieber Leser, Sie sind gespannt auf den Fortgang dieser Szene, auf Ingas Blick in selli Dudd. Aber unter uns, wollen wir wirklich unseren Helden in solch eine peinliche Situation bringen? In dieser fragilen Beziehungslage? Liewa net!

[51] Tüte

Deshalb traf es sich, dass just in diesem Moment ein knallroter Spider vorfuhr, forsch bremste, zwei Mal hupte und alle Aufmerksamkeit auf sich zog.
„Meine alte Freundin Barbara! Immer etwas ungeduldig. Ich muss“, warf sie ihm noch zu und stieg ein.
„Schad“, erwiderte Kommissar Günda, nicht sicher, ob sie das und das folgende „Simma widda guud?“ noch vernommen hatte. Während sie sich anschnallte, trafen sich ihre Blicke, und errneut warf sie ihm etwas zu: diesmal eine Kusshand.

Wie wenig doch manchmal genügte, um alles in völlig anderem Licht erscheinen zu lassen. Zu Hause angekommen hatte seine Euphorie noch immer nicht nachgelassen. Wenige Stunden zuvor hätte sich Kommissar Günda den Kollegen Kornfeld nach einem Blick *in die Dudd* unverzüglich aber so was von zur Brust genommen, was dem denn einfiele, ihm Aufklärungsbücher für Kinder anzudienen! So aber scholl sein ausgelassenes Lachen über die Weite vom Hopfeloch. *Dann wolle ma mol bissl gugge! Net dasses heeßt, isch kimma misch net um Forttbildung.* Allzu viel Neues konnte es ja kaum geben. Aber dann las er sich doch fest, und die Stunden vergingen im Nu.

Es war schon spät, als sein Handy klingelte.
„Tut mir leid, Günda, dass ich vorhin so kurz angebunden war, aber wir hatten den Termin schon ewig ausgemacht.“
„Mescht nix, Inga. Net schlimm weidas.“
„Doch, doch! Ich wollte dir nur sagen, ich habe mich gefreut, dich zu sehen.“
„So geht mias mit dia.“
„Und ich wollte nur sagen, nimm das nicht so ernst, was ich Sonntag gesagt habe.“
„Isch hab doch aa bissl Kees gebabblt.“
„Auch? Nein, Quatsch, hast ja recht, da reden wir ein andermal. Hier möchte dich jetzt noch jemand unbedingt sprechen…“.
„Aha. Do binnisch mo gspannt.“
Er vernahm eindringliches Flüstern am anderen Ende der Leitung, konnte aber nichts verstehen.
„Hallo?“
„Ja.“
„Nolään?“
„Hm.“
„Grüß disch! Alles klaa?“
„Klar. Äh, danke. Äh, für den Brief.“
„Gärnn gschehe.“
„Hm.“
„Hosch schun mit doim Lehra gsproche?“
„Hm.“
„Unn? Was mähndan?“
„Hm.“
„Steht die Muddi noch newa dia?“
„Hm.“
„Vasteh schun. Muschs noch mache, mim Lehra schwetzä?“
„Hm.“
„Awwa du finschs imma noch indressant, des Thäämaa, odda?“
„Klar.“
„Alla, donn gugge ma mol, wie mia des zamme hiekrieje.“
„Klar.“

„Donn geb ma sie mol widda, die Muddi!“
Knuspeln im Hörer, die genuschelte Verabschiedung ging unter.
„Und? Alles klar?“
„Uff jedn Fall. Dea is schun net so vakeat, doin Klähne.“
„Weiß ich doch. Ich finde, wir sollten uns bald wieder sehen.“
„Findisch aa.“
„Morgen Abend?
„Gärnn. Aiig.“
„Bis dahin hast du ja genügend Lesestoff.“
„Hä? A so, gönau!“

In die Glickerbacher Bücherei würde er den pikanten Lesestoff natürlich nicht bringen. *Bin isch dabbisch?* Das sollte Kornfeld mal schön selber tun. Kommissar Günda klingelte nicht, sondern befestigte heimlich, still und leise die *Dudd* an dessen Haustür. Hinterlistigerweise, denn das barg die große Chance, dass Rosie sie entdeckte. Was Kornfeld ordentlich in Erklärungsnot bringen sollte. *Gschiedem rescht, demm Sseggl!*

Es hätte der Heimlichtuerei nicht bedurft, denn bei Kornfelds war niemand zu Hause. Rosie war im Roten Ochsen bei Marion Helche, und der Chefstratege hatte nicht an sich halten können und wieder seinen Beobachtungsposten eingenommen. *Gugge, ob de Tschief aa schää lärnnt…*
Indes, was Axel Kornfeld mitansehen musste, ließ ihm den Atem stocken. Am Hopfeloch gab es – *Bsuch!* Vor Kommissar Gündas Hütte stand: *ä Fraa*! Eine, die er noch nie gesehen hatte! Nicht genug damit, *die Orschl*[52] schien sich geradezu heimisch zu fühlen, wusste um Kommissar Gündas geheimste Verstecke. Sie bückte sich, schob einen Blumenkübel beiseite und nahm etwas an sich, was er trotz Feldstecher nicht genau erkennen konnte. Seine düstere Ahnung bestätigte sich sogleich, es handelte sich doch unverfrorenerweise um den Haustürschlüssel, der ihr Zutritt zur Hütte verschaffte. *Gibts des?*

Kornfeld hatte genug gesehen. Das musste er unbedingt und unverzüglich seinem Team mitteilen. Er erreichte seine Rosie auf der Rückfahrt vom Roten Ochsen: „Hea zu, Rossie, sgibt Neuischkeide vum Günda. Un was fa! Sittsch du?“
„Hea mol, Axl, isch fahr grad Audo. Glaabsch du vleischt, isch fahr im Stehe?“
„Am Hopfeloch… am Hopfeloch do is…“, er hatte noch immer nicht die Fassung zurückgewonnen. „Ä Fraa!“
„Des wisse ma jo. Mia kenne die soggaa.“
„Mooment! Eewe net demm sei Inga.“

---

[52] einfältige Frau, eigentlich: Ursel

„Hm?"
„Am Hopfeloch, do is… ä annari Fraa!"
„Wie?"
„Du weesch, was des heeßt?"
„Nää."
„Unsan Günda, dea fäat zweegleissisch. Dea hots fauschtdick hinna de Oare. Bei uns, do dudda so schennant, awwa in Wiaklischkeit is des än Schlawina, än Tschikkolo, än Schwere-nööda, un was fa ähna!"
„Un die Fraa, was is des fa ähni?"
„A, wie willischn saare…"
„Wie alt?"
„So middl."
„Un was fa?"
„Net so wied Inga. Mea soän Tipp…" Kornfeld suchte nach dem passenden Ausdruck: „Ruschdikal. Isch sach da mol ähns, fa misch is die Sach klaa: Dea hot was noochzumholle. Un des mescht dea. Eiskalt. Reschbeckt!"
„Hm." Rosie Kornfeld hielt inne. „Hea mol, Axl, was bin isch eigendlisch fa ähni?"
„Wie?"
„Was fa Fraa?"
„Du? Du bisch … meini."

Hätte Axel Kornfeld noch ein Weilchen auf seinem Beobachtungsposten ausgeharrt, so hätte ihn wohl der Schlag getroffen: Kommissar Günda fuhr nicht zweigleisig. Nein, er fuhr gar fünfgleisig.
So hätte es sich jedenfalls für unseren Tugendwächter dargestellt, denn eine solch beeindruckende Anzahl von Frauen tummelte sich bald darauf in und um Kommissar Gündas Hütte. Und die Damen gaben sich nicht etwa verstohlen die Klinke in die Hand, nein, ohne jede Scham versammelten sie sich am Hopfeloch.
Vollends verwirrt wäre Kornfeld gewesen, hätte er entdeckt, dass der Hausherr gar nicht zugegen war. *Wie bidde?!* Etwa eine Überraschungsparty für den Ausgehungerten, eine eilfertige Ergänzungslieferung aus der Partnervermittlung für den Unersättlichen? Das Bonusprogramm einer geschäftstüchtigen Agentur als Anreiz für eine neuerliche Buchung? Oder stand etwa die Gründung eines Harems unmittelbar bevor?

Nun, es gab tatsächlich jemanden, der die gezielte Zusammenkunft dieser Frauen minutiös geplant hatte: die Donde Doale. Sie war die letzte im Bunde, die zwei Stunden später am Hopfeloch eintraf und kurz, aber gründlich das gesamte Areal inspizierte, um hochzufrieden festzustellen: „Meedls, subba!“ Sogar der Steg war feucht gewischt. „Tipptopp.“

In Windeseile waren die Putzutensilien wieder verräumt, und die Frauen schnappten sich ihre Nordic Walking-Stöcke. Die Donde Doale schloss die Tür und legte den Schlüssel unter den Blumenkübel neben dem frisch drapierten Fußabtreter:
Tritt ein, bring Glück herein!

Und flugs, wie sie gekommen waren, waren sie auch wieder verschwunden.

Als Kommissar Günda nach Hause kam, war er geschockt. Er erkannte sein Refugium nicht wieder. Bei vielen der Gegenstände meinte er, er sähe sie zum ersten Mal überhaupt, angefangen vom geradezu grell blinkenden Türgriff. Selbst der leicht modrige Geruch vom Hopfeloch, an den man sich immer erst ein paar Minuten gewöhnen musste, war wie weggeblasen. Eine atemberaubende Frische wehte in und um die Hütte. Ungläubig näherte er sich dem Steg, der wie ein lackierter, gerade erst gefeudelter Tanzboden aussah. Er bückte sich und schnupperte: *Minze?* Selbst wenn man sich zum Wasser beugte, keine Spur von brackigem Geruch. Er war drauf und dran, davon zu kosten. Am Ende hatte man das Hopfeloch aromatisiert.

Was war hier geschehen?!

Es gab nur eine Erklärung: die Donde und ihr Geschwader. Zwischen Empörung und Fassungslosigkeit schwankend, stob er in seine Hütte, knallte die Tür zu, holte tief Luft und griff zum Telefon.
„Wea stöat?“
„Hea mol, Donde Doale…“
„Günda, bisch dus?“
„A saare mol, was… wie… mia fehle die Wortte. Des gibts jo net. De Schlissl, wuhea?“
„Do is ähna in Reseaf vornne unnam Blumekaschde.“
„Ähä.“
„Hosch des gaa net gewisst?“
„Nää.“
„Jetzt weeschs.“
„Awwa wisso…?“
„Günda! So kamma do doch kähni neilosse, die leeft dia doch glei widda defu! Des kannsch du dia net a-lauwe. In doim Alda.“
„Awwa do kummt nie ähni, des is mei…“
Es klopfte.

„Sach bloß, Donde Doale, ia seid schun widda do mim Butzlumbe! Jetz langts awwa mol, awwa ealisch!"
Er riss die Tür auf: „Hea mol… Du? Du bisch des?"
„Hosch Bsuch?", ertönte es aus dem Telefon. „Günda? Heasch misch noch?"
„Inga", brachte er tonlos hervor.
„Entschuldige den Überfall, ich dachte einfach…"
„Hea mol, Günda, des is u-heeflisch, telefoniare, wenn dei Schätzl kummt. Schääna Oowett! Mia schwetze annamol. Saach mol än Gruß! Un bass bissl acht, im Fall dass de Bodde unnam Gloo noch net ganz drugget[53] is."
„Hier hast du dich also versteckt. Darf ich reinkommen?"
„Äh, klaro. Wie… wie hosch du misch gfunne?"
„Frau Helche hat geplaudert. Oder sollte ich besser sagen: ausgepackt?"
Inga schaute sich um: „Ich muss sagen, du erstaunst mich, Günda! Ich kenne ja deine alte Wohnung, aber das ist kein Vergleich! Ich war ja etwas schockiert, muss ich zugeben, aber jetzt ist mir alles klar. Das ist ja nur noch dein Lager für Ausrangiertes, was du mir da gezeigt hast. Das, das hier ist dein Zuhause! Und was für ein Zuhause! Ein richtiges Paradies! Und überall Blumen und Kerzen, hätte ich dir gar nicht zugetraut. Du überraschst mich immer wieder. Und dieser Duft! Einfach unfassbar! Ich bin zutiefst beeindruckt. Wie schaffst du das nur?"
„Ach Gott…"
Die Abwägung musste er blitzschnell und aus dem Bauch heraus treffen: Den schönen Schein eiskalt aufrechterhalten, so tun als ob, den Mustergatten geben?
Oder authentisch sein, ehrlich, einfach zu all seinen Schwächen und Unzulänglichkeiten stehen, wie man das in einer Beziehung erwarten durfte.
„Isch habs halt gärnn, wenns bissl schää is. Des is doch nix Bsunnares. Mia macht des ä-fach Spass."

---

[53] trocken

Die ersten Sonnenstrahlen weckten ihn früh. Es war, wenn er sich recht erinnerte, das erste Mal überhaupt, dass Sonnenstrahlen ins Innere der Hütte gelangten. Fernsterläden gab es zwar keine, auch keinen Rolladen, doch die Scheiben selbst waren derart verdreckt gewesen, *kä Schangs*[54].

Ihre erste gemeinsame Nacht am Hopfeloch. Ein durchaus historisch zu nennendes Ereignis. Er hörte Ingas ruhigen Atem und gab sich alle Mühe, sie beim Aufstehen nicht zu wecken. Was ihm seine durch den harten Boden in Mitleidenschaft gezogenenen Knochen nicht gerade leicht machten – die Campingliege hatte er selbstredend generös ihr überlassen: „Schbiddisch[55]!"

Auf die Dauer musste ein richtiges Bett her, so viel war spätestens jetzt klar. Auf Zehenspitzen schlich er zur Tür. Nichts *knuschblt* oder *babbt*, es gab auch keinerlei Stolperfallen. *Schun schää.*

Vorsichtig öffnete er die Tür. Vogelgezwitscher empfing ihn, ein vorwitziger Reiher beäugte ihn, das Hopfeloch lag friedlich in der Morgensonne. Ihm kam ein verwegener Gedanke: Man sollte eigentlich schwimmen gehen – eine Idee, auf die er früher angesichts des Brackwassers nie gekommen wäre, aber nun? Ein erfrischendes Bad im Minzaroma? *Wisso net!*

Zwei Arme schlangen sich um seine Brust und nahmen ihn vollständig gefangen. Minutenlang verharrten sie so.

„Solle ma irgendwu früstigge gehe?"

„Wieso? Ist doch alles da. Frau Helche hat mir vorsorglich nicht nur ein Vesper für gestern Abend eingepackt, sondern auch eine Kühltasche mit allem, was wir brauchen."

„Sauwa. Kaffeemaschin hawwisch jo."

„Hab ich schon gesehen, einen Toaster auch."

„Ealisch? Äh, loggisch. Is jo aa wischdisch."

---

54 keine Chance

55 Ich bitte dich

Sie frühstückten auf dem Steg und ließen die Beine ins Wasser baumeln.
„Hier wohnst du also."
„Hm."
„Seit wann?"
„Seitdähm dass isch pengzioniat bin."
„Und wie hältst du das alles so in Schuss? Ich meine, wenn man hierher kommt, das Gebüsch, das Unterholz, die Brombeersträucher, man findet ja kaum einen vernünftigen Weg, alles ganz staubig, bestimmt beim kleinsten Regenschauer matschig, mit diesem Hochglanz rechnet man beim besten Willen nicht. Unglaublich! Bei dir kann man ja vom Steg essen."
„Hmpf", gab er bescheiden zurück und schnippte ein Blatt, das sich zwischen die Tassen verirrt hatte, ins Wasser.
„Wie oft putzt du so?"
„Ach Gott, wenns needisch is. Des sieht ma ä-fach."
„Ehrlich gesagt, ich habe ja gedacht, du gehörst eher zu den Männern, die für so etwas keinen Blick haben."
„Monsche Männas sin halt bissl annaschda als wie die annare."
„Da hast du wohl Recht. Nur das Mobiliar und die sanitären Anlagen wirken ein bisschen provisorisch. Charme hat das ja schon, keine Frage, aber ein bisschen Komfort könnte schon nicht schaden. Aber ich will dir da nicht reinreden, man sieht, du hast klare Vorstellungen, das gefällt mir."
„Schgebbs zu, isch habs heit bissl im Kreiz. Awwa fa misch allää langt des. Rischdisch dusche, des mach isch als bei mia in de alt Woohnung."
„Verstehe. Ist ja auch absolut stimmig. Eine gelungene Mischung aus unberührter Natur und dezenter, gepflegter Ordnung. Man merkt einfach, da steckt ein besonderer Typ dahinter. Das bist du! Toll! Ich hoffe, du hast nicht so genau hingesehen, als du bei mir warst."
„A-wa."
„Bei der Gelegenheit nochmal zu Nolan: Entschuldige, bitte, ich bin da einfach zu empfindlich. Ich habe überreagiert. Der Junge

bringt mich einfach an meine Grenzen, da bin ich mittlerweile so was von dünnhäutig. Ich weiß das, aber ich kann nicht aus meiner Haut. Da muss ich dran arbeiten. Du, du wolltest ja nur helfen."
„Des stimmt."
„Vermitteln."
„Gönau."
„Ich glaube, es ist im Moment besser, ich halte mich da ganz raus und lass dich machen. Es funktioniert ja."
„Schun, scheinz."
„Worum geht es da eigentlich, bei diesem Sil…"
„Sill! Faa! Nuss!" Der Name schien wirklich nicht ganz einfach zu sein. „Gschischde. Vun doo, vun de Reggioon."
„Finde ich gut."
„Un aa bissl Religioon."
„Oh. Wundert mich, dass ausgerechnet mein Sohn auf so was anspringt."
„Wisso, konfiamiat issa doch, odda?"
„Ja, aber wir haben das nicht groß gefeiert. Von uns aus hätte er das gar nicht machen müssen. Wir haben auch nicht kirchlich geheiratet, mein Ex ist vor vielen Jahren ausgetreten. Da war er mal ausnahmsweise entscheidungsfreudig. Im Grunde wollte meine Mutter das. Wegen der Leute, das Übliche."
„Un du? Bisch du als noch drin?"
„In der Kirche? Ja. Als Karteileiche."
„Ähä. Un wisso?"
„Das ist eine gute Frage. Es gab schon ein paar prägende Erlebnisse in meiner Jugend. Ich erinnere mich an zwei tolle Kirchentage, die haben mich schwer beeindruckt. Das war nicht, wie ich erwartet hatte, so verstaubt frömmelnd, da wurde Stellung bezogen, gegen Atomkraft, für die Friedensbewegung, da ging es um die Dritte Welt. Später habe ich dann den Kontakt verloren, hängt ja auch immer davon ab, in welchen Kreisen man sich bewegt. Aber wenn ich dann doch mal wieder mit der Kirche zu tun habe, Schuljahresabschlussgottesdienst,

Weihnachten, kommen dort immer aktuelle politische Themen zur Sprache: soziale Fragen, globale Gerechtigkeit, Klimakrise…. Das finde ich gut. Insofern haben die schon meine Unterstützung."
„Hm. Kamma do net aa ä-fach zu de Grüne gehe?"
„Du meinst in die Partei?"
„Gönau."
„Wieso? Findest du nicht, die Kirche muss Stellung beziehen?"
„Isch find, ma kann aa zu viel Stellung beziehe. Beispielsweis fria, do hawwe die Parra, die gadohlische, sunndaags, wenn gewählt worre is, vun de Kanzel gsacht *Soot, dass ähns mol klaa is, wea rischdisch gadohlisch is, dea weeß, wua heit sei Kreitzl zu mache hot.*"
„Na, das geht natürlich nicht."
„Indressant. Awwa des annare geht? Jednfalls, wenn die Rischdung stimmt?"
„Aber man kann sich doch nicht christlich nennen und Positionen vertreten, die dem entgegenstehen."
„Dodedrum gehts jo net. Awwa die Käiisch is eewe net bloß ä Partei. So seh isch des. Un de Parra, des is kähn Politika, un wenna noch so rescht hot mit demm, wassa sacht. Mia is des manschmol aa zu eitl. Isch denk als, voa lauda Stellung beziehe, do kummt des annare zu korzz. Des Eigendlische."
„Aha. Und was ist das, das Eigentliche?"
„Des weeß isch als aa net, Inga. Des is jo des mim Evangelische."
„Ich finde schön, dass wir über so was reden können, Günda. Mach das ruhig auch mal mit Nolan. Kann nichts schaden."
„Langsoom, Inga. Narre net huddle[56]!"
„Doch. Und zwar jetzt sofort. Ich muss dringend los. Ich würde dir ja normalerweise helfen, aber es ist schon so spät…"
„Kä Probblähm!"
„Du meinst, ich kann dich mit dem ganzen Chaos, das wir angerichtet haben, alleine lassen?"
„Des bissl, des hawwisch doch glei gemacht. Roine Rudiine!"

---

[56] Nur nichts übereilen

Nachdem er noch ein Weilchen alleine auf dem Steg sitzengeblieben war, den intensiven Stunden mit Inga nachspürend, machte er sich auf, sein vollmundiges Versprechen zu halten und Ordnung zu schaffen.

Leider zeigte sich, dass ihn bei jedem Schritt, geradezu bei jeder Bewegung das Gefühl beschlich, überdeutlich sichtbare, überaus hässliche Spuren zu hinterlassen. Ja, es kam ihm so vor, als senke er das Reinheitsniveau am Hopfeloch bereits durch seine bloße Anwesenheit dramatisch. Wie sollte er jemals diese perfekte Ordnung, diese absolute Sauberkeit wiederherstellen, geschweige denn auf Dauer bewahren? Doch durfte er dieses makellose, atemberaubende Niveau je unterschreiten, ohne Gefahr zu laufen, Inga zu vergraulen? *Liewa net.* Er war *uffgschmisse, vollischt*, das musste er sich binnen Minuten eingestehen.

Es gab nur eine Möglichkeit: Donde Doale. Die schien mit seinem Anruf gerechnet zu haben: „Unn, Günda? Hot alles geglabbt? Do fühlt ma sisch doch glei viel wohla."

„Des stimmt schun, isch sach mol donge."

„Un jetzat? Wie mache mas?"

Er zögerte. Hatte er im Zuge ihres letzten Telefonats irgendwelche Versprechungen gemacht hinsichtlich der evangelischen Frage? War die Annahme der Reinigungsleistungen einhergegangen mit einer Verpflichtung, Inga zu bekehren? Zu was auch immer.

„Also isch…"

„Du? Sei ma net bees, Günda, awwa des kriggsch du net hie."

„Äh…waas?"

„A, des Butze. Jednfalls so, wie sisch des gheat. Un du hosch jo aa annares zum du, du musch disch um dei Schätzl kimmare."

„Hm."

„Odda hosch du gedenkt, jetz macht die des fa disch? Günda, kumm jo net uff die Idee! Am End is die aa noch so dabbisch un mescht des. Awwa isch sach da ähns, wenn des mol rum is mit derre *Wollgä Siwwe*[57] – isch schätz so in zwee Woche isses so weit –, donn wärdd die uffwache un sisch bedangge. Donn meiikt die bletzlisch, was die sisch do an Äawett ooglacht hot. Donn fehlt bloß noch, dass du än Pflegefall wärsch."

---

[57] Wolke Sieben

„Isch? Än Pflegefall?“
„Ma weeßes net, Günda. Uff jedn Fall hot sisch dei Schätzl net uff disch eigelosse, damit sie bloß noch schaffe kann fa disch. Des musch da mol meiike. Des kummt net in Frooch. Hoiisch zu, Günda, mia kimmare uns, mei Meedls un isch. Du, du machsch än guude Eidruck. Bessa als wie dass du bisch. Du machsch vleischt mol än schääne Donzkuass[58] un än Kochkuass. Du gehsch aa endlisch mol zum Frissea. Un du hellsch mol paa Sache fa dei Hitt, paa gscheide. Des faloddade Meebl-Glumb, was du do hosch, des kamma jo kähm zumuude.“
„Awwa Donde Doale, des geht doch net, dass ia do bei mia butzt.“
„Günda! Jetz hoiisch mol zu: Isch bin doch net nua dei Donde, isch bin jo aa noch doi Gäidl[59]. Du liggsch mia doch am Härzze. Un jetz, wu mia soä Grundsauwakeit hawwe an doim Hopfeloch, do geht des ruckzuck. Do gehe mia korzz mol driwwa, färddisch ab. Mia wokke voahea un hinnahea aa, donn is des fa uns wie Schimmnassdisch[60]. *Wokke mit Wokk Aut* kwassie.“
„Awwa des kann isch doch net oonämme.“
„Doch!“
„Awwa doch net fa umme.“
„Alla guud, Günda. Wenn du druff bstehsch. Folgendes…“

Er hatte es geahnt, jetzt kam er also doch noch, der Wink mit dem evangelischen Zaunpfahl. Erst wischen, dann Wiedertaufe. Und alles am Hopfeloch.
Doch er täuschte sich, die Donde hatte ein anderes Anliegen: „Mei Meedls un isch, mia suche schun ä Weil fa uns soä schäänes Bletzl. Zum Dähne[61]. Zum Babble. Zum gscheit

[58] Tanzkurs
[59] Taufpatin
[60] Gymnastik
[61] Dehnen

Riläggse[62]. Wu mia bissl fa uns sei kenne. Bei uns dehähm is des schwiarisch. Bei jedare vun uns. Do hot ma ä-fach kä Ruh, do kummt allweil ebba. Isch bin jo alläa, awwa die annare, die Kattl[63] beispielsweis, die hot so ähna dehähm, dea geht ähm glei mol uff de Wegga. Dea steht bei allem imma neewedroo un fräägt *Was machdan jetz widda? Wisso des? Wann gibtsn was zum esse?* Dei Hopfeloch, des wäa fa uns idejaal."

„Un isch?", gab er vorsichtig zu bedenken.

„Du steasch uns net, Günda. Blatz hosch jo genung drauß. Un ia habt jo bstimmt imma was voa, du un dei Schätzl."

Er musste nicht lange überlegen. Der Nutzen überwog bei weitem, der Preis war ja auch nicht allzu hoch. *Do kamma mit leewe*, sagte er sich. Überhaupt, es war erstaunlich, wie sich das Verhältnis zur Donde entwickelt hatte. *Tscha*, durch die Beziehung zu Inga änderte sich einfach alles. Es war, als würde er auch in der Familie endlich für voll genommen.

„So mache mas, Donde Doale! Also ia, bessa gsacht."

„Gebongt, Gündale!"

---

[62] Relaxen

[63] Kurzform von Katharine

Nachdem die Reinigungsfrage geklärt war, machte er sich an den nächsten Schwachpunkt: Ein anderes Bett musste her. Sollte er das alte aus seiner Wohnung holen? Den Gedanken verwarf er sofort. Was er mit seiner Garderobe begonnen hatte, würde er nun fortsetzen: *Fortt mit demm alde Glumb, Neies muss hea! Alla hopp!* In Heidelberg kannte er mindestens ein Traditionshaus für Betten.
Wie er erwartet hatte, hier war die Welt noch in Ordnung, Ruhe und Behaglichkeit prägten das Raumklima. Sogleich kam eine Verkäuferin auf ihn zu, und im Nu wurde man sich einig:
„Wie groß?“ – „Fa zwee.“
„Wie weich?“ – „Middl.“
„Wie teuer?“ – „Schun was Gscheids.“
„Zwei Kopfkissen dazu?“ – „Gärnn.“
„Daunendecken, Bezüge, Spannbetttuch?“ – „Als hea mit.“
„Und wohin sollen wir liefern?“ – „Hopfeloch.“
„Kein Problem, unser Lieferdienst hat ein Navigationssystem.“
„Ä Nafffiiii? Fa zum Hopfeloch? Des bringt nix.“

Anschließend nutzte er die Gelegenheit zu einem Besuch der Heidelberger Stadtbücherei in Sachen Sylvanus. Am Empfang gab er sich als Nichtmitglied zu erkennen, er wisse auch gar nicht, ob er überhaupt fündig würde: „Schun bissl speziell, moi Thäämaa, isch deed am libbschde bloß mol gugge."
„Kein Problem, dann schauen Sie doch erst einmal im Katalog!"
Die Mitarbeiterin, vielleicht halb so alt wie er, zeigte sich verständnisvoll und ein Lächeln, das ihm nicht entging und das er nur zu gerne erwiderte. Wahrlich *annare Zeide, schun schää.*
„Und wenn Sie etwas gefunden haben, kümmern wir uns um die Formalitäten."
Hilfesuchend blickte er sich um: „Äh…Un wu sinnen die… Karteikardde?"
„Karteikarten? Wann waren Sie denn das letzte Mal bei uns?"
„Ou, so dreißisch, värzzisch Joa…"
„Das geht heute viel einfacher, wir haben sämtliche Medien elektronisch erfasst. Das gilt übrigens auch für die der anderen Büchereien in unserer Region. Sie haben auf alles Zugriff. Setzen Sie sich einfach an irgendeinen Computer. Die stehen dort hinten am Fenster."

Er suchte sich einen Platz und machte sich ans Werk. Rasch verspürte er einen Unwillen, der ihn immer befiel, wenn etwas mit dem Computer nicht sofort klappte. Und mit dem Computer klappte es seiner Erfahrung nach nie auf Anhieb. Der Frau zu seiner Rechten war sein genervtes Stöhnen nicht entgangen. Sie drehte sich zu ihm, und auch sie lächelte ihn freundlich an: „Kann ich Ihnen vielleicht helfen?"

Schon erstaunlich. So etwas wäre ihm früher nie passiert. Er war sich sicher, das lag nur daran, dass Inga in sein Leben getreten war. Seine Ausstrahlung war definitiv eine andere.
„Isch such än Monn. Bissl speziell."
„Wenn es zu speziell ist, haben Sie vielleicht hier in der Bibliothek Pech. Haben Sie es schon im Internet versucht?"

„Nää. Isch geh schun liewa in die Büscharei."
„Sehr sympathisch, das geht mir auch so. Trifft man aber nicht mehr so oft."
Täuschte er sich, oder blieb ihr Blick auf ihm ruhen? Er fühlte sich dabei nicht taxiert, wohl aber wahrgenommen. Was auf Gegenseitigkeit beruhte. Wie alt mochte sie sein? Jünger als er auf jeden Fall. Jünger als Inga?
Bissl bstimmt.
„Das Internet kann aber durchaus hilfreich sein. Gerade wenn es darum geht, sich einen ersten Überblick zu verschaffen. Um wen geht es denn?" Sie hatte einen eigenen Laptop vor sich stehen und schickte sich schon an zu tippen.
„Sylvanus."
„Mhm. Mit Ypsilon?"
„Gönau."
„Momentchen. Das haben wir gleich. Sylvanus, Johannes? Deutscher Theologe?"
„Des issa."
„Wurde in Heidelberg… enthauptet. Oha! Bei uns auf dem Marktplatz. Höre ich das erste Mal. Hier ist sogar ein Bild."
„Ä Foddoo? Klähna Witz. Deafdisch mol gugge?"
„Aber gerne! Kommen Sie doch ruhig her!"
Dieser Aufforderung Folge zu leisten, fiel ihm nicht sonderlich schwer. Ebenso wenig wie die flapsige *Foddoo*-Bemerkung zuvor. Beides gegenüber einer fremden Frau nicht gerade typisch *fa de alde Günda.* Schon gar nicht diese geradezu verwegene Selbsteinladung, ihr näher zu treten. Unfassbar! Geradezu behende stand er auf, stellte sich hinter sie und blickte ihr über die Schulter. Der dezente Duft ihres Parfums entging ihm nicht. *Hä?* Was war denn bitte in seine Sinne gefahren? *Gibts des?*
Er sollte jetzt unbedingt etwas zum Bild sagen, und zwar etwas von Belang: „Fuaschbaa! Än Monn, dea wu kniet un sei Händ faldet zum Gebet. Un demm soin Hengga, dea wu schun mim Schwert ausshollt. Mia kenne froh sei, dass die Zeide rum sin."
„Allerdings", bekräftigte sie und wandte sich ihm zu. „Bestimmt

war dieses schreckliche Ereignis auch noch ein willkommenes Spektakel für die Bevölkerung."
„Isch bin ma jo net so gonz sischa, ob des heit viel annaschda wäa. Annares Thäämaa. Misch indressiat eh mähna de Teckscht, dea wu debei steht iwwa de Sylvanus. Mussischma glei mol abschreiwe."
„Abschreiben?" Ihr teilnahmsvoller Gesichtsausdruck wich einem breiten Grinsen. „Alte Schule, was? Sie gefallen mir. Nein, warten Sie, ich bin gleich wieder da."
Sie stand auf und ging in Richtung Ausgang. Er sah, wie sie mit einer Bibliotheksmitarbeiterin sprach und auf ihn deutete. Keinesfalls sollte sie sich beobachtet fühlen, er drehte sich um und blickte zum Fenster hinaus.
Was sie wohl las? Mit einem Seitenblick auf ihren Bücherstapel erhaschte er einen der Titel: *Die Kunst des Liebens*, Erich Fromm. *Guudi Idee, des kaafisch demm Weize. Dassa aa was lärnnt, dea Sseggl.*
Freudestrahlend tauchte seine Internet-Beauftragte wieder auf, mit einem DinA4-Blatt wedelnd: „Hier! Für Sie, ich habe die Seite ausdrucken lassen."
„Subba! Donge! Jetz bräuschdisch bloß noch die Gwelle."
„Gwellö? Ach so, verstehe, Sie wollen wissen, wo das herkommt, klar. Momentchen." Sie nahm einen Stift und schrieb etwas auf die Rückseite. „Bittesehr!"

Als er die Stadtbibliothek verließ, blieb er noch kurz auf der Treppe stehen. Selbstredend war es ihm nicht schwer gefallen, die Begegnung mit dieser Unbekannten freundlich, aber mit der gebotenen Distanz zu beenden. Er bedanke sich herzlich, er habe noch einen Termin. Ihr bedauernder Ausdruck daraufhin genügte ihm vollauf. *Gündale, Gündale!* Das wäre doch glatt ein Moment, ein Liedchen zu pfeifen, *I'm a Kingbee* kam ihm in den Sinn. Zu schade, dass ihm diese Gabe nicht vergönnt war. Beim fast schon beschwingten Weiterschlendern fiel sein Blick auf das ausgedruckte Blatt. Die Aussage seines Freundes bestätigte sich: *Todesurteil wegen Ketzerei.* Ein Pfarrer als Ketzer?

Etwas in ihm hatte sich von Anfang an gegen diese Vorstellung gesperrt. Und seiner aktuellen Stimmung entsprechend machte er sich so seine Gedanken, was sich in Wirklichkeit hinter dem Vorwurf verbergen mochte. Gab es vielleicht bei Sylvanus im Privaten eine nicht tolerierbare Diskrepanz zum beruflichen Wirken? Auf der Kanzel beschwor er *ora et labora – schaffe un die Gosch halde* –, aber er selbst ließ die Puppen tanzen? Das jüngste Gericht? *Pah! Wers glaubt, wird selig.* Und hinter vorgehaltener Hand schwang er noch dazu Reden gegen den Papst.
Haldemol, Günda! Der Papst spielte für Sylvanus ja keine Rolle, er war ja Protestant. Aber vielleicht ein Protestant, der ein doppeltes Spiel trieb? Kommissar Günda malte sich die Szene aus: Sylvanus als heimlicher Voodoopriester, der im Kreise seiner vorwiegend weiblichen Getreuen das Kreuz falsch herum trug und Satan huldigte. Der seine eigene Sekte ins Leben gerufen hatte und des Nachts die Heiliggeistkirche mit Graffiti beschmieren ließ: *Jesus ist tot, es lebe Sylvanus!*

Mag sein, dass er einen großen Fehler beging. Mag sein, dass er erst Inga hätte fragen sollen. *Worscht!* Euphorisch, wie er gerade war – aus mehrerlei Gründen – beschloss Kommissar Günda, Nolan einen Überraschungsbesuch abzustatten. *Korzz!* Eine Sache unter Männern. Unter forschenden Männern. Immerhin verfügte er nun über eine kurze Zusammenfassung der Ereignisse um Sylvanus. Die wollte er ihm keinesfalls vorenthalten. Doch er schien Pech zu haben, auf sein Klingeln gab es keine Reaktion. Er wollte schon fast wieder gehen, als er die Stimme in der Gegensprechanlage hörte: „Ja?"
„Nolään?"
„Hm."
„Isch bins, de Günda. Isch hab was fa disch."
„Hm."
„Isch deed dia des gärnn gewwe. Passöhnlisch. Machsch mia mol uff, sei so guud?"
Antwort gab der Türsummer.

Es war das erste Mal, dass er den Jungen nicht liegend sah. Er war überrascht, Nolan war größer als gedacht, passte so eben in den Türrahmen und überragte ihn damit um Haupteslänge.
„Bisch alläär?"
„Hm."
„Kannisch drotzdähm korzz mit nei?"
„Klar."
Nolan machte kehrt, Kommissar Günda folgte ihm in den Flur und kam gleich zur Sache: „Weje demm Sylvanus. Isch weeß jo net, wie weit dass du schun bisch."
„Hm."
Er wollte ihm verständnisvoll mit der Hand auf die Schulter klopfen, landete aber infolge der Größe des Jungen in dessen Kreuz und beließ es bei einem freundschaftlichen Tätscheln. Nolan ging zu seinem Zimmer, Kommissar Günda betrachtete das als stumme Aufforderung, sich anzuschließen: „Jetz hoiisch mol zu, isch kumm grad vun de Büscharei, die hawwe nix.

Awwa dann hawwisch ähni gedroffe, ä Fraa. Also net, wie du jetz vleischt denksch. Isch kenn die net, mia sin bloß ins Gschbräääsch kumme wejem Sylvanus, un donn hot die mia bissl gholfe, un jetz stell da mol voa, die hot glei mol was gfunne. Im Indanett. Indressiats disch?"
„Klar."
„Subba. Donn hogg disch. Odda leg disch, wie dias liewa is."
Nolan legte sich.
„Isch habs mitgebrocht. Ausgedruckt." Er reichte ihm das Blatt. Nolan warf einen kurzen Blick darauf, legte es beiseite und stieß verächtlich hervor: „Wikipedia."
„Unn?"
„Verboten."
„Wisso? Is doch wie ä Lexikoon. Bloß im Indanett."
„Deswegen."
„A so. Klaro. Des wäa zu ä-fach. Des find isch guud. Ia sollt nadialisch lärnne mit rischdische Gwelle zum schaffe. Apropoo, geb ma denn grad nochmol hea, denn Zeddl, sei so guud."
Nolan reichte ihm das Blatt, und Kommissar Günda suchte auf der Rückseite, welche Quelle seine Gesprächspartnerin in der Bücherei notiert hatte: „Null, ähns, siwwe, fimf… äh… des is doch, des gibts jo net…" Kommissar Günda räusperte sich und bemühte sich trotz seiner hoffentlich nicht erkennbaren Irritation um rasche Rückkehr zur Sachlichkeit: „Äh, guud, dass du mia des glei gsacht hosch. Mia gfällt des, dass du rischdisch reschaschiare willsch. Moin Fehla! Isch kimma misch, dass isch was Gscheids finne du, oukey?"

Klar, er hätte an dieser Stelle auch so tun können, als hätte er Nolan mit Wikipedia bloß auf die Probe stellen wollen. Altklug, von oben herab. Nein! Im Team war es wichtig, zu seinen Fehlern zu stehen. Der Junge sollte sich schließlich ernst genommen fühlen. „Un Nolään? Die Muddi muss des net u-bedingt wisse, dass isch do waa. Mia vastehe uns, gell?"
„Hm."

Inga hatte sich für die abendliche Begegnung mit ihrem Sohn einiges vorgenommen: „Soll ich uns was Schönes zu essen machen?“
„Hab schon.“
„Du sollst dein Taschengeld doch nicht für Essen ausgeben. Bestimmt wieder für so ungesundes Zeugs.“
Sie ahnte, auch dieses Gespräch drohte im Handumdrehen in die falsche Richtung zu gehen, und schwenkte um: „Sag mal, wieso hast du dich damals eigentlich konfirmieren lassen?“
„Hm?“
„Mir fiel das nur so ein, ich hatte es davon mit… einer Kollegin. Und ich habe das gar nicht mehr so in Erinnerung, wie das damals war.“
„Hm.“
„Mir war das ja egal, hab ich dir ja gleich gesagt. Deinem Papa ja auch. Wars wegen Oma?“
„Nee.“
„Die hat doch damals bestimmt was gesagt in die Richtung.“
„Hm.“
„Aber das war nicht der Grund?“
„Nee.“
„Sondern? Wegen der Geschenke, wegen Geld, ist ja schon einiges zusammengekommen. Kannst du ruhig zugeben, war bei mir auch so.“
„Oh, Mama!“
„Was? Mich interessiert das einfach. Man kann ja mal über andere Sachen reden als immer nur über Schule. Oder nicht?“
„Hm.“
„Also? Einen Grund wird es ja gehabt haben. Alle haben sich ja damals nicht konfirmieren lassen. Warum du?“
„Pff. Halt so.“
„Sei ehrlich, ich kann das ab.“
„Damit ich eine richtige Beerdigung bekomme.“

Ja, manchmal erstaunte sie der Junge.

Selwa die Schuld! War doch klar, dass *de Ruddl* sich herausgefordert fühlen würde von der Botschaft zwischen den Zeilen vor der Providenzkirche: *Na? Ob der alte Pfarrer im Ruhestand wohl noch in der Lage ist, ordentliches Material für ein anspruchsvolles Referat zusammenzustellen?*
Und das hatte Kommissar Günda nun davon: eine sackschwere Büchersendung seines Freundes. Gleich mehrere Wälzer, die allesamt Beiträge zu Sylvanus enthalten sollten. Immerhin musste er sich nicht komplett durchwühlen, Rudolf hatte dankenswerterweise Seiten markiert. Dazu fand sich in Kopie der Bericht eines Zeitgenossen von Sylvanus. Eigentlich *subba*, wäre da nicht die Sprache: ein bald 500 Jahre altes, sehr merkwürdiges *Bissl*-Deutsch. *Oh leck!*

Diesen Bericht nahm er sich als erstes vor. *Donn hawwischs hinna ma.* Eine voreilige Einschätzung, schon bei den ersten Zeilen bahnte sich eine Quälerei an. *Mussisch des hawwe?* Wäre das nicht eine schöne Aufgabe für Nolan? *Oh, liewi Zeit, liewa net!* Das konnte er dem Jungen nicht antun, damit könnte er ihm die ganze schöne Motivation rauben. Da musste *de Tschief* schon selbst in Vorleistung treten.
Er änderte seine Lese-Strategie und überflog die Seiten, um nach auf Anhieb verständlichen Wörtern zu suchen. Eines war gleich mal überraschend: *Elefant. Hä?* Ein Elefant und ein geköpfter Pfarrer? Wie passte das denn zusammen?
Gonz äfach: Das Schicksal von Sylvanus stand in direktem Zusammenhang mit seinem Besuch des Reichstages in Speyer 1570. Kaiser Maximilian war auch zugegen und beeindruckte alle Welt dort mit einem besonderen Mitbringsel: einem echten Elefanten. *Soot, des wäa schummo gekläat.*
Aa net grad u-indressant: Sylvanus reiste nicht alleine nach Speyer. Mit von der Partie waren zwei weitere Theologen. Da war zum einen Adam Neuser, ebenfalls Pfarrer, und zwar in Heidelberg an der Peterskirche und zeitweise an Heiliggeist. Zum anderen begleitete ihn Matthias Vehe, von dem stammte dieser schwer

zugängliche Bericht. Vehe hatte als Diakon mit Sylvanus schon früher zusammengearbeitet, in Kaiserslautern. *In Laudare? Do gugg! Dea Monn is rumkumme.*
Es wurde für alle drei eine Reise mit denkbar schlechtem Ausgang: Neuser floh ins Ausland, Vehe landete im Knast, und Sylvanus endete vor dem Henker.
Was steckte dahinter? Was wurde ihnen zum Verhängnis? Vielleicht ein Attentat, ein geplanter Anschlag? Die Möglichkeiten dafür hatten Kirchenmänner bestimmt eher als Normalsterbliche, ihnen traute man kaum Schlechtigkeiten zu, und sie kamen ohne Weiteres ran an die Mächtigen. Kommissar Günda setzte seine Überlegungen fort: Wer könnte das geplante Opfer gewesen sein? Es wimmelte auf so einem Reichstag bestimmt von eminent wichtigen Persönlichkeiten. Ging es am Ende gar um ein geplantes Attentat auf den Kaiser?
Oder hatten die drei dort agitiert? Freche Reden gehalten, demonstriert, den Dom besetzt, Aufruhr angezettelt?
Zu seiner Enttäuschung stieß er bei der weiteren Lektüre auf einen Umstand, der seine Vorstellungen zunichte machte: Sylvanus war nicht auf dem Reichstag verhaftet worden, was zu erwarten gewesen wäre, hätte man ihn auf frischer Tat ertappt. Die Verhaftung erfolgte erst bei seiner Rückkehr. Als Grund genügten ganze zwei Briefe, die er auf dem Reichstag einem Gesandten aus Siebenbürgen überreicht habe. *Aldale!* Diese ominösen Schreiben mussten ja eine gehörige Portion Sprengkraft enthalten haben. War Pfarrer Sylvanus in Wirklichkeit ein Spion für eine fremde Macht? *Wisso net?* War dieser Gedanke so abwegig? Mit Verrätern machte man allerorten und zu jeder Zeit kurzen Prozess. Und um kein Aufsehen zu erregen, erklärte man der Öffentlichkeit kurzerhand, das sei nur einer der üblichen Ketzer gewesen.
Isch habs! Kommissar Günda grinste. Die Briefe waren Schatzkarten, und sie verrieten eines der größten Geheimnisse überhaupt: Wo lag der Schatz der Nibelungen? *Drei Mol deaf ma roode:* Auf dem Grund *vum Hopfeloch nadialisch!*

Inmitten seiner Recherchen musste Kommissar Günda Motorenlärm vernehmen. Ein Kastenwagen bahnte sich seinen Weg zu ihm. Dem Gefährt entstieg ein junger Mann und ein alter, wenn auch nur flüchtiger Bekannter: der Karl May-Freund aus der Glickerbacher Bücherei, diesmal in einem Blaumann.
„Ou, als noch am Lese?", hob er höhnisch an, als er Kommissar Günda umgeben von seiner Sylvanus-Literatur an seinem Campingtischchen sitzen sah. „Reschbeckt!"
Statt einer Antwort grunzte der nur kurz und zeigte sich nicht auf Smalltalk erpicht. Er hatte gehofft, sein Bett würde geliefert, stattdessen waren hier offenkundig zwei Dienstreisende von ihrem Wege abgekommen. Hoffentlich fanden sie ihn recht bald wieder.
„Wu gehtsn do uff de Gloo?"
Das fand er zwar völlig daneben und distanzlos, aber immer noch besser, als wenn sich die Herren irgendwo bei ihm in die Büsche schlügen.
„Drin im Eck."
Die Blase des Jüngeren schien deutlich duldsamer zu sein. Er zündete sich eine Zigarette an und lehnte sich gegen das Fahrzeug.
„Ouououou! Isch seh Probblähme. Un glei än gonze Haufe."
Des wolle ma net hoffe, dachte Kommissar Günda mit einer Spur Galgenhumor und sah sich in seiner Entscheidung für den Putztrupp bestätigt.
„Auf, Keffin, geh mol hea! Un jetz du! Bissl horddisch[64], mia hawwe net eewisch Zeit!"
Indressant! Offenbar gab es unter diesen Männern eine Notdurft-Hierachie. Gelangweilt setzte sich der Junge in Bewegung.
„Un die Dusch, wu hebdan die?"
Nun reichte es allerdings: „Sie! Des is do kä öffentlischi Bade-Oostalt, dass des mol klaa is!"
Der Einwurf wurde nicht zur Kenntnis genommen.

---

[64] schnell, hurtig

„Oh liewi Zeit, bloß ä Waschlafoa[65]."
Kommissar Günda sah sich nun doch genötigt, der Badbesetzung barsch ein Ende zu machen: „Hea mol, sin Sie noch gonz sauwa? Maschiare do ä-fach bei mia nei, wie wenn des Ihne[66] wea."
„Sauwa isses, des muss ma Ihne losse. Heedisch Ihne gaa net mol zugedraut. Awwa vum Higgijähne[67]-Standardd nadialisch finschdares Middlalda. Wie siehtsn aus mit de Heizung?"
Langsam dämmerte Kommissar Günda, was hier vor sich ging.
„Sin Sie Handweiiga?"
„Nää, Fußpflega. Des kummt defu, wemma de ganz Daag bloß dumms Zeig liest."
„Un was wolle Sie do bei mia?"
„D-Scheffin sacht, do gheat alles mol rischdisch gemacht, un isch muss saare, sie hot rescht. Des hot mei Scheffin ibbrigenz aa imma."
„D-Scheffin? Welli Scheffin?"
„Die hot des schun gsacht, dass do ähna wuhnt, dea wu nix im Griff hot. Allo, isch mach Ihne mol ä Oogebot. Moin Keffin, dea misst des alles glei mol aus – des mache die heit alles mim Kommbjuuda, elegdroonisch mim Foddoo, do hawwisch nix mit zum schaffe. Un donn leje ma los."
„Woomit?"
„Mim Voaschuss nadialisch! Klähna Witz. Nänää, Sie werre begeischdat sei. Neiji Dusch, neiji Heizung, neies Gloo. Des wärdd Ihne so gut gfalle, dass Sie gaa nimmie runnawolle vum Gloo. Un isch mähn, fa was aa, wemma sowieso bloß die gonz Zeit liest. Des kamma jo am beschde uffm Gloo. Allo, Sie heare vun uns. Keffin? Bisch ball mol färddisch? S is glei Middaag, un die Nialin[68] deafe net uffgwäamt werre. Isch hogg misch jetz schummo ins Audo. Servela!"

---

65 Waschbecken (französisch le lavoir)
66 besitzanzeigender Dativ
67 Hygiene
68 Nierchen

Kommissar Günda schüttelte den Kopf, er schwankte zwischen Empörung und Belustigung. Man musste es der Donde lassen, sie fackelte nicht lange. Soll er ruhig mal ein Angebot machen, der röhrende Rohrfex. Was hier wo eingebaut würde, das entschied immer noch der Hausherr. Und damit genug der Ablenkung, es war an der Zeit, sich eingehender mit der Biographie von diesem Sylvanus zu beschäftigen.
Eines wurde Kommissar Günda rasch klar: Der Mann war nicht nur ein einfacher Pfarrer, da machte einer Karriere, und das überall, wo er hinkam. Verbrieft war sein Werdegang erst ab 1555, über sein Leben bis dahin schien wenig bekannt. *Etschländer* wurde er gelegentlich genannt, ein Hinweis auf seine Südtiroler Herkunft. Sieben Jahre hatte er wohl in Wien Theologie studiert. Das musste man sich erst mal leisten können, klang nicht gerade nach einem *Alm-Eeii* von Haus aus. Offenkundig war sein Studium mehr als erfolgreich, denn sein erster Arbeitgeber war gleich ein Bischof: Melchior Zobel in Würzburg. *Sauwa!* Und dieser Bischof macht Sylvanus nicht nur zum katholischen Domprediger, er schickt ihn bereits 1556 gleich mal zum Reichstag in Regensburg und im Jahr drauf zum zweiten Religionsgespräch nach Worms, was seinem Schützling einen guten Ruf im ganzen Reich einbringt. Bischof Zobel sieht sich bestätigt, er schätzt den jungen Theologen als hochgelehrt und als talentierten Kommunikator, was manchem in Würzburg ein Dorn im Auge ist – *klaro*. Er traut ihm zu, zwischen Katholiken und Protestanten zu vermitteln, mit denen Sylvanus dadurch verstärkt in Kontakt kommt. Was nicht ohne Folgen bleibt, Zweifel an der katholischen Lehre kommen auf, Luther zeigt auch bei ihm Wirkung. Als sein Förderer Zobel 1558 ermordet wird, dauert es nicht mehr lange, bis Sylvanus Würzburg verlässt. *Wu noo?*[69] *Do gugg!* Kommissar Günda staunte nicht schlecht. Der Mann geht nach Württemberg und wird mal eben evangelisch in Tübingen. Seinen Schritt erklärt er in einer ausführlichen Schrift, die 1560 mit Erlaubnis des

[69] Wohin?

Herzogs von Württemberg gedruckt wird. Darin will Sylvanus die Welt wissen lassen, warum er sich von der katholischen Kirche abwendet. Wie sehr die Würzburger seinen Schritt bedauern, zeigt sich durch einen hochrangigen Gesandten des Bistums, der ihn mit Geld und vorwiegend guten Worten zur Rückkehr bewegen will. Der neue Bischof hege keinerlei Groll, wenn er die evangelische Phase einfach für beendet erkläre und zurückkäme. *Kä Schangs.* Sylvanus wird evangelischer Pfarrer in Calw. Ein Überzeugungstäter, *scheinz.*

Gerne hätte Kommissar Günda weitergelesen, doch es nahte das nächste Fahrzeug. Diesmal ein knallrotes Sportcoupé. Der Beifahrerseite entstieg – die Donde Doale. Mit Sonnenbrille und Kopftuch.

„Günda, mia steare disch hoffentlisch net, odda?"

„Nänää", gab er fatalistisch zurück. „Schles bloß was."

„Ou, was hoschn do? Broschbeggde? Bstimmt weje de Ammaduare. Isch sach da mol ähns, des deedisch alles in ähm Uffwasch mache. Net zu viel Geweiike bei vaschiedene Leit." Ihr Blick fiel auf das Aquarell von der Hinrichtung: „A nää! Was guggschn du oo, Günda? Fix un Foxi? Aus demm Alda bisch du doch raus." Sie schaute genauer. „Is des etwa än Horroa-Kommick? Günda, isch sach da ähns, des dud net guud, des zum gugge. Des macht die Leit varickt."

„Nänää, isch indressia misch bloß bissl fa Gschischde. Des is ä histoorisches Bild vunnare Hinrischdung. In Heidlbäiig. Weje Ketzarei."

Die Donde Doale holte tief Luft: „Wärdd Zeit, dass do ä Fraa ins Haus kummt. Jetz hoiisch mol zu, Günda, de Robbat is jo schun do gwest, hawwisch gheat, mia hawwe telefoniat. Jetz gehts ums Bleddlä[70]. Isch deed saare: gomblett."

„Wie?"

„Du hosch jo kwassie alles in ähm Zimma, Nasszell, Kischezeil, des deedisch schää alles duaschbleddlä. Donn hosch dei Ruh. Sgibt jo eh Fußbodeheizung."

---

[70] Fliesen verlegen

„Was gibt des?"
„Günda, du willsch jetz net weida mim Heizlüfta rummache, odda? Mia mache doch kä halwe Sache. Jetz die Faab?"
„Welli?"
„Eewe. Moment, isch hol grad mol de Schang[71] dezu."
Sie drehte sich in Richtung Sportcoupé: „Schang? Geh mol hea, sei so guud!"
Dem Fahrzeug entstieg ein großgewachsener junger Mann, blond die Mähne wie der Bart. Kommissar Günda war überrascht, irgendwie hatte er einen Asiaten erwartet.
„De Schang, des is än Kusseng zu de Kattl. Dea mescht dia des. Günschdisch! De Robbat, dea kimmat sich um die Ooschliss un die Leidunge, um die Haadwea iwwahaupt. Jetz wejem Schang, dass dea des Sach bstelle kann: Faab, welli?"
„Äh, Donde Doale…" Der Einwand klang hilflos, war aber eher ein Hilferuf an die Welt: „Wa wa was koschtn des alles?"
„Hea mol, bissl was musch du schun inweschdiare. Awwa du hosch doch gschbaat, Günda! Dei Leewe lang. Kä Fraa, donn noch beim Staat gschafft, des deaft jo kä Probblähm sei. Un des hot jetz ä-fach die höggschd Prioritäät: dei Schätzl bhalde. Noch ähni finne, des gähngt donn bloß noch im Senioreheim. Weil die kenne jo nimmie abhaue."
Kommissar Günda wusste, spätestens jetzt sollte er Empörung an den Tag legen, aber er brachte sie beim besten Willen nicht auf. Leuchtete ihre Argumentation nicht irgendwie ein?
„Jetz guggda widda wie fria. Wie ä Kuh, wenns blitzt. Geh mol hea zu ma, Kärll!"
Linkisch stand er auf und näherte sich zögerlich. Kaum war er in Griffnähe, zog sie ihn an sich: „Loss disch mol drigge! Weesch, wie du mia voakummsch? Wie än Buu zwische noch un schun. Isch vasteh des, dass du bissl Ängscht hosch. Des is jo alles gonz frisch fa disch. Mia sin all so froh! Die gonz Familije! Mach da kä Sogge, mia mache des schun. Mia halde doch zamme!"

---

[71] Jean

„Unn, was hawwisch dia gsacht?" Selbst flüsternd konnte Kornfeld seinen Triumph nicht verbergen. „Do, gugg selwa!"
Er reichte seiner Frau den Feldstecher.
„Die jetz, die kennisch beispielsweis noch gaa net. Kä Wunna! Do kumme jo laufend neie vun denne. So langsoom wärdds bissl u-heimlisch. Isch mähn, jetz aa noch so alde. Die is jo noch älda als wie ea."
„Was heeßtn des, Axl? Deafe imma bloß die Männas Jingare hawwe?"
„Dea is denne Weiwa, denne reife, doch gaa net gwachse, unsan Günda."
„Awwa wisso hot die dann noch ähna debei? Än Monn! Un was fan schnugglische!"
„Pff. Des basst doch. Unsan Günda, dea steht halt neiadings uff Müddas, des wisse ma jo. Sei Inga, die hot jo aa än Buu. Awwa ma meiikt halt ä-fach, dea hot kä Ahnung vun Fraue. Dea nimmt, was kummt."
„Des glaawisch net. Des is bstimmt ganz was annares."

„Mähnsch? Was sollen des annares sei? Jetz gugg da des doch mol oo: Die schiebt ian Soohn zum Günda. Wahrscheinz solla denn glei mol adobdiare. Isch deed am libbschde dezwische gehe."
„Axl, isch kann ma des net voastelle, do gibts bstimmt ä annari A-kläarung."
„Welli?"
„Wenn du misch fräägsch, donn is des die Vamiedarin vun derre Hitt."
Kornfeld runzelte die Stirn.
„Kann doch sei. Un die guggt als mol noochem Reschde. Do is doch nix debei."
„Ähä!", trumpfte Kornfeld angesichts des weiteren Geschehens am Hopfeloch auf: „Un des gheat scheinz aa dezu, zu soare Inspekzioon!"
„Waas?"
„Do gugg, do gehts jetz ab. Wie die denn packt, wie gierisch! De Günda, dea gnuudscht doch höggschdens nachts bei Neumoond un Stromausfall un unna Wassa. Doch net do, in de Öffentlischkeit. Un jetz? Glei wälze die sisch aa noch rum uffm Steeg. Isch sach da ähns: Dea is derre hearisch[72]! Awwa voll!"
Rosie Kornfeld besah sich die Szene: „Alla guud, isch schwetz mol mit de Marioon, was die mähnt."
„Guudi Idee. Isch geh glei mit. Isch kann mia des net länga oogugge, des Zoodomm un Kamorra do."

---

72 hörig

„Glauben Sie mir das, Frau Doktor?

Das war ein kritischer Punkt, an den sie bei ihren Mediationen immer wieder gelangte. Jeder schilderte haarklein seine Sicht der Dinge und versuchte, sie so auf seine Seite zu ziehen.
„Glauben, das ist vielleicht ein bisschen viel verlangt", rutschte es Inga heraus. Unpassend, flapsig. Die weiteren Verhandlungen gefährdend, weil nicht nur wertend, sondern sogar abwertend. Eigentlich unverzeihlich, denn damit hatte sie ihre Neutralität aufgegeben. Das war ihr schon lange nicht mehr passiert. Normalerweise konnte sie mit dieser Standardsituation souverän umgehen, flugs ein seriöses *Darum geht es nicht* einstreuen und bei der Gelegenheit einmal mehr erläutern, dass man sich hier nicht vor Gericht befinde und dass sie nicht als Richterin fungiere.
Dieses Mal hatte sie sich hinreißen lassen, beinahe lustvoll vergaloppiert. Und sie ahnte, wie es zu ihrer unangebrachten Bemerkung gekommen war: Nolan wirkte nach. Genauer, es war dieser Kontrast. Sie war geradezu euphorisiert, weil sich ihr hier jemand gezeigt hatte, mit all seinen Schwächen, seinem Ringen um Anteilnahme. Zu Hause hatte sie dagegen einen Jungen, von dem nichts kam. Null. Von dem sie nur zu gerne Sätze hören würde, die ihr einen Anknüpfungspunkt lieferten, zumindest irgendeinen. Warum entfuhr ihm beispielsweise nicht wenigstens mal ein vorwurfsvolles *Du glaubst mir nie was!*
Sie wäre dankbar, ach was, sie wäre überglücklich! Derartiges hatte Inga ihrer Mutter damals geradezu im Übermaß geboten. Aus gutem Grund allerdings, hatte die doch jedem mehr geglaubt als ihrer Tochter. Sei es den Schulkameradinnen: „Wir haben den ganzen Nachmittag gelernt, Frau Jablonski." – „Na, wenn du das sagst, Petra, dann wird es auch stimmen." Sei es bei Aussage-gegen-Aussage-Situationen mit Lehrern: „Der nimmt mich immer nur dran, wenn ich mich ausnahmsweise mal nicht melde." – „Ich weiß nicht, was ich mit Inga machen soll, sie meldet sich nie." – „Tja, wenn es Sie tröstet: Zu Hause verhält sich Inga ganz genauso."

Sogar die Glaubwürdigkeit jedes dahergelaufenen Nachbarn hatte überwogen, wenn Geschmacksurteile gefällt wurden wie diese: „Also, Frau Jablonski, ich muss es Ihnen jetzt einfach mal sagen, die neue Frisur steht Inga überhaupt nicht." – „Danke, das tut gut. Ich bin beruhigt, dass nicht nur ich das so sehe. Sie behauptet ja, ihr gefällt das. Der pure Trotz, die Hormone. Aber sie will es einfach nicht wahrhaben."
Nolans Glaubwürdigkeit konnte Inga nicht auf den Prüfstand stellen, er sagte ja nichts. *Stopp!* Um Nolan ging es hier nicht. *Abhaken!* Jetzt galt es, die Mediation wieder in Gang zu bringen. Schleunigst. Vielleicht so: „Wem glauben denn Sie beide?"
Ihre plötzliche Eingebung brachte die Kontrahenten tatsächlich zum Nachdenken: „Sie meinen, wem ich vertraue?"
„Aber Glauben, Vertrauen, das ist doch nicht das Gleiche. Ich kann jemandem vertrauen, aber dennoch glauben, dass er etwas falsch gemacht hat."
„Oder unrecht hat."
„Das ist ja nochmal was anderes. Jeder macht Fehler, jeder hat auch mal unrecht. Etwas anderes ist es, wenn jemand lügt."
„Und was", gab Inga beiden zu bedenken, „wenn jemand fälschlich geglaubt hat, er sagt das Richtige?"
„Wenn man sich geirrt hat, sollte man das zugeben und sich entschuldigen."
„Aber wenn die Entschuldigung gar keinen Sinn hat, weil sie ja sowieso nicht angenommen wird?"
„Dann vielleicht deshalb, weil sie nicht ernst gemeint ist."
„Und wenn doch? Wie soll man das denn beweisen?"

Es war interessant, wie sich hier gerade ein Dialog entspann, der sich völlig vom konkreten Konflikt zu entfernen schien. Inga zog ein Fazit: „Verständigung setzt eines voraus: Vertrauen. Das kann man gewinnen, das kann man verlieren. Und vielleicht kann man es wieder aufbauen. Genau darum möchte ich mich gerne mit Ihnen bemühen. Ich würde hier gerne einen Punkt machen. Ich glaube jedenfalls, wir sind heute weitergekommen."

Kommissar Günda hatte beschlossen, die Sanierungsfragen für sich zu vertagen. Noch befand man sich im Planungsstadium, noch war nichts passiert. Er wollte zwar nicht ausschließen, dass die Donde während ihrer überrumpelnden Umarmung Schang irgendwelche Zeichen hinter seinem Rücken gemacht hatte, aber selbst wenn. Hier war und blieb er *de Tschief.*
Viel lieber wollte er sich jetzt wieder seiner Lektüre zuwenden, weshalb er es begrüßt hätte, wäre die Donde mit Schang, dem *Bleddla*, entschwunden. *Piffedeggl.* Stattdessen schlenderte sie nun elegisch zum Steg: „Schää. Imma widda schää do. Mei Meedls kumme aa glei, donn wokke mia bissl."
„Awwa, Donde Doale, wokke? Du hosch doch gaa kä Steck", gab er etwas lahm zu bedenken.
„Günda! Alles deponiat. Fa alle Fäll. Jetz loss disch mol net weidas steare. Du grad so, wie wenn isch gaa net do wea!"

Wenn des so ä-fach gähngt! Entschlossen *un aa bissl demmonschdradief* widmete er sich wieder seinen Sylvanus-Unterlagen und stieß auf den nächsten Namen: Barbara. *Wea is jetz des widda?*
Er war gefasst auf die frommen *Barbarana*, doch da lag er falsch. Es handelte sich nicht um die Begründerin einer weiteren religiösen Strömung, Barbara, so hieß die Württembergerin, die Sylvanus heiratete. Auch in dieser Hinsicht zeigte sich der Mann also entschlossen: *voazuus imma*, *rückzuus nimma.*
Mit dieser konsequenten und entschlussfreudigen Haltung stand er nicht allein. Es war wohl alles andere als selten, dass sich Theologen eine neue Heimat suchten, wenn sie ihre religiösen Überzeugungen nicht mehr leben durften. Wer seinem Glauben treu sein wollte, der musste mobil sein. *Exulantentheologen*, das war der Begriff, den man später für sie fand. Sofern man bei Auswanderern von Überzeugungen ausging. Für die anderen waren das bloß *Iwwaläufa*, *elendische.*
„So schää heede mias aa mol gärnn! Sammo, hosch du nix zum schaffe, Doale?"
Feiadunnawettlnochemol! Kamma do net mol in Ruh was lese?

Die Walkerinnen machten sich schon von Ferne bemerkbar, gleich würde es mit seiner Konzentration endgültig vorbei sein. Wenigstens eines wollte er bis dahin aber noch rasch herausfinden: Wie war Sylvanus in die Kurpfalz gelangt?

Guggemoldo! Dafür verantwortlich war ein Mann, über den Kommissar Günda schon einiges erfahren hatte: 1563 holte ihn kein Geringerer als Kurfürst Friedrich, der Fromme. P*assöhnlisch!*

„Do siehts jo vleischt aus!"

„De Günda kimmat sisch, hodda mia vasproche."

„O! Des glaabsch jo selwa net."

Seine Ruhe war dahin. Die Frauen beschlossen, sich in seinen Gefilden eine kleine Pause zu gönnen, schließlich hätten sie bereits eine nicht unerhebliche Strecke Weges hinter sich gebracht: „Eigentlisch müschtsch des ärschda uffhole, Doale. Auf! Zwee Runde eckschdra ums Hopfeloch! Mindeschdens."

„Isch bin mim Schang do hea gfahre, des is Schimmnassdisch genung."

„Des stimmt alladings, do liggt ma halwa bei demm im Kaiisch, un dea hot als än schääne Zagge druff."

„Dann deedisch saare, mia dringe ärscht mol än klähne Prozeggo, odda?"

„Au ja!"

„Alla!"

Erwartungsvoll schauten ihn die Frauen an.

„Deedsch du uns denn mol holle, Günda?"

Der war überfragt: „Prozeggo? Wuä…?"

Die Donde Doale wusste, ihn zu entschuldigen: „Dea muss sisch ärschda eigegwööhne[73]. Dea hot jo kä Ahnung, was fa Schätz mia do mittlaweil deponiat hawwe. Bleib ruisch hogge, Günda. Isch mach des. Meedls, kummt grad mit, isch muss eisch eh bissl was zeije."

Sie ging in Richtung Hütte, und die Frauen schlossen sich ihr an. Aus der Ferne hörte er, wie die Donde alle auf den neuesten Stand brachte: „Mia hawwes nämmlisch grad vum Bleddlä

---

[73] Es geht ein *n*, es kommt ein *g*: faszinierend, gell?

ghabt, was alles un welli Faab. Was mähndn ia?"
Fasziniert beobachtete Kommissar Günda, wie sie allesamt in seiner Hütte verschwanden. Fragmente drangen noch zu ihm:
„Uff jedn Fall bissl was Faawisches!"
„Gell? Des hawwisch aa gsacht."
„Un Muschda?"
Letzteres blieb im Ungewissen.

Was für ein Kontrast zu seinem Thema. Seufzend klappte Kommissar Günda die Bücher zu. *Des wärdd jetz nix mea, so lang wie die do rumtornne.*
Bevor die Frauen zu sehen waren, hörte er sie bereits wieder:
„Isch mähn, soän Monn, dea hot jo kähn Blick defoa. Dea deed des glatt alles zubedoniare bis zum Wassa."
„Odda glei mit de Tea-Maschiin driwwa."
„Gell, Günda? Mia hawwes grad vun dia. Seitdähm dassa pengzioniat is, hodda jo mähna Zeit fa sei Hobby."
„Butze?"
„Liewa net. Unsan Günda, des issn Schööngeischt." Die Donde Doale deutete auf den bücherbeladenen Campingtisch. „Sieht ma jo, Büschas oohne Ende. Isch mähn, dea hot schun als klähna Buu aiig viel glese. Mei Schweschda, demm sei Muddi – leida schun ä Weil nimmie unna uns –, mei Schweschda, die hot mansches Mol gsacht *Ich weeß gaa net, was isch mit demm mache soll, dea Buu, dea liest un liest. Was soll bloß aus demm werre?* Un was issa worre? Kommissaa. Bei de Bollezei."
„Ealisch? Des hawwisch jo gaa net gewisst."
„Kommissaa, wie uffregend. Was lieschn? Bstimmt Grimmii[74]!"
Er setzte zu einer Erwiderung an, doch die Donde kam ihm zuvor: „Unsan Günda, dea indressiat sisch fa Gschischde. Stimmts?"
„Hmpf."
„Un jetz hawwisch glei mol ähni", fuhr sie fort. „Die fällt mia grad ei. Dei Ua-Ua-Donde, Günda, des is jo die Waltraud gwest.

[74] Krimi

Die kennsch du nimmie, odda?"
„Schglaab net."
„Uff jedn Fall, die Waltraud, die hots mit de Waaze gekennt."
„Wa was?" Eine der Frauen hob fragend die Hand.
„Tschuldischung, isch vagess des als. Ähni vun uns, Günda, die is net vun do. Beade, du hosch widda nix vastanne, odda?"
„Nein."
„Bei uns sacht ma: Waaze hot die Donde, Furunggl hot de Unggl[75]. Gell, Günda?"
Der war durchaus dankbar für die Erläuterung, denn auch er hatte Mühe gehabt vom Thema *Geschichte* auf das Objekt *Warze* zu gelangen. Die Erklärung folgte auf dem Fuß: „Demm Günda sei Hobby, des is im Moment grad des Middl-Alda. Hodda mia frisch vazehlt."
„Also mia! Hahaha!"
„Schää wäas, Kattl. Odda willsch du hunnatfärzzisch[76] werre?"
„Oh liewi Zeit, im Leewe net. Mit neinäneinzisch is Schluss."
„Jetz hoiisch mol zu." Die Donde Doale senkte die Stimme. „Im Middl-Alda, do hots Hexe ghabt. Un dei Ua-Ua-Donde, Günda, des waa aa soä klähni Hex, kamma saare. Die hots guud mit de Waaze gekennt. Mit Schnegge is die droo, un forttgebabblt hot sie die. Bloß bei ihre selwa, do hot des net funkzioniat. Leida. Desdaweje hawwe alle zu derre gsacht *Waaze-Waltraud*. Des issä Gschischt, hä? Un siwwe Kinna hot die ghabt vun drei Männas. Ganz modärnn eigendlisch."
„Fa misch wäa des nix."
„Waas? Siwwe Kinna odda drei Männas?"
Allgemeine Heiterkeit.
Kommissar Günda räusperte sich, er hatte das Bedürfnis der Klarstellung. Außerdem hatte er bislang noch kein einziges vernünftiges Wort von sich gegeben: „Also, des hot schun was vunneme Grimmii, was isch grad les. Än histoorische. Spielt bei uns in Heidlbäiig."

[75] Onkel
[76] 140

„Hawwischs net gsacht: fasziniarend!“
Kommissar Günda staunte über die plötzliche Wandlung. Vor nicht allzu langer Zeit hatte die Donde noch anders geredet.
„Middl-Alda, do muss isch disch glei mol korrigiere, so leid mas dud. Histoorisch korräckt is des net im Middl-Alda bassiat, sondann in de frühe Neuzeit, weil de Ludda, dea hot schun…“
„Des is jetz mol worscht, Günda. Uff jedn Fall, bei demm Zeigs, wu de Günda liest, do gehts um än… jetz obacht: Ketza! Un dea wärdd glei mol än Kopp kärzza gemacht.“
„Geköpft?“
„Ähä.“
„In unserem schönen, romantischen Heidelberg?“

Wohliges Gruseln im Publikum.

„Meedls“, hob die Donde Doale an. „Isch hab grad die Idee: *Wook änd Tell.*“
Fragende Blicke.
„Ma muss als mol was fa de Kopp mache, net bloß fa de Körppa. Un unsan Günda, dea kann rischdisch schää vazehle, voa allem, wenna ähna im Tee hot. Wie wäassn Günda, du vazehlsch uns beim näggschde Mol bissl mähna vun dem Grimmii mit demm Ketza, hä?“
„Au ja!“
„Des wäas.“
„Un im Ooschluss gehe ma wokke.“
„Odda umgekeat.“
„Unn, wie moanschen? Odda drausch disch des net? Unna uns, unsan Günda, dea is schun imma aiig schennant bei Fraue. Schun als klähna…“
„Äh, klaro!“, unterbrach er sie bestimmt. „Des machisch gärnn. Wenn eisch des indressiat.“
„Uff jedn Fall, odda?“
„Un wie!“

Ganz klar eine Entscheidung aus dem Bauch. Gewiss, er fühlte sich durchaus geschmeichelt, auch der Alkohol auf nüchternen Magen hatte seinen Anteil, aber das Wichtigste war: *Wisso net?* Der neue Günda war eben einfach für alles zu haben.
„Subba. Donn mache mia des demmnäggschd. Do kenne ma aa glei die Bau-Aweide im Blick bhalde.“
„Un die Bau-Aweida.“
„Die aa nadialisch.“

Kommissar Günda beobachtete, wie die walkende Schar verschwand. Letzte Fetzen vernahm er noch: „Doin Günda, kann dea des iwwahaupt? Schmähn, de große Babbla issa jo net grad.“
„Weje mia ärschda wokke, donn köpfe.“
„Aber bitte mit Dolmetscher, wenns geht.“

Er nahm sich einen Rechen, um die Reifen- wie auch die Fußspuren zu beseitigen. *Isch kanns net hawwe.* Auch das war neu. Günda, der Reinlichkeitsfanatiker.
Was hatte er sich da bloß aufgehalst? Es würde einiges an Arbeit kosten. Andererseits, ihm gefiel der Gedanke, den Damen einen kleinen Vortrag über Sylvanus zu halten. Ob er das überhaupt könne, fragten die sich. *Des kennda hawwe!* Den Beweis würde er nur zu gerne antreten. Allen den neuen Günda zeigen, die Runde mal ein bisschen verblüffen. Auch die Donde.
Nicht zuletzt käme damit das Verhältnis zu Nolan auf eine ganz andere Ebene. Jetzt hatten sie beide einen Vortrag zu halten. Unterschiedliche Zielgruppen zwar, aber zum selben Thema: *Sylvanus.* Eine schöne Gelegenheit, gleich mal mit Nolan in Kontakt zu treten. Auch um ihm von der deutlich verbesserten Quellenlage zu berichten. Weiter motivieren. *Possitief.*

Weil er nicht dessen Handynummer hatte, rief er Inga an. Die freute sich: „Günda, du? Schön, dass du dran gedacht hast."
„Ähm…"
Es ratterte, er hatte derzeit an so vieles zu denken: Fliesen, Betten, Religion…
„Es lief ganz gut so weit. Wir haben erste wichtige Schritte geschafft. Mühsam wars, aber mir sind ein paar wichtige Impulse gelungen. Lieb von dir, dass du gleich wissen willst, wie es gelaufen ist. Das bin ich nicht gewöhnt."
Kommissar Günda war auch einiges nicht gewöhnt. Zum Beispiel wie es war, Anteil am Leben eines anderen zu nehmen. Und das auch noch andauernd. Jetzt fiel es ihm wieder ein, Inga hatte eine Sitzung, vor der sie seit Wochen Bammel hatte. Industrie. Mehr Schlichtung als Mediation, mutmaßte sie, aber die Chance, den Fuß in diesen Bereich zu bekommen.
Natürlich war er interessiert, wie es ihr ging, was sie erlebte. Aber ständig Anteil nehmen, mitfiebern, sich einmischen? Jeder lebte sein Leben. Das gab man doch für ein gemeinsames nicht auf. Oder war das so in Beziehungen? *Wuhea soll ischn des wisse?*

Inga wollte ja bestimmt auch nicht jedes Detail aus seinem Leben erfahren: *Und dann habe ich ein Brötchen gegessen, und dann habe ich was getrunken, und dann habe ich mich wieder hingelegt…*
Zugegeben, sein Alltag war mittlerweile nicht sehr spektakulär. Aber angenommen, er stünde noch im Berufsleben, würde er es wirklich so angenehm finden, wenn sie sich laufend meldete: *Was spricht der Pathologe? Warum schweigt der Verdächtige? Wie weit bist du mit deinem Bericht?*
Handelte es sich da überhaupt immer um echtes Interesse? Oder nicht eher um Kontrollzwang? Durfte, sollte, ja musste man einander nicht öfter einfach mal in Ruhe lassen? Oder war das bereits ein Zeichen für schwindende Liebe?

Seine Überlegungen hätte er ihr jetzt natürlich mitteilen können, auch um ein Zeichen zu setzen, wie bewusst er die Beziehung führte. Stattdessen schien ihm an dieser Stelle eine eher allgemein gehaltene Äußerung sinnvoller: „Isch muss doch wisse, wie das geht."
„Das ist sehr rührend von dir, Günda. Und bei dir?"
„Nix weidas. Isch room bissl uff, s is jo imma was zum du."
„So kenne ich dich. Ist noch irgendwas Besonderes? Sonst würde ich hier weitermachen."
Und wieder ein Dilemma. Würde er nun zum eigentlichen Anlass seines Anrufes kommen, die Telefonnummer von Nolan zu erfahren, so würde er riskieren, dass ihr schönes Bild von ihm Risse erhielt. Wollte er das?
„Nää, nix weidas. Isch bin jetz schun mol beruischt. Schaff schää weida!"
„Na dann. Sehen wir uns heute Abend?"
„Uff jedn Fall."
„Bei mir oder bei dir?"
„Egool."
„Dann lieber bei dir, da ist es ordentlicher."

Wer hätte gedacht, dass das mal eine Frau zu ihm sagen würde.

„Nolään? Isch bins, de Günda."
Der Türöffner summte prompt. Sie waren schon ganz schön eingespielt, weshalb er das Treppenhaus besonders leichtfüßig durchmaß. Vielleicht etwas zu federnden Schrittes, denn als er oben ankam, war er außer Atem. Die Wohnungstür war angelehnt, Nolan war wieder in seinem Zimmer. Ein Vertrauensbeweis, eindeutig.
„Servus, Großa, isch will disch gaa net weidas steare, isch will bloß korzz berischde weje unsam Fall. Stell da mol voa, isch häng jetz aa voll drin in derre Sach. Isch soll jetz nämmlisch aa än Voatrag halde iwwa unsan Sylvanus. Fa soän klähne gschischtsindressiade Frauekreis. Des is ä Sach, hä? Mia zwee sin schun zwee. Heedsch du des gedenkt, wie mia des oogfange hawwe? Kenne ma schää zammeschaffe."
„Klar."
„Un bei dia? Hot sisch schun was a-gewwe weje doim Lehra?"
„Hm."
„Lehra halt, gell? Die wolles imma glei gonz genau wisse. Mia

halde uns noch bissl bedeckt. Die paa Informazioone, wua jetz vun dia hot, die misse demm lange fas ärschde."
„Klar."
„Ibbrigenz, isch hab gonz frisch paa zimmlisch indressande Büschas un Uffsätz kriggt. Leida monsche bissl sperrisch vun de Sprooch. Wie die dorttmols halt gebabblt un gschriwwe hawwe. Kannsch da voastelle, odda?"
„Hm."
„Awwa isch bleib droo. Un wenn isch was Indressandes gfunne hab, geb isch dia glei Bscheid."
„Hm."
„Am ä-fachschde wäas mim Häändii, mussisch net imma voabeikumme. Donn bräuschdisch bloß dei Nummer."
Nolan regte sich, und kurz darauf machte sich Kommissar Gündas Telefon bemerkbar. „Moment! Schmuss grad mol gugge, wea do was will. Hä? Kähna droo? Koomisch."
„War ich", erklärte Nolan, ohne aufzublicken.
„Wie? Du hosch misch grad oogerufe? Fa waas?"
„Meine Nummer."
„Wu? Bei mia? Ealisch?" Ungläubig nestelte er an seinem Smartphone. „Des gibts jo net. Issie des: Null, ähns, fimfe, zwee…?"
„Hm."
„Varickt. Du musch bissl Noochsischt hawwe, isch bin net so druff mit demm Kommbjuuda-Zeigs. Uff jedn Fall subba, braggdisch. Donn kann isch disch jo imma glei infoamiare mit SMS."
„Hm."
„Isch browias glei mol." Er tippte. „Unn, duds?"
„Hm."
„Un was steht jetz do bei dia?"
„Höchstens."
„Nää! Des dabbische Ding korrigiat misch imma, wenn isch was schreib: Hoschs? Des soll des heeße. Unn, hoschs?"
„Klar."

Kaum war er wieder auf der Straße angelangt, klingelte sein Handy erneut.
„Nolään? Was gibts? Hosch schun Sehnsucht?"
„Ist dort Herr Günda?"
„Äh… Ähä."
„Wir wollen gerade Ihr Bett liefern, es ist aber niemand da."
„Oh, liewi Zeit, des hawwisch jo ganz vagesse. Voa lauda lauda! Isch bin glei bei Ihne. Hawwe Sie nochen Moment?"

Do kann isch jo glei widda schaffe gehe, was isch grad alles am Hagge hab, dachte er, als er außer Atem am Hopfeloch eintraf. Die beiden jungen Lieferanten hatten bereits die Matratze aus dem Laderaum ihres Transporters geschafft.
„Dud ma leid. Sie wollde misch doch eigendlisch voahea oorufe."
Die Männer zuckten mit den Achseln.
„Egool, jetz zeig isch eisch mol, wu die hiekummt."

„Und wo ist das Bett?", lautete die durchaus drängend gemeinte Frage, nachdem es mit einiger Mühe gelungen war, die Matratze durch die Tür zu bugsieren.
„Wie?"
„Wo kommt die Matratze drauf? Wo ist das Bettgestell, der Lattenrost?"
„Hmm."
Kommissar Günda kratzte sich am Kopf. Das hatte er nicht bedacht. Die Klappliege taugte als Unterlage schon mal weniger.
„Des äh… is äh… Absischt. Des brauche mia net. So mache mia des bei uns in de Wuddschdock[77]-Generazioon. Isch sach bloß *Laaf änd Piis*[78] *un Flaua Paua*[79]."
Die Männer schauten verständnislos.
„Mia sin ä-fach logga, dasses kracht."

---

[77] Woodstock
[78] Peace
[79] Flower Power

Gegen ein üppiges Trinkgeld erklärten sie sich bereit, die Campingliege mitzunehmen, händigten ihm noch Bettwäsche, Kopfkissen und Decken aus und zogen von dannen. Aufgrund ihres permanenten Grinsens in der Folge seiner Erläuterung hielt er es für möglich, dass die jungen Männer ihn für einen junggebliebenen Trendsetter hielten. Oder für einen alten *Dabbes. Egool.* Nun krönte die Hütte am Hopfeloch ein zentrales Matratzenlager. *Wie bei de Hibbii.* Sah man einmal von der gestreiften Satin-Bettwäsche ab.

Inga lachte schallend, als sie der neuen Errungenschaft gewahr wurde.
„Iwwaraschung!"
„Das kann man wohl sagen."
„Des waa jo kähn Zustand mit demm Gämbingmeebl."
„Und wann kommt der Rest vom Bett?"
„Ball. Do gibts paa Liefaschwierischkeide."
„So exklusiv? Dann bin ich mal gespannt. Apropos, was bedeuten eigentlich die Zeichen an der Wand? Auf dem Boden sind auch welche."
Kommissar Günda schaute sich um. Nun sah er es auch, die Handwerker hatten sich mit kryptischem Gekrakel verewigt.
„Äh… Ich loss bissl was mache do in de Hitt. Gonz allgemein."
„Das erscheint mir sehr vernünftig. So picobello das hier alles ist, ein bisschen Komfort täte schon gut."
„Gell? Des denk isch aa."
„Wir essen aber draußen, oder?"
„Uff jedn Fall. Schun weje de Krieml."
„Weswegen?"
„Krüh Möll. Was so alles iwwarisch bleibt, wenn ma im Bett esse dud. Was gibtsn eigendlisch? Was hoschn mitgebrocht? Loss misch mol riesche! Dei Hoa saare: Griesche! Legga!"

Der wackelige Campingtisch – „Wärdd Zeit, dass dea aa mol wegkummt!" – war bereits gedeckt, Kommissar Günda packte

die Löffel beiseite. „Bloß im Fall, dass mia Subb hawwe. Ma weeßes jo net.“
„Nein, heute gibt es Fleisch satt. Zeus-Teller für zwei, ich hoffe, es wird für uns beide reichen.“
„Schglaab schun. Beim Zeus. Un dodezu?“
„Wasser hast du, oder?“
„Uzzoo?“
„Für dich gerne, aber…“
„Du willsch noch fahre, is mia klaa.“
„Schon wegen Nolan“, ergänzte sie.
„Inga! Du musch mia nix vakläare. Kä Probblähm. Uns bressiat nix.“
„Schön, dass du das auch so siehst.“

In der Tat, das war für Inga eine neue Erfahrung. Und eine angenehme obendrein. Immer wieder musste sie sich in ihrem Leben anderer erwehren, die über sie und ihre Bedürfnisse hinweggingen. Man bediente sich dabei unterschiedlichster Methoden.
Angefangen von ihrer Mutter, die das reine, unverbrämte Bestimmen beherrschte: *Tu das! Lass jenes!*
Anders ihr Ex-Mann, der ebenfalls in der Lage war, sich ihr gegenüber durchzusetzen. Indem er vorauseilend mit allem einverstanden war, bereit, alles hinzunehmen, alles zu erdulden – *Ganz wie du willst, Schatz!* –, brachte er sie dazu, ihre eigenen Wünsche zurückzustellen, schon um ihm seine Paraderolle als ewiges Opfer zu verderben.
Und dann hatte es gerade in jüngster Zeit immer wieder Männer gegeben, die überdeutlich machten, was sie wollten: keine Zeit verlieren. Durch die Bank trennungserfahren, gaben sie unmissverständlich zu verstehen, dass Zielstrebigkeit selbst im frühesten Stadium einer Beziehung zu den elementarsten Tugenden gehörte. Wenn sie daran Zweifel erkennen ließ, sorgte das gemeinhin für Unverständnis: *Ich dachte eigentlich, du kennst die Spielregeln.*

Bei diesem verschrobenen Mann hingegen sah sie sich keiner Forderung ausgesetzt, nicht einmal einer Erwartung. Und auch keinem Vorwurf. Das war es wohl, was ihre Beziehung so angenehm machte.
Im Urlaub, als sie sich nach ein paar Gläsern Wein am Strand in den Armen lagen, hatte sie ihn mehr im Scherz gefragt: „Was willst du eigentlich von mir?“
Und was hatte er geantwortet? „Guggemamol.“

Das war für sie in diesem Moment unerwartet gekommen, war aber, wie sie sofort gespürt hatte, die perfekte Erwiderung. Keine abgeschmackte Floskel, kein probates Gesülze. Vier Silben und ein Versprechen. Auf Hochdeutsch einer Ohrfeige würdig, aus seinem Munde nur zum Knutschen.
Er mochte ein Kauz sein, ein nicht mehr junger zudem, er konnte mit ihr umgehen. Und sie anscheinend auch mit ihm.

Dazu gehörte, dass sie sich mit Gestaltungsvorschlägen hinsichtlich seiner Hütte zügelte. Was ihr durchaus schwerfiel, denn sie hatte tausend Ideen. Was ihr aber wiederum leichtfiel, denn dieser Mann hatte offenkundig klare Vorstellungen. Und erkennbar seinen eigenen Stil.

Dass sie nicht bleiben wollte, hatte er auch nicht mit mehr oder weniger heimlichen Alkoholgaben zu unterlaufen versucht, er reichte Hirschquelle: „Des Hahnewassa[80] do, des nämme ma liewa net!“
Sie durfte sich einfach weiter wohlfühlen, ohne zu fürchten, er überspielte nur mühsam, dass er in Wahrheit zutiefst gekränkt war. Sie musste nicht damit rechnen, dass er sich bei nächster Gelegenheit dafür revanchieren, sie noch Jahre später an diesen Moment der Schmach erinnern würde. Er nahm es nicht hin, dass sie ging, er fand sich nicht damit ab, er fand es in Ordnung. Und er fand wohl auch sie in Ordnung. So, wie sie war. Anders wollte er sie gar nicht. Wahrlich eine neue, eine gute Erfahrung.

Die Grillen und die Frösche am Hopfeloch waren in dieser Nacht weit mitteilsamer als die beiden Schlemmenden. Sie hatten ja auch genug zu tun mit der üppig bestückten Zeusplatte. Nachdem sie die geschafft hatten, woran freilich Kommissar Günda den bedeutenderen Anteil hatte, hielten sie sich lange schweigend bei den Händen. Zwischen ihnen abgenagte Knochen und Peperonistiele.

Irgendwann sah er sie eindringlich an, und sie war fast ein wenig beunruhigt, was nun wohl kommen würde: „Wenn heit Nacht… än Ffampia kummt, zu dia odda zu mia, dea kriggt än Härzzkaschba[81] weje demm viele Knowwlisch[82].“
Kurz darauf brach Inga in fast schon wieherndes Lachen aus, das sämtliche Frösche und Grillen schlagartig verstummen ließ, denn zum Ende seiner Mini-Ansprache hatte er sich feierlich erhoben, über den Campingtisch gebeugt, und beinahe hätte er sie auf den Hals geküsst, wären seine Hände beim Abstützen nicht in den Resten vom Tsatsiki gelandet.
Auch das konnten sie zusammen: lachen.

---

[80] Leitungswasser
[81] Herzinfarkt
[82] Knoblauch

Natürlich hätte sich Kommissar Günda gewünscht, dass Inga bis zum Morgen bei ihm bliebe. Für einen Moment hatte er sich auch gefragt, was er von ihren Beweggründen halten sollte – *awwa bloß korzz, gonz korzz*. Denn aus seiner Sicht konnte das überhaupt kein Problem darstellen, einen Fünfzehnjährigen über Nacht alleine zu lassen. Im Gegenteil, Nolan wäre vermutlich dankbar gewesen. Noch wahrscheinlicher schien ihm allerdings, der Junge hätte ihr Fortbleiben nicht einmal bemerkt.
Indes, ihr Aufbruch hatte zweifelsohne auch Vorteile. So musste er bei der anstehenden Matratzeneinweihung keine Rücksicht nehmen und durfte sich jede noch so ungelenke Pirouette erlauben. Ja, er konnte gar ohne Hemmungen seinen durchaus verwegen zu nennenden Plan umsetzen: Hechtsprung ins Auge der Matratze.
Als Belohnung stellte er eine Flasche Barolo samt Glas neben seine neue Schlafstatt. Dann zog er sich seinen *Püttschama* an. Das Oberteil stopfte er in die Hose, denn jeder unnötige Luftwiderstand sollte vermieden werden.
Die Hirschquelle zeigte Wirkung, seine Blase machte sich bemerkbar. Als er kurz darauf erneut vor seinem Lager Aufstellung nahm, überwog die Vernunft, und so ging er lieber bedächtig in die Hocke und rollte sich gemächlich bis zum anderen Ende der Matratze. Durchaus elegant, wie er fand. Eigentlich sollte man diese Hütte nicht *bleddlä*, sondern mit einer flächendeckenden Matratze versehen.
Begwähm. Voll!

Er hatte nicht erwartet, dass er so gut schlafen würde. Und er hatte ebenso wenig erwartet, dass die nächsten Arbeiten so früh begönnen.
„Des kummt defu, wemma die halb Nacht rumliest. Isses wenniggschdens än schääne Schundroman?“
Der Mann füllte fast den Türrahmen, Sonnenstrahlen drangen lediglich durch spärliche Lücken. Infolge des Gegenlichts konnte Kommissar Günda das Gesicht nicht erkennen, doch er ahnte, wen er vor sich hatte.
„Losse Sie sisch net weidas steare. Mia mache sowisso ärschda paa klähne Abbruch-Aaweide. Wie siehtsn aus, solle ma Sie mit de Madratz rausdraare, damit Sie schää weidalese kenne? Klähna Witz. Nänää. Uffstehe, des misse Sie schun selwa. Männas?“ Die Stimme richtete sich dröhnend an die Draußenstehenden. „De Kondähna kann schummo runna, die Speismaschin aa un de Bresslufthamma. Awwa als schää leis, do ratzt[83] noch ähna!“ Der Tonfall wurde säuselnd: „Gell?“
Donnerndes Lachen erschütterte die Hütte.

Offenbar hatte er vergessen, die Tür abzuschließen, das würde ihm nicht wieder passieren. Mit Mühe rollte sich Kommissar Günda von seiner Schlafstatt, ächzend richtete er sich auf. Unter Aufsicht *vun demm Hannebambl net grad idejaal.*
Auf dem Platz vor seiner Hütte machten sich vier Männer an Transporter und Container zu schaffen. Unter streng gestikulierender Aufsicht. Ein wenig deplaziert kam er sich schon vor, wie er nun vor seiner Hütte im *Püttschama* stand. Das sahen offenbar auch andere so: „Voanehm geht die Welt zugrunde, hä? Ibbrigenz: Im Fall, dass Sie nochmool uff de Gloo misse, mia drehe glei des Wassa ab fa die näggschde drei Stund. Net dassie noochhea uff die Idee kumme, in denn Tümbl zum rabble[84]. Isch sach bloß Ozoonloch. Klimawandl. Do sin sie heit streng mit.“

[83] schläft
[84] pinkeln

Er musste Platz machen, denn entschlossenen Schrittes zogen die Männer nun in seine Hütte. *Geglebba* war zu vernehmen und *Gebebba*[85]. Kurz darauf erschienen sie mit großen, prall gefüllten Säcken, die sie am Steg deponierten, verschwanden erneut im Gebäude und trugen schließlich eine erstaunlich akkurat in Plastikfolie verhüllte Matratze ebenfalls ans Ufer vom Hopfeloch. Kommissar Günda war durchaus beeindruckt. Das Team schien umbau-erfahren und wider Erwarten umsichtig.
Nachschub wurde aus dem Kastenwagen geholt, erst stapelweise Abdeckplane, dann schweres Gerät. Es dauerte nicht lang, dann drang gewaltiger Lärm aus der Hütte. Er beobachtete, wie Stück um Stück der in die Jahre gekommenen Ausstattung in den Container geschafft wurde. Derweil stand der Chef mit über der breiten Brust verschränkten Armen neben dem Container und beobachtete zufrieden seine Männer. Er selbst machte keine Anstalten, Hand anzulegen, sparte aber nicht mit anfeuernden Kommentaren: „Auf! Mia hawwe net eewisch Zeit. Hea, Longa! Du nischt müssen ablegen voasischdisch! Ropf des Zeig raus, schmeiß des Glumb in denn Kondähna, sei so gut! Sie!“ Er wandte sich erneut an Kommissar Günda: „Wolle Sie mithelfe? Nänää, mia kenne bloß Leit brauche, die schaffe. Höggschdens, Sie keende uns bissl was voalese aus Iam Schundroman. Hahaha! A-wa! Die Buuwe vastehe eh bloß ähns: die Sprache der Hildi[86]!“
Kommissar Günda stürmte in seine Hütte, zog hastig das Nötigste an, packte ein Buch vom Sylvanus-Stapel und nahm Reißaus.
„Wu wolle Sie hie? Die Büscharei hot heit zu. Hähä.“

So ganz wohl war es ihm nicht, die Männer alleine am Hopfeloch werkeln zu lassen. Von der gegenüberliegenden Seite würde er sie vorsichtshalber schön im Blick behalten.

---

[85] Gemecker
[86] Hilti - Bohrmaschine

Als er die kleine Anhöhe mit bester Sicht auf seine Hütte erreichte, wunderte er sich. Frisch geknickte Zweige, Fußspuren. Es schien, als hätte sich jemand hier vor nicht allzu langer Zeit zu schaffen gemacht. *Hä? Am Hopfeloch?* In dieser unwirtlichen Umgebung? *Koomisch!* Der Kriminalist in ihm erwachte augenblicklich. In einem morschen, weitgehend ausgehöhlten Baumstumpf fand sich eine provisorische Mülltone. Darin leere Verpackungen, *Bifi*, *Snickers* und mehrere Fläschchen *Underberg*, darunter auch zwei volle sowie eine Restdosis *Antibrumm*. Ein Depot? Sah fast so aus, als würde jemand planen, schon bald zurückzukehren. Er entdeckte noch mehr: einen Kugelschreiber mit dem Aufdruck *Zu Lebzeiten vorsorgen, entspannt in den Lebensabend* samt Block, kariert, mit einer rätselhaften Notiz: *12.30, unbekannte Frau.* Was hatte das zu bedeuten? Wurde er etwa beobachtet? *Bleedsinn.* Wer sollte an ihm Interesse haben?

Kommissar Günda setzte sich auf die Bank und nahm sich sein Buch vor: *Endlisch! Wu waare ma stehegebliwwe?* Sylvanus war also vom Kurfürsten persönlich geholt worden. Geholt im Sinne von abgeworben? *Net gonz.* Bestimmt spielte der Karrieresprung eine gewisse Rolle, in *Laudare* wurde er immerhin Dekan. Aber es schien vorher auch in Württemberg wie zuvor in Würzburg Unstimmigkeiten in Glaubensfragen gegeben zu haben. Während seiner Zeit in Calw wirkte der Mann nicht nur als Pfarrer, sondern er schrieb und veröffentlichte auch weiter fleißig zu theologischen Themen. So widmete er dem Bilderverbot eine ganze Schrift. *Bilderverbot? Des is doch des, wufu de Ruddl vazehlt hot: Fortt mit denne Bildlin aus de Kääisch!* Und wo stand bei diesem Thema Sylvanus? Sieh an, er lehnte jede Bilderverehrung rigoros ab. Man solle in der Kirche viel hören, aber wenig sehen. Mit dieser strengen Auffassung, so stand zu lesen, sei Sylvanus näher bei Zwingli und Calvin gewesen als bei Luther. *Ähä.* Und diese Tendenz zeigte er nicht nur bei diesem Thema, was Konsequenzen bei seinem Arbeitgeber hatte. Denn dass sich sein Pfarrer in zentralen theolgischen Fragen umorientierte – weg von Luther, hin zu den Reformierten –, das schmeckte seinem Württemberger Chef Herzog Christof überhaupt nicht, er beurlaubte ihn daraufhin *wegen calvinistischen Irrtums*, auch noch öffentlich vertreten.

Kommissar Günda verstand immer noch nicht, welche unüberbrückbaren theologischen Gräben sich da aufgetan haben sollten – *Kä Ahnung, wu des Probblähm sei soll, awwa sie hawwe uff jedn Fall ähns. Des is heit jo aa net annaschda: Hendl*[87] *weje nix. Odda vleischt is des Gonze ä-fach zu houch fa de klähne Günda.*

Klar schien jedoch, um den Fall Sylvanus zu verstehen, musste man einfach von solchen tiefen Gräben ausgehen. Wie es aussah, stand also Sylvanus erneut an einer Weggabelung: sich der Württemberger Linie beugen oder eine neue Wirkungsstätte suchen. *Drei mol deaf ma roode, wassa gemacht hot!* Der Ruf von Kurfürst Friedrich kam ihm also gerade recht, dessen Kurpfalz distanzierte sich ja auch zunehmend von Luthers Lehren. *Bessa gsacht*: Der Umzug in die Kurpfalz war für den bereits erfahrenen Exulantentheologen Sylvanus *obdimaal*.

Und sein Headhunter hat Großes mit ihm vor: Der gelehrte und wortmächtige Gottesmann soll die religiösen Streitereien befrieden helfen, denn noch gibt es für Kurfürst *Fritzl* entschieden zu viele Lutheraner im Land. Darunter auch einen sehr prominenten, den Friedrichs Vorgänger Ottheinrich in die Kurpfalz geholt hat, um die Gemeinden auf Vordermann zu bringen: Johann Marbach, ein Haus- und Tischgenosse Luthers und dessen ewig treuer Schüler, wie sich zum Leidwesen des Regenten auch wieder in einer 1565 veröffentlichten Schrift Marbachs zeigt. Auf 1000 Seiten! *Puh! Drunna mache die scheinz nix dorttmols.* Der Kurfürst beauftragt Sylvanus mit einer Entgegnung, der schreibt eine saftige Widerlegung und rechnet schonungslos mit zahlreichen theologischen Irrtümern ab, die er bei Marbach entdeckt haben will. Ganz im Sinne seines Auftraggebers: *Mach denn mol blatt, Tschonnie, sei so gud!*

---

[87] Streit

Am Hof und an der Heidelberger Uni ist man *begeischdat*, die Karriere in der Kurpfalz nimmt zügig Fahrt auf: Sylvanus darf an der Heidelberger Bibelübersetzung mitwirken, im Auftrag des Kurfürsten in die Niederlande und nach Zürich reisen und sogar mal den Platzhirschen Olevian als Pfarrer vertreten.
Dass er bald darauf nach Ladenburg zieht, um dort als Pfarrer und Dekan zu wirken, hat mit Exulantentum nichts zu tun. Das ist vielmehr ein weiterer Karrieresprung: näher zum Chef in Heidelberg, der mehr denn je auf ihn setzt.

Haldema mol feschd: Sylvanus war 1567 in *Laadebäiig* nicht nur ein einfacher Pfarrer, sondern ein geachteter Theologe, und zwar über die Kurpfalz hinaus. Mit direktem Draht nach ganz oben, zum Kurfürsten. Und *sella Fritzl* soll nur ein paar Jahre später nichts dagegen getan haben, dass sein neuer Star-Theologe öffentlich hingerichtet wurde? Sehr seltsam.

Apropoo… Auch vor Kommissar Gündas Hütte tat sich Merkwürdiges, wie er aus den Augenwinkeln wahrnehmen musste: Der Fürst der Sanitärnis, der herumschlendernde Robbat, schaute sich irritiert um, griff erst in seine Tasche, ging dann zu einem der Säcke, zog etwas heraus und hielt es an sein Ohr. Ein Handy? Instinktiv griff Kommissar Günda in seine Hosentasche. *Nää! Des gibts jo net!* Hatte er etwa sein Smartphone im Bett liegengelassen, und es war in einem der Säcke gelandet? Und was tat dieser unverfrorene Typ? Er nahm es nicht nur an sich, er erdreistete sich gar, einen Anruf entgegenzunehmen. Lachte, winkte ab. Mit wem sprach er da? Inga? Nolan? *Sackzement!*
Auch nachdem er sich den Weg zurück durchs Gebüsch gebahnt hatte, war Kommissar Günda noch aufgebracht. Er wollte seiner Empörung Luft machen, doch der Leiter der Baustelle kam ihm zuvor: „Guud dass Sie sisch mol widda bligge losse. Wisse Sie, fa was ma sei Häändi hot?“
„Äh, hea mol…“

„Fa zum telefoniare. Wemma des iwweraal rumlieje lässt, bringt des nix. Do hot ibbrigenz ebba fa Sie oogerufe."
„Sie!" Kommissar Günda fehlten die Worte.
„De Karl May. Ob Sies net ball duaschhawwe, soi Buch. Ea heed noch ä annares. Klähna Witz. Nää, des waa bloß soä Fraa."
„Wie kumme Sie dezu…"
„Kä Soiig, isch hab des fa Sie a-leedischt. Isch hab gsacht, Sie hawwe grad kä Zeit. Sie sin wahrscheinz irgendwu uff de Gloo gfahre. Zum Lese."
„Ä Fraa?" Kommissar Günda gewann langsam wieder die Fassung. „Un wea?"
„Kä Ahnung. Meini waas jednfalls net. Des heedisch gemeiikt. Die kenne Sie jo aa. Apropoo, schmuss die glei mol oorufe wejem Nachtesse. Isch deaf mol korzz…?"
Ohne eine Bestätigung abzuwarten, machte er sich an Kommissar Gündas Smartphone zu schaffen. Der änderte die Tonlage: „Hea mit!"
Was Wirkung zeigte, wenn auch erst nach Ende des Telefongesprächs zu den anstehenden Menüfragen: „Oukey, Schätzl, Dampfnuudl. Awwa donn mit Subb. Soot. Da! Un jetz keende Sie mia aa mol än Gfalle due: Wisse Sie, isch bin um die Zeit als bissl mied. Sie hawwe doch bstimmt nix degeje, wenn isch mol bissl an derre Madratz hoiisch?"
„Wie?"
„Bissl ratze, mei Buuwe kumme grad allää klaa."
Kummt net in Frooch!, wollte ihn Kommissar Günda anfahren, besann sich dann jedoch eines Besseren. Schließlich war er ja doch auf ihn und seine Mannen angewiesen. „Des geht net, die wärdd nämmlisch abgholt. Glei!"
Er drehte sich um, nestelte an seinem Smartphone und wählte eine Nummer. „Äh, isch bins." Schlechter Einstieg. „Folgendes, isch hab doch bei Ihne leddscht[88] die Madratz gekaaft… gönau, die fas Hopfeloch… Nänää, kä Probblähm, die is subba, aaba…"

[88] kürzlich

Sie möge doch bitte die Matratze wieder abholen lassen und in Verwahrung nehmen, bis die Bauarbeiten abgeschlossen wären. Nein, mit den Bauarbeiten habe man nicht rechnen können, ein plötzlicher Wasserschaden. „So was kummt halt schun mol voa am Hopfeloch."
Sein unermüdlich kritischer Begleiter schüttelte den Kopf: „Sie sin aa soän Wassaschade. Aldale, Sie keende mol ä Buch schreiwe bei derre Pfandassie, wu Sie hawwe."
Kommissar Günda verzichtete auf eine Replik. Ihn trieb nur noch ein Gedanke: *Nix wie fortt! Die odda isch!* Immerhin hatte man ihm die baldige Abholung in Aussicht gestellt, die Mitarbeiter seien noch in der Nähe. Und so drückte er sich auf dem Gelände herum, fummelte an diesem, langte[89] nach jenem und kam sich bei allem doch nur vor *wiän falsche Fehla.*

Endlich hatten die Handwerker das Terrain geräumt, er atmete auf und nahm sein Hopfeloch wieder in Besitz, indem er erst einmal die restlichen Spuren der Arbeiten beseitigte. Die hielten sich erstaunlicherweise weiterhin in Grenzen. Bevor die Männer das Gelände verlassen hatten, hatten sie nicht nur aufgeräumt, sondern sogar gefegt. In der Hütte dagegen sah es chaotisch aus. An ein normales Leben hier war nicht zu denken. *Bleed!*
Das Knirschen des Sandes verhieß die Ankunft des nächsten Fremdfahrzeugs. Es war tatsächlich der erhoffte Abholservice des Bettenladens, dieselben Männer, die nun alles soeben noch Gelieferte wieder in ihrem Transporter verstauten. Ungerührt, als wüssten sie nur zu gut: So ging es eben zu *bei de Laaf änd Püs-Püpl*[90].
Nun aber: *Ruh am Hopfeloch.* Wenigstens bis zum nächsten Morgen. Doch bei aller Erleichterung, es machte einfach keinen Sinn zu bleiben. Die Arbeiten würden in aller Herrgottsfrühe fortgesetzt werden, und zudem hatte er nun keinerlei Schlafstatt mehr. Was also tun?

---

[89] griff
[90] People

Der erste Gedanke war naheliegend: Inga! Er verwarf ihn sogleich wieder. Keine gute Idee, sich überfallartig einzuladen, zu aufdringlich, unangemessen. Er war selbst nicht gerade ein Freund von Überraschungsbesuchen. *Liewa net!*
Wiebke? Das wäre bestimmt möglich, sogar unkompliziert. Wahrscheinlich würde die sich freuen. Aber Inga gegenüber? Mindestens merkwürdig.
Ein Hotelzimmer, natürlich nicht gerade im Roten Ochsen? Trist. Von dort aus Inga anrufen? Nicht weniger übergriffig.

Sein Blick wanderte über das Hopfeloch. Schon wollte er sich mit einer Nacht auf dem Steg anfreunden, da kam ihm unversehens der rettende Gedanke: Noch besaß er ja eine eigene Wohnung! Er musste schmunzeln. Dass er sich bereits derart von dieser verabschiedet hatte!
Nüchtern betrachtet, war das natürlich die beste, die einfachste Lösung. Dort hatte er alles, was er brauchte, und dort könnte er auch endlich in Ruhe an seinem Vortrag arbeiten. Und so packte er die notwendigsten Utensilien, vor allem sämtliche Unterlagen zu Sylvanus, und machte sich auf den Weg.

Der Gedanke an eine Nacht in seinem alten Daheim beflügelte ihn derart, dass er kurzentschlossen einen Zwischenstopp in Erwägung zog. Nun, da er die Entscheidung für sein Nachtlager getroffen hatte, konnte er ohne Weiteres beim Roten Ochsen auf eine Stippvisite vorbeifahren.
„Ia Schätzl is schun fortt“, beschied ihn Marion Helche teilnahmsvoll, die Enttäuschung war ihm wohl anzusehen „Hot sie net gewisst, dass Sie kumme?“
Nun, er habe sich zu einem Spontanbesuch entschlossen, unangekündigt. „So halt.“
„Isch gugg mol, ob sie nochen Tammien hot heit, sie hot fa misch ä klähni Lischt gemacht, dass isch Bscheid weeß.“
Neben der übergroßen Asbach-Flasche im Schankbereich hing ein winziges Kalenderblatt, das sie nun eingehend betrachtete.

„Nää. Wie isch gedacht hab. Dud ma leid."
„Mescht nix, net weidas schlimm."
Marion Helche schaute fragend: „Des is Ihne awwa net grad egaal, Tschief. Odda?"
„Nänää."
„Sie ware jo aa schun ä Weil nimmie doo…"
„Tscha."
„Viel zum du am Hopfeloch?"
„Bissl was is imma."
„Schkenns. Tschief, mia kenne glei noch gmietlisch än Kaffee dringe un noch bissl babble, wenn Sie mia bloß bissl helfe, Wesch zammeleje. Dischdegge fa die lang Tafel un bissl Bettzeigs."
„Machisch glatt. Awwa bloß im Fall, dass isch des iwwahaupt kann."
„Bstimmt! Is aa net viel."
Sie deutete auf vier imposante, etwa gleichhohe Wäscheberge auf dem Stammtisch, winkte ihn zu sich und wies ihn kurz ein. Unbeholfen griff er nach dem ersten Zipfel.
„Un jetz noch mit de annare Hand denn annare."
In der Folge fühlte er sich erinnert an frühe Jugendherbergsaufenthalte, aber auch an historische Tänze. Wie sie im Takt erst auseinandertraten und dann wieder aufeinanderzuschritten, das Tuch einander entgegenstreckend, das Marion Helche sodann mit geübtem Schwung in die endgültige, schranktaugliche Form brachte. Derweil verwickelte ihn die Wirtin weiter ins Gespräch:
„Un sunscht? Was macht des Hopfeloch?"
„Bissl viel Schnooge[91]."
„Des denk isch mia. Awwa schun schää drauß. Ramondisch. Gell?"
„Hm."
„Gfällts de Inga aa?"
„Schun."
„Schää!"

[91] Stechmücken

„Uff jedn Fall."
„Ou! Des kann jetz awwa net sei, dass Ia Inga am Hopfeloch steht un denkt *Hea, wu steckdan als, moin Tschief?*"
„A so, nänää."
„Donn heed sie jo schun oogrufe."
„Gönau."
„Bleedsinn!" Die Wirtin vom Roten Ochsen ließ den gerade erst mit der Rechten gegriffenen Zipfel sinken und schlug sich mit der flachen Hand an die Stirn. „Die hot doch än Schlissl."
„Hm."
„Odda net?"
„Äh..." Kommissar Günda zögerte. Aus gutem Grund. Die Schlüsselfrage war ihm neu, sie hatte bislang noch überhaupt keine Rolle gespielt. „Dessäh... des is bei uns kä Thäämaa", bekannte er wahrheitsgemäß.
„Mhm."
Die kaumsilbige Antwort war für ihn schwer einzuordnen. Wusste Marion Helche mehr? Gab es feste Regeln, Gepflogenheiten, die er als alter Junggeselle nicht kannte? Bei der Hochzeit übergab man Ringe, okay. Bei welcher Gelegenheit tauschte man die Haustürschlüssel? Marion Helches fragender Gesichtsausdruck entging ihm nicht. Zum Glück galt es gerade, das nächste Tischtuch in Form zu ziehen, weshalb er den Blick konzentriert auf das Textil senken durfte.

Die Schlüsselfrage – daran knüpften sich ja auch solche großen Themen an wie *Was mein ist, das soll auch dein sein. Wo du hingehst, da will auch ich hingehen.* Noch besuchten sie einander. Deshalb beendete man seinen Aufenthalt eben auch irgendwann. Oder hatte Inga etwa erwartet, dass er ihr beim gestrigen Bifteki nicht nur den letzten Rest vom gegrillten Schafskäse überließ, sondern auch den Zweitschlüssel vom Hopfeloch? War sie aufgebrochen, weil sie enttäuscht war? *A-wa!* Er verwarf den Gedanken. Schließlich hatte sie ihm ja auch noch nicht ihren Haustürschlüssel anvertraut. Dafür aber immerhin ihren Sohn.

Das war ja sowieso geradezu albern, dieses *Du-zuärscht!*-Gebaren. Wer tat den ersten Schritt, wer offenbarte sich und riskierte eine Abfuhr? Genau so funktionierte das nicht, wenn es funktionierte. Und das tat es ganz offenkundig.
„Schun ä bsunnari Fraa, Ia Inga.“ Unvermittelt bestätigte Marion Helche seine Einschätzung.
„Uff jedn Fall.“
„Isch kenn kähni wie die.“
Irgendwie hatte er das Gefühl, er sollte nun ein Bekenntnis abgeben. Aber warum?
„Isch misst dann so langsoom, Marioon. Isch wollt noch was schaffe.“
„Schaffe?“
„Bissl. Isch schaff grad anneme klähne Voatrag fa paa Fraue.“
„Fraue?“, erwiderte die Wirtin ungewohnt spitz, und ein Tischtuchzipfel fiel ins Leere.

Fast kam es ihm so vor, als täte er etwas Verbotenes. Verheimlichen wollte er den Besuch in seiner alten Wohnung vor der Nachbarschaft auf jeden Fall. Allein, es war ihm nicht vergönnt: „Ou, de Tschief, aa mol widda im Lond?“
Der Bewohner des ersten Stocks war und blieb ein verlässlicher Fenstergucker. Wie gewohnt lag er da, die Arme verschränkt, gestützt auf ein wahrscheinlich fest installiertes Kissen.
„Mia hawwe schun gedenkt, dea kummt gaa nimmie. Dea is wahrscheinz ausgewannat.“
Aus dem Hintergrund ließ sich eine Frauenstimme vernehmen: „De Tschief? Dea hot bstimmt endlisch mol ähni. Jedi Wett.“
„Sieht awwa net so aus“, gab der Mann am Fenster zurück, ohne sich umzudrehen. „Kä Fraa weit un breit.“
„Awwa do waa doch leddscht ähni do, hosch du doch vazehlt.“
War ja klar, seinem Nachbarn entging nun einmal nichts.
„Des waa ä Vasehe. Die is glei widda abghaut.“
Ja, nicht alle waren in der Lage, seine neue Ausstrahlung wahrzunehmen.

Ganz so übel war seine alte Wohnung nicht, so fremd sie ihm anfangs auch vorkam. Vor allem in seinem Arbeitszimmer fühlte er sich willkommen. Der alte Schreibtisch hatte ihm immer gute Dienste geleistet. So manche Stunde hatte er hier über Akten gebrütet, so manches Rätsel durch bloßes *Noochdenggales* gelöst. Auch seine altehrwürdige Schreibmaschine *Monica* stand parat. Ein Blatt war noch eingespannt. Letzte Notiz: *Kä Luscht!* Eine treffliche Analyse aus der Zeit, als er sich daran gemacht hatte, seine Abschiedsrede zu verfassen.

Er schob die zerknitterten Papiere und zerlesenen Zeitschriften zusammen, die sich auf der Arbeitsfläche angesammelt hatten. *Glei mol schää nunna demit, dass Blatz is fa moin neuschde Fall.* Sorgsam breitete er seine aktuellen Unterlagen aus und knipste die grüne Schreibtischlampe an, deren unverwüstliche 40-Watt-Birne – matt – nun das Sylvanus-Material in warmes Licht tauchte. Zu schade, dass dieses anheimelnde Ensemble am Hopfeloch keinen Raum fände, sein Traum war seit jeher ein Arbeitsplatz mit Blick auf ein Gewässer. Er setzte sich auf den vertrauten, hochbetagten Chefsessel mit dem abgestoßenen schwarzen Leder, und der antwortete mit dem wohlbekannten Quietschen. *Schää.* Hier ließ es sich *gscheit schaffe*, hier würde er den anstehenden Vortrag mit Leichtigkeit zustande bringen.

Er zog die untere Schublade des Möbels auf und entnahm ihr eine Dose Erdnüsse sowie eine Flasche Portwein samt zugehörigem Glas. Diese Mindestausstattung gehörte für ihn einfach zur Arbeit an diesem Schreibtisch. So recht konnte er sich nicht entsinnen, wann er das Glas das letzte Mal gespült hatte. Vermutlich, als es galt, eine frische Flasche zu deponieren, was immer gehörige Zeit dauerte, denn Kommissar Günda pflegte bei der Arbeit allenfalls feindosiert zu trinken. Ausschließlich wenn er eine wichtige Etappe genommen hatte, nippte er mit Bedacht. Unzweifelhaft war das gerade der Fall, und so gönnte er sich einen ersten Schluck. *Un los gehts!*

Re-gabiduliare ma nochmol: Wie war die Lage für Sylvanus 1567? *Än schääne Tschopp*, hohes berufliches Ansehen über die Grenzen hinaus, die uneingeschränkte Gunst des Kurfürsten, und *priffaht* eine intakte Familie mit *seinare Bawed* und mittlerweile zwei Söhnen. *Obdimaal! Aaba?*
Kommissar Günda war durch das bisher Gelesene gewarnt. Wenn es um Religion ging, war *dorttmols* nichts von Dauer, ständig gab es neue Entwicklungen und Allianzen. Wer heute umworbener Trendsetter war, konnte morgen im Abseits stehen. Wo also drohte Ungemach im paradiesischen Sylvanus-Kosmos? *Guggemamol!*
Erste Frage: Was machten die religösen Konflikte, nachdem die *Luddarana* erfolgreich vergrault waren? Friede, Freude, Eierkuchen? Das vereinigte Gemeindeschiff auf Kuschelkurs zur Freude von *Käptn Fritzl*? Mitnichten. Kaum sind die einen Gräben bedeutungslos, tun sich neue auf. Und zwar zwischen den Obsiegenden. *Wie imma bei de Leit:* Solange es einen gemeinsamen Feind gibt, heißt es *Mia halde zamme, gell?* Ist der Gegner erledigt, *gehts unnananna gejenanna.* Und so läuft es *scheinz* auch zwischen den Calvinisten und den Zwinglianern in Heidelberg – mittlerweile hatte sich Kommissar Günda an beide *gegwööhnt. Bissl jednfalls.*
Man beharkt sich wegen des Abendmahls – *Nää! Schun widda*, Kommissar Günda stöhnte leise. Und es tut sich prompt ein neues Konfliktfeld auf namens *Kirchenzucht. Schäänes Wortt, weeß ma schun alles*: Basta statt Amen.
Die Calvinisten bestehen darauf, dass eine eigene Strafgewalt der kirchlichen Gemeinden gegen alle Formen von unchristlichem Lebenswandel eingeführt wird. Sie sind die kompromisslosen *Disziplinisten.* Denen gegenüber steht wer? *Die Valoddade! Klähna Witz!* Nein, die *Antidisziplinisten. Heed ma druff kumme kenne.* Für die gilt das unbedingte Gewaltmonopol des Staates. Wo steht der Kurfürst? Der hält sich in dieser Sache erst mal bedeckt: *Schweessnochnet.* Im Spätjahr 1568 beauftragt er seinen Top-Theologen Sylvanus mit einer Stellungnahme. Die fällt ein-

deutig aus: gegen die Disziplinisten. Was denen überhaupt nicht gefällt. Und was die sich merken. Denn bei allem geht es immer auch um Macht und Eitelkeit – *wie iwweraal.* Unter den Hauptakteuren im inneren Zirkel des Kurfürsten finden sich gleich mehrere *vun denne* Alpha-*Männl*, die mit Kritik so gar nicht umgehen können. Kommissar Günda stieß in diesem Zusammenhang auf einen Namen, der ihm bislang nicht untergekommen war, obwohl der Mann zu den Altgedienten gehörte: Thomas Erast. Den hatte schon Friedrichs Vorgänger nach Heidelberg geholt, machte ihn zum Rektor der Universität und zum Kirchenrat. Und das, obwohl der Mann gar kein Theologe war, dafür Mediziner, hochgeachteter Philosoph und geschickter Netzwerker mit besten Beziehungen zur politischen und akademischen Elite in ganz Europa. Überdies ein Schweizer – *dorttmols* augenscheinlich *net u-wischdisch* –, der in Heidelberg bald über ein gewichtiges Pfund verfügt: Erast ist Friedrichs Leibarzt. Und: Er kann Olevian nicht ab. *Null.* Was auf Gegenseitigkeit beruht. Von Hass ist gar die Rede. Wenig überraschend, was der Mann von den Plänen der Disziplisten um Olevian hält: *nix!* Allerdings hat Erast einen Fehler begangen, indem er aus dem mächtigen Kirchenrat ausgeschieden ist wegen Arbeitsüberlastung. Damit entsteht um ihn so etwas wie eine außerhöfische Opposition. Und wer fühlt sich zunehmend in diesem Kreis von eher freidenkenden Intellektuellen wohl? *Unsan Sylvanus.*

Kommissar Günda schwante, das würde dem auf Dauer nicht gut bekommen. Den Disziplinisten kann nicht an einem Theologen gelegen sein, der gegen sie unter Berufung auf die Bibel schießt, der mit Erast gut kann und der höchstselbst intensiven Einfluss auf den Kurfürsten hat. Der noch dazu ein brillanter Kopf ist, gegen den man argumentativ kaum ankommt.

Aber hat nicht auch einer wie er einen Schwachpunkt? Doch: Sylvanus ist, was seine theologischen Überzeugungen anbelangt, unberechenbar, wie seine Biographie zeigt. Bei jeder Frage nimmt er sich seine Bibel und sucht nach Erkenntnissen.

Ergebnisoffen. Da ist er wie Luther: Was Konzile sagen, was Kirchenoberste entscheiden, *worscht*. Die Bibel allein sei maßgebend: *sola scriptura*.
Doch ist das erlaubt?
Ohne jede Grenze?
Nadialisch net! Ein Dogma gibt es, das von keinem angetastet werden darf: die Dreifaltigkeit. Gesetzt seit ewigen Zeiten. Wer daran zweifelt, der fällt vom Glauben ab, der ist ein Ketzer, ein Gotteslästerer. Mit anderen Worten: Der ist *unneduasch*.
Wie wäre es, wenn Sylvanus solche Zweifel befielen? *Subba!* Denn dann wäre er ein für alle Mal erledigt.

Hm. Kommissar Günda zog die Stirn kraus. Die Dreifaltigkeit, die Dreieinigkeit von Gottvater, Jesus Christus und Heiligem Geist. Jetzt hätte er gerne seinen Freund Rudolf *neewa sisch ghabt*. Er könnte ihn anrufen. *Nää!* Er wollte sich keine Blöße geben. Es konnte ja schlechterdings nicht angehen, dass man mehr als ein halbes Jahrhundert evangelisch war, aber bei so einer offenkundig zentralen Frage zugeben musste, so ganz genau, *so rischdisch gonz genau*, also, da kam man doch in die *Brädulljä*. Einerseits gab es bloß *ähn ähnzische Gott*, *klaro*, *net drei*. Aber war Jesus Christus *net demm soin Soohn*? Sagte man im Glaubensbekenntnis nicht klar und deutlich: *Er sitzt zur Rechten Gottes*? Und hat Jesus nicht am Kreuz gerufen: *Vater, in deine Hände befehle ich meinen Geist*? *Wie basst des zamme?* Und wie ließ sich das mit dem Heiligen Geist in Einklang bringen?
Auch wenn sich Kommissar Günda nicht erinnern konnte, dass das für ihn jemals ein Problem gewesen war, er sollte über das Thema unbedingt bei Gelegenheit *mim Ruddl babble*. Alleine konnte er das nicht vertiefen, schon gar nicht auf die Schnelle, *des mussisch annamol mache*.
Er beschloss, sich wieder dem Fortgang der Ereignisse zu widmen. Stehengeblieben war er bei der Möglichkeit, dass Sylvanus in eine regelrechte Dreifaltigkeits-Falle gelockt worden war. Die Gelegenheit könnte sich ergeben haben, als ein Buch von einem

gewissen Giorgio Biandrata aus Siebenbürgen veröffentlicht wird – *Puh! Denn Noome, denn meiik isch mia jetz net aa noch!* Jedenfalls ist dessen Buch eindeutig antitrinitarisch, also gegen die Dreifaltigkeit gerichtet. Diese Schrift gelangt nach Heidelberg, und die Wissenschaft ist aufgerufen zu entgegnen, bei solchen Pamphleten gegen die religiösen Grundfesten ist dieses übliche Verfahren natürlich geradezu geboten. Toptheologe Ursinus aus dem Lager der Disziplinisten lehnt ab – ein geschickter Schachzug –, und man fragt Sylvanus in der Hoffnung, der Unberechenbare infiziert sich bei seiner Arbeit mit den antitrinitarischen Gedanken. Der nimmt den Auftrag an, seine große Stärke sind ja Widerlegungen, er schnappt sich die Bibel und sucht und sucht und sucht und findet keine rechten Argumente gegen den Siebenbürgen, im Gegenteil: Er muss ihm sogar recht geben!

Diese Wendung kommt allerdings nicht aus dem Nichts. Man munkelt, in Kreisen der Opposition habe man schon ein Weilchen an diesem Dogma der Dreifaltigkeit gerüttelt, und sei es als bloßes Gedankenspiel. Erast sei so ein Kandidat gewesen, Neuser auch. *Neuser?* War das nicht der Begleiter von Sylvanus zum Reichstag in Speyer? *Des basst jo.*

Sylvanus belässt es nicht bei Gedankenspielen – *tibbisch* –, er verfasst nun selbst eine Schrift mit antitrinitarischen Thesen, die er mit der Bibel untermauert. Eine Schrift, die er aber nicht veröffentlicht.

Doch damit nicht genug, es dauert es nicht mehr lange, bis er beschließt, Konsequenzen zu ziehen und die Kurpfalz zu verlassen. Es kommt dafür wohl *ähns zum annare*: die andauernden Auseinandersetzungen um die Kirchenzucht, die hartnäckigen Bestrebungen von Olevian und seinen Kollegen, die Macht zu erlangen, deren unverhohlene Anfeindungen gegen jeden, der wagt, ihnen zu widersprechen, ein Kurfürst, der zunehmend mit den Disziplinisten sympathisiert, und schließlich die eigenen Zweifel am althergebrachten Dogma der

Dreifaltigkeit. Die mangelnde Mehrheitsfähigkeit solcher Zweifel ist einem Mann wie ihm dabei bestimmt bewusst.
Ein *Teeschaffüü*-Erlebnis für Sylvanus und ein erkennbares Verhaltensmuster für Kommissar Günda: erst Würzburg, dann Württemberg und jetzt wieder. Der Mann eckt an, steht dazu, steckt nicht zurück und befindet sich an der nächsten Weggabelung.
Er schreibt einen Brief an die Siebenbürger, ob er dort künftig leben und arbeiten könne. Denn in Transsilvanien herrscht Toleranz in Sachen Religion: *Jeda wia will.* Festgeschrieben in einem ausdrücklichen Toleranzedikt des dortigen Landtages von 1568. Man biete den unterschiedlichsten religiösen Strömungen Heimat, eben auch den Antitrinitariern: *Als nei mit!*
Das muss Sylvanus natürlich locken. Siebenbürgen bedeutet Glaubensfreiheit jetzt und die Freiheit, auch künftig weiterdenken zu dürfen. Das verheißt eine Perspektive auf Dauer, denn für Sylvanus ist die Reformation niemals abgeschlossen. Wie kann er garantieren, dass ihm die Bibel nicht noch weitere, andere Wege weist?

Alla hopp! Ein letztes Mal noch als Exulantentheologe umziehen! *Packemas!* Beim Reichstag in Speyer will er seinen Brief dem Gesandten von Siebenbürgen übergeben. Seine beiden Begleiter sind im Bilde, Kollege Neuser will auch weg, manche meinen, der liebäugele gar mit dem Islam und dem türkischen Sultan. Vehe, der Dritte im Bunde, weiß, was die anderen vorhaben, hat aber in Speyer ein eigenes Anliegen. Ihm hat der Kirchenrat übel mitgespielt, er will Gerechtigkeit. *Anna Thäämaa.*
Alles läuft reibungslos, Sylvanus nimmt in Speyer Kontakt auf mit dem Siebenbürgischen Gesandten Békes und überreicht seinen Brief. Doch der Brief kommt in falsche Hände, der Kaiser erfährt davon und auch der Kurfürst. Die Heidelberger Kirchenräte haben dazu wohl erfolgreich einen *Spürhund* eingesetzt – ganz falsch lag Kommissar Günda also nicht mit der Spion-Idee. Und so nimmt das Schicksal seinen Lauf.

Puh! Kommissar Günda lehnte sich zurück. *Schää was gschafft!* Nun stellte sich eine ganz entscheidende Frage: Was davon konnte er Nolan mitteilen? *Gonz ä-fach: nix.*
So interessant für ihn diese Vorgeschichte war, das war einfach harter Stoff und dem Jungen schlechterdings nicht ohne Weiteres zuzumuten. Zumal es ja auch denkbar schien, dass alles ganz anders vor sich gegangen war. Was Kommissar Günda zur Verfügung stand, das waren Einschätzungen von Historikern und dazu Bewertungen dieser Einschätzungen von anderen Historikern. All das auch noch über die Jahrhunderte und entsprechend von der jeweiligen Epochenwarte geprägt. Das führte zu völlig unterschiedlichen Ergebnissen. So meinten manche, Sylvanus habe nicht nach Siebenbürgen auswandern wollen, sondern fliehen. *Schunnen Unnaschied, un was fan aiige.*

Was leider fehlte, das waren Originaldokumente. Das fing mit den ominösen Briefen an, die Sylvanus den Siebenbürgern übergeben hatte und die zu seiner Verhaftung geführt hatten.

Neewebei, ob ähna odda zwee, nicht mal das war unstrittig. Diese Briefe gab es schlicht nicht mehr. Und warum? Na, das war doch eine Information, die er dem Jungen gleich mal per SMS schicken konnte. Sonst dachte Nolan noch, er ließ ihn ganz alleine *worschtle*. Und so tippte Kommissar Günda – nicht ohne Mühe:

Lieber Nolan, bin auf etwas Spannendes gestoßen: Nach der Hinrichtung wurde nicht nur die Leiche von Sylvanus verbrannt, sondern auch die wichtigsten Beweismittel gegen ihn. Warum? Hatte man Angst, man könnte herausfinden, dass es da nicht mit rechten Dingen zugegangen war? Was meinst du? Viele Grüße Günda

Nicht, dass er eine Antwort erwartet hätte, aber er ertappte sich schon dabei, wie er immer mal wieder auf sein Handy schielte. Vergebens. Nun, bestimmt hatte der Junge die Nachricht noch nicht entdeckt, man hing ja schließlich nicht ohne Unterlass am Gerät. *Pff*. Diese Erklärung ließ ihn gleich mal losprusten. Fast hätte er eine Erdnuss verschluckt.

Auf jeden Fall war das jetzt der richtige Weg: Ausschau halten nach Nolan-tauglichen Informationen. Theologische Feinheiten könnte man später klären, vielleicht in einem Dreiergespräch *mim Ruddl*, vordringlich war, Aspekte des Falles aufzuspüren, die das Zeug hatten, die Zuhörer – *un aa bissl moin Nolään* – zu fesseln. Und sein Bauchgefühl sagte ihm, die gab es zuhauf.

Und richtig, da fand sich schon die nächste Ungereimtheit: Nach seiner Verhaftung im Sommer 1570 bleibt Sylvanus bis zu seiner Hinrichtung Ende 1572 in Haft. Zweieinhalb Jahre Untersuchungshaft? *Bogglhartt!* Und *subbabraggdisch fa die Buuwe vun de Disziplinischde*: Damit ist er außer Gefecht, wenn es um die umkämpfte Kirchenzucht geht oder um sonstigen Einfluss auf den Kurfürsten. Bewährt sich da ein raffinierter Plan?
Glei mol moim Nolään schreiwe.

Was Kommissar Günda besonders interessierte, das war das Gerichtsverfahren. *Oukey*, mit heutigen Rechtsstaatsmaßstäben konnte man die damaligen Verhältnisse nicht vergleichen, aber ganz willkürlich war es bestimmt nicht zugegangen, schon gar nicht bei solch einem prominenten Angeklagten.
Mol gugge, die Gerichtsverhandlung fand statt…? Er suchte und suchte und fand – den 23. Dezember 1572. *Hä? Wie bidde?* An diesem Tag wurde doch Sylvanus hingerichtet? Was kann da schon groß verhandelt worden sein?

Nun, allzuviel steht auch nicht auf der Tagesordnung, es gibt keinen Verteidiger, es gibt anscheinend nicht einmal eine Anklageschrift. *De Gipfl vum Gonze*: Die Hinrichtungsstätte steht schon am Tag vorher. *Wassen Skandal!*
Schdobb mol, Günda! Auf Hinrichtungen war man damals wahrscheinlich immer vorbereitet, das war kein Indiz für eine Vorverurteilung. Es sei denn… *Tatsäschlisch!* Normalerweise finden im Zentrum von Heidelberg keine Hinrichtungen statt, dafür gibt es einen Platz im Süden der Stadt. Den Marktplatz braucht man für den Pranger. *Ähä.* Und hier hat man eigens alles für Sylvanus aufgebaut? *Fa waas?* Ein Exempel? *Fa wenn?*

Eine Sache wollte er in diesem Zusammenhang nochmal überprüfen, etwas, das er ganz aus den Augen verloren hatte, weil er es beim ersten Überfliegen der Informationen als unglaubwürdig abgetan hatte. Doch wie sich herausstellte, *stimmts scheinz*: Mehrere Autoren bestätigten, bei der Hinrichtung mussten die beiden minderjährigen Söhne des Delinquenten anwesend sein. *Was sollen des? Dass die Buuwe imma schää an die Dreifaldischkeit glaawe?*

Kommissar Günda stellte an sich eine Veränderung fest: Vom bloßen Geschichtsinteressierten war er zum Ermittler geworden. Denn je mehr er von diesem Fall erfuhr, umso rätselhafter erschien er ihm. *Guud fa misch un aa fa moin Klähne.*

Lieber Nolan, Gefängnis war damals bestimmt kein Zuckerschlecken, nix mit Hofgang im Schlosspark. Sylvanus wurde gefoltert. Pack aus! Aber was? Hast du eine Idee? Viele Grüße Günda

Befürworter der Folter sind die Kirchenräte. *Wea sunscht?!* Schon kurz nach der Verhaftung fordert einer von ihnen – *aa noch än Unibrofessa* –, man solle Sylvanus *fleißig inquirieren*, auch *cum tortura.* Das sei schließlich der Befehl Gottes. *Aladale! So viel zum Thäämaa Baamhärzzischkeit!*
Was haben die Kirchenräte überhaupt mit dem Verfahren gegen Sylvanus zu tun? *Misse die eigendlisch iwweraal mitbabble?* Ja, und mehr noch, dazu sind sie in diesem Fall sogar von höchster Stelle aufgerufen: Der Kurfürst hat sie beauftragt mit einem Gutachten zu der antitrinitarischen Schrift, die Sylvanus unter dem Eindruck seiner jüngsten Bibelforschungen verfasst hat. Was sie abliefern, ist aber wohl weniger ein Gutachten als eine Anklage: Sylvanus sei mit seiner Schrift gegen die Dreifaltigkeit Gottes vom christlichen Glauben abgefallen und der Gotteslästerung schuldig. Außerdem habe er geplant, andere mit seinen Gedanken zu verführen, seine Gotteslästereien in ganz Deutschland auszubreiten, am besten noch über viele Länder. Alles zum schlimmsten Schaden der Christenheit. Im Grunde sei er dasselbe Kaliber wie sein Spezi Neuser, der sich wünsche, dass der türkische Sultan mit dem Islam die Oberhand gewinne. *Ähä. Un wu issie*, die antitrinitarische Sylvanus-Schrift, *dass ma mol gugge kann*? *Drei mol deaf ma roode*: verbrannt *nadialisch*. Nach der Hinrichtung. *Soä Pesch!*
Einig sind sich die Kirchenräte auch, was die Strafe anbelangt, die sie unaufgefordert gleich mal hinterherschieben. Die Bibel kenne für solch einen Gotteslästerer nur eine: den Tod. *Oukey*, Steinigung, wie es die Schrift eigentlich vorsehe, darüber lasse sich reden, der Kurfürst könne auch vom Schwert Gebrauch machen. Hauptsache er bleibe standhaft und zwar ohne jede *Miltigkeit.* Damit haben die Kirchenräte ganze Arbeit geleistet: Gutachten, Anklageschrift, Urteil *in ähm Uffwasch. Sauwa.*

Und was sagt Sylvanus zu den Vorwürfen? Nun, er gibt zu, dass er die antitrinitarische Schrift verfasst hat. Aber er betont, er habe sie nicht veröffentlicht. *Egaal. Gedacht is gedacht, un des langt. Neewebei*, woher haben sie eigentlich diese unveröffentlichte Schrift? *Gonz ä-fach*: eine Hausdurchsuchung. Wohlgemerkt nach der Verhaftung. *Aa bissl koomisch.*
Im Übrigen habe er nie gegen die Dreifaltigkeit gepredigt oder überhaupt öffentlich Stellung bezogen. *Des spielt kä Roll.*
Schließlich setzt Sylvanus auf seinen letzten, seinen wichtigsten Trumpf: die Bibel. Er habe nun mal keine Belege für das Dogma der Dreifaltigkeit in der Heiligen Schrift gefunden, darüber sei er gerne bereit, mit den Kirchenräten zu diskutieren.
Vielen Dank, entgegnen die: *Net needisch. Des brauche mia net, mia hawwe rescht, du net. Des langt.*

Irgendwann ist Sylvanus mürbe, Haft und Folter zeigen Wirkung, er verfasst ein Bußlied, in dem er alles widerruft, was er gegen die Dreifaltigkeit geschrieben und gedacht hat, und er bietet an, dieses Bußlied zu veröffentlichen.
Vielen Dank, sagen die Kirchenräte. *Awwa des mache ma mol net.* Nicht, dass da am Ende noch irgendwas ins Wanken gerät.

Kommissar Günda war sehr mit sich zufrieden. Zwei Dutzend Nachrichten hatte er Nolan nun gesandt. Ziemlich elegant, wie er fand, hatte er auf diesem Wege Informationen in verdauliche Häppchen verpackt, neugierig gemacht, Anreize geschaffen, Spannung aufgebaut. Bevor er auch noch die dritte Dose Erdnüsse aufmachte, beschloss er, es für heute damit bewenden zu lassen. Es war Zeit für eine abschließende Nachricht:

Lieber Nolan, will dich nicht nerven, aber gib mir doch kurz Bescheid, ob du meine Nachrichten erhalten hast. Du weißt ja, mit dem Handy hab ichs nicht so. Alles angekommen bei dir? Gruß Günda

Klar

Erleichterung und auch ein wenig Stolz auf seine technischen Fähigkeiten überwogen jeden Groll ob der späten Reaktion.
Wird langsam zum Krimi die Sache, was? Wir bleiben dran, oder?
Klar

Plötzlich packte ihn das schlechte Gewissen: 1 Uhr durch! Am nächsten Morgen Schule. Der Junge musste ins Bett! Wobei, das Bett hatte er ja vermutlich nicht groß verlassen.
Na denn, gut Nacht, Nolan! Und träum nicht so wild vom Seltenleer! So heißt der Gefängnisturm im Heidelberger Schloss, aber das weißt du ja bestimmt.
Klar

Kommissar Günda löschte das Licht und machte sich ebenfalls auf den Weg ins Bett. Hätte er sich am nächsten Morgen daran erinnern können, er hätte sich gewundert. Nicht von Spionen träumte er, ja nicht einmal von unartigen Pastoren. Er träumte von der heilen Welt in Heidelberg.

„Mit odda oohne Indukzioon?"
Kommissar Günda teilte Nolans Schicksal, auch er musste früh raus, schuld war die Donde Doale: „Mia hawwes grad vun de Kischeschorzz[92]", schnarrte es aus seinem Handy. „Schärzz!" Im Hintergrund hämmerte jemand ausdauernd.
„Hea! Stopp mol! Isch telefonia vleischt grad mim Bauhärr!" Ihr eindringlicher Appell zeigte sogleich Wirkung.
„Wu bischen grad?" Ein kläglicher Versuch, Zeit zu gewinnen.
„Drei Mol deafsch du roode, Günda! Am Hopfeloch nadialisch. Wischdisch, viel zum kläare. Sei froh, dass du net do bisch, de Läam, de Dreck, de Robbat. Dea hot glei mol die falsche Muffe bsoiigt. Mach da kä Sogge, isch hab des alles im Griff. Allo, jetz nochmool weje de neie Kisch, wu hie un was mussen do alles nei?"
„Ä neiji Kisch? Isch hab doch ähni, die langt fa misch."
„Günda! Des sin doch grad die zwee varatzde Kochbladde. Die lieje schun drauß im Kondähna. Do gibts heit subba Sache grad fa Gämbing un fa taini Haus. Schnugglisch, braggdisch un aa noch elegont."
„Alla guud, schkumm demmnäggschd voabei."
„A-wa, Günda, net needisch. Isch kimma misch, isch weeß jo jetzat, was du willsch."
Aha, dachte er. *Hab isch gaa net gemeiikt, dass isch was gsacht hab.*
„Außadähm hosch du jo genung zum du weje unsam Voatrag, gell?"
„Stimmt."
„Un wenn wiaklisch was wäa, donn tsuume ma ä-fach."
„Donn mache mia was?"
„Tsuume. Telefoniare mit Ffiddeoo. Kennsch des net?"
„Nää", bekannte er wahrheitsgemäß.
„Allo, bass acht! Hogg disch mol on doin Kommbjuuda, isch schalt misch mol bei dia druff."
„Wie?"
„Wie Färnnbedienung, loss misch mol mache."

---

92 Küchenschürze

Fernbedienungen kannte Kommissar Günda. Noch immer war er fasziniert, dass er die Lautstärke seiner Stereoanlage mittels einer solchen verändern konnte. Es bewegte sich dabei sogar der Drehknopf am Gerät, unglaublich! Er hatte natürlich auch davon gehört, dass man mittels Handy aus dem Urlaub in Grönland die Heizung in seinem Zuhause einschalten konnte, die Kaffeemaschine starten, die Toilettenspülung betätigen. Dazu hatte er auch eine klare Meinung: *Färzz mit Krigge*[93]*!*

Dass hingegen irgendwer seinen Computer von irgendwo fernbedienen konnte, das klang nach Hexerei, um mal bei seinem aktuellen Thema zu bleiben. So etwas gab es im Kino, wenn absolute Profis im Dienste ihrer Majestät werkelten oder wenn James Bond-Schurken am Weltuntergang feilten. Seines Wissens stand die Donde nicht auf deren Gehaltsliste, da müsste er sich schon schwer täuschen.
Gibts des? Fasziniert und schockiert zugleich beobachtete er, was sich ohne sein Zutun wie von Geisterhand auf seinem Bildschirm tat. Das kleine bewegliche Dreieck flitzte von Programm zu Programm. All das, während sie weiter telefonierten. Besser gesagt, während er ungläubige Bemerkungen in den Hörer stammelte: „Äh, wie gehtn des? Bisch du des, Donde Doale? Was machschn du do? Is moin Kommbjuuda jetz hie? Aa nää! Oh leck!"
„Kä Ängscht, des gheat so!", beschwichtigte ihn die Donde Doale ausdauernd.
Und als wäre das nicht genug, *uff ähmol* tauchte doch glatt ihr strahlendes Konterfei in seinem Bildschirm auf. „Saach bloß, du bisch noch im Püttschama, Günda!"
„Äh… wuhea weschn du des?"
Da entdeckte er sein eigenes Bild rechts oben, klein, aber eindeutig. Erschrocken hielt er die linke Hand vors Gesicht.
„Du bisch so goldisch, Günda, wie fria: Aare zu, isch hab misch fasteggIt."

[93] wörtlich: Fürze mit Krücken

Vorsichtig linste er zwischen den Fingern auf den Bildschirm.
„Mia tsuume grad, isch seh disch, du siehsch misch, des is des Neischde vum Neie."
„Un des kannsch du?"
„Des kann jeda. Mit meine Meedls tsuum isch aa als. Isch nämm disch grad mol mit in dei Hitt."
„Wie mitnämme?"
„Hoiisch zu, die Kisch, die kummt ins annare Eck weje de Ooschliss. De Robbat mähnt des aa. Gell, Robbat?"
„Hä?" grunzte jemand im Hintergrund.
„Äh, Donde Doale, kenne misch jetz all sehe?"
„Bloß wenn du des willsch. Willsch?"
„Jo net! Äh… Un wenn mia uffheare mim tsuume, kannsch du misch donn als noch sehe?"
„Hosch Ängscht, isch gugg da was ab? Nää! Es sei denn, du willsch des."
„Hea bloß uff!"
„Mit meine Meedls mache mia des als, wenn dea Dabbes vun de Kattl widda mol rumspinnt. Do iwwadräägt die des groddische Schauspiel fa uns laif! Mia lache uns als schlapp. Allo, subbabraggdisch is des schun, odda? Wenn wiaklisch was wea, Günda, donn tsuume ma ä-fach. Du musch net dauand do hea kumme, wenn do gebaut wärdd. Dauat aa nimmie lang, do kimma isch misch schun. Un weje doim Voatrag fa uns, des wäa jo idejaal zua Eiweihung vum Hopfeloch."
„Vun mia aus."
„Subba! Donn brauche ma bloß noch bissl Mussisch."

Musik? Zu einer Hinrichtungsgeschichte? Was denn bitte? *Hang down your head, Tom Dooley*?

Die nächsten Tage standen ganz im Zeichen des anstehenden Vortrags. Es war tatsächlich wie in alten Zeiten, Kommissar Günda vergrub sich regelrecht; er hatte schon immer die Fähigkeit gehabt, sich zu fokussieren, wenn es darauf ankam.
Überhaupt, er war nicht unfroh, endlich wieder eine Aufgabe zu haben. Zum ersten Mal wurde ihm bewusst, dass ihm das gefehlt hatte. Natürlich hing das auch mit Inga zusammen. Die Situation, dass sie einer geregelten Arbeit nachging, er dagegen nicht, ließ den Altersunterschied zwischen ihnen größer erscheinen, als er war. Zwar hatte sie ihn ja als *Pengzionäa* kennengelernt, aber das änderte nichts daran, dass er ab und an deshalb ein schlechtes Gewissen ihr gegenüber hatte. Auch wenn es dafür objektiv keinen Anlass gab, schließlich hatte er lange genug gearbeitet.
Das Schöne an dieser Sylvanussache war zudem, dass er gefordert war, intellektuell. Er konnte auf seine Art ermitteln. Wie früher. Wenn auch nur nach mehr als dürftiger Aktenlage. *Mescht nix*. Es ging darum, sein Hirn zu reaktivieren.

Nolan ging es zuallererst darum, eine ordentliche Note zu ergattern. Völlig in Ordnung für einen Fünfzehnjährigen. Aber so ganz nebenbei konnte er ihm exemplarisch aufzeigen, wie man solch eine Aufgabe anging, wie man mit Quellen umging, wie man strukturierte, wie man sich in etwas vertiefte. Vielleicht noch nicht sofort, aber spätestens in ein paar Jahren würde Nolan erkennen, was für ein Meilenstein diese kleine ISS für ihn gewesen war.
Dass er einen bescheidenen Beitrag zu dessen Erwachsenwerden leisten konnte, war für Kommissar Günda ein toller Ansporn. Er sah sich mit Inga auf Nolans Abschlussfeier sitzen, und sie würde seine Hand tätscheln: *Weißt du noch, Günda, wie du ihn damals motiviert hast mit dem Sylvanus-Fall? Dass mein Kleiner heute hier steht, daran hast du einen wichtigen Anteil!*
Er würde abwiegelnd abwinken, das sei doch hauptsächlich Nolans eigenes Verdienst.

Tja, manchmal brauchte es im Leben eben jemanden, der einen wegweisenden Impuls setzte. Solche Menschen hatte es bei ihm auch gegeben. Kommissar Günda erinnerte sich vor allem an eine Grundschullehrerin. *Gündale*, pflegte sie ihn zu nennen. Sie hatte seine besondere Gabe entdeckt und gefördert: die hartnäckige, unerbittliche Suche nach Fehlern. *Frollein* Schulz, wie man damals sagte, dieses Frollein Schulz hatte Klassenarbeiten auch von Schülern korrigieren lassen. Die mit den mutmaßlich meisten Mängeln hatte sie bevorzugt ihm anvertraut. Das schulte, das schärfte den Blick. Nicht nur für die Fehler des anderen, auch für die eigenen. Oder sie hatte mit Fehlern gespickte Texte verteilt und deren Anzahl als Ansporn bekannt gegeben. Rasch hatte sich Kommissar Gündas Ehrgeiz entwickelt, alle ausnahmslos aufzuspüren. Letztlich war es auch später bei seinen Ermittlungen doch genau darum gegangen:
Finde die Fehler, Gündale!
Dementsprechend wurmte es ihn, wenn er einen übersehen hatte. Ganz besonders, wenn er selbst diesen Fehler begangen hatte. Auch wenn er sich darüber im Klaren war, dass es ein fataler Kardinalfehler war zu glauben, man sei unfehlbar.

Möglicherweise hatte seine besondere Gabe ja auch dafür gesorgt, dass es mit seinen Beziehungen nie sonderlich gut gelaufen war. Immer hatte er Fehler gefunden. Bei den Frauen. Bei sich selbst. Letzteres sogar weit häufiger.
Das hatte auch sein Gutes, sorgte es doch dafür, dass es ihm nach Trennungen nicht wie Schuppen von den Augen fiel, dass er plötzlich und im Nachhinein all die Schwächen und Unzulänglichkeiten, all die eindeutigen Warnzeichen sah, die man mit der rosaroten Brille der Verliebtheit ignoriert hatte. Nein, er hatte von Anfang an gute Gründe gehabt, mit dem Scheitern fest zu rechnen.
Bei Inga war das anders.
Bei ihr war alles anders.
Schun farickt!

Wieso dachte er plötzlich an sie, während er an einem Vortrag über das Schicksal eines längst vergessenen Theologen saß? War er unkonzentriert abgeschweift? Beileibe nicht, er hatte nur gerade gelesen, dass der Kurfürst, der Mann, auf den sich sein Augenmerk nunmehr konzentrierte, ein zweites Mal geheiratet hatte. Auch das nicht uninteressant, wenn man klären wollte: Was war das eigentlich für einer, *des Fritzl*? Und welche Rolle spielte der Kurfürst bei dieser Hinrichtung?

Eines schien ihm bemerkenswert: Trotz der harten Haftbedingungen und obwohl all seine Verteidigungsanstrengungen ins Leere gelaufen waren, Sylvanus konnte sich anscheinend überhaupt nicht vorstellen, dass ihm die Hinrichtung drohte. Bestimmt spielte dabei eine Rolle, dass er überzeugt war, nichts Unrechtes getan zu haben. Kommissar Günda vermutete, ein anderer Aspekt war aber mindestens ebenso wichtig: Sylvanus vertraute fest auf seinen Kurfürsten. Und er hatte ja auch allen Grund dazu, schließlich hatte der ihn persönlich ins Land geholt. Der Landesherr hatte stets auf ihn gehört, er hatte sich von ihm begeistert gezeigt, hatte ihm heikelste und anspruchsvollste Aufgaben übertragen, die er stets zur vollsten Zufriedenheit bewältigt hatte. Es war sein Kurfürst, der ihn über Jahre geschätzt und gefördert hatte, der dafür gesorgt hatte, dass er zu einem der, wenn nicht dem wichtigsten Theologen und Berater wurde. Was bitteschön konnte dieser Kurfürst schon anderes tun, als sich für ihn einzusetzen?
Tscha, so kamma sisch deische[94]*!* Just dieser Kurfürst unterschreibt das Todesurteil für Sylvanus. *Passöhnlisch.* Und das bereits mehr als ein halbes Jahr vor der Hinrichtung. Wie konnte es dazu kommen?
Verbreitet war die Ansicht, der Kurfürst sei unter Druck gestanden. Nicht nur durch die Kirchenräte in Heidelberg, auch durch die allgemeine Stimmungslage im Reich, irgendwie auch durch den Kaiser, dem er es recht machen wollte, und nicht

[94] täuschen

zuletzt durch Fürstenkollegen wie den aus Sachsen, die ihn aufhetzten: *Bloß keine Schwäche zeigen!* All dem habe er schließlich und eher widerwillig mit dem harten Urteil gegen Sylvanus nachgegeben.
Wie bidde? De Scheff vum Gonze? Der Landesherr, der sich des Öfteren abfällig über das *Theologengezänk* geäußert haben soll, verbunden mit der Ankündigung, mit starker Hand damit aufräumen zu wollen, war in Wahrheit *än Labbeduddl*[95]*?*

Das wollte Kommissar Günda so gar nicht einleuchten. Für ihn lag weit näher, dass *des Fritzl* gekränkt, beleidigt war, dass sein Star-Theologe, den er schließlich aufgebaut und gemacht hatte, dass der ihn verlassen wollte, einfach mal eben weiterziehen zum nächsten Fürsten.
Vielleicht war er auch genervt, dass Sylvanus einfach keine Ruhe gab mit seinem ewigen Weiterreformieren, immer die Bibel in der Hinterhand. Anfangs war das noch in Ordnung, als es gegen die Lutheraner ging. Es war auch ganz hilfreich, um die Disziplinisten in Schach zu halten. Aber jetzt noch das Fass mit der Dreifaltigkeit aufzumachen? Dieser Herr S. theologisiert ohne Ende frisch, fromm, frei von der Leber weg, wie es ihm gerade einfällt, wie soll da ein Land zu Ruhe und Ordnung kommen? Und an wem bleibt das letztlich hängen, wer muss überall im Reich den Kopf dafür hinhalten? *Eewe.*

Momendemol, aber hat sich der Kurfürst nicht letztlich mit dem Todesurteil gegen Sylvanus dem Kirchenrat, den Disziplinisten gebeugt? Hat er damit nicht bewiesen, dass er ein schwacher Kurfürst ist? Das könnte man meinen. Aber wie endet die Sache mit der Kirchenzucht, was wird aus dem Leib- und Magenthema der Disziplinisten? Die Kirchenzucht wird im Sommer 1570 eingeführt, doch wer bleibt entgegen den Wünschen der Disziplinisten oberster Gerichtsherr? *Gönau: unsa Fritzl.*
Schwach? Oder wieder ein gewiefter Taktiker.

---

[95] Weichei

Vielleicht aber war es um seine Stärke anders bestellt, wenn es um Frauen ging. *Wie waa des?* Der Kurfürst hatte also ein zweites Mal geheiratet, diesmal eine Niederländerin. Was wohl erhebliche Auswirkungen hatte auf seine Religiosität, Gräfin Amalie galt als eingefleischte Calvinistin.
Hm. Wie durfte man sich diesen Einfluss vorstellen? Schlenderte der Kurfürst mit seiner Angetrauten übers Schlossgelände, und jedes Mal wenn ihn beim malerischen Blick auf seine Stadt romantische Gefühle befielen, wurde er vor jedem Kuss erst einmal ordentlich missioniert?

Konnte die Liebe den Glauben verändern? *Oukey, Schätzl! Dia zlieb glaawischs!* Und was war das dann für ein Glaube? Substanzlos, oberflächlich, wertlos, weil ein kalkulierter, unbewusst erzwungener, liebesverblendeter, in jedem Fall doch ein manipulierter Glaube?
Generell, durfte da überhaupt Einfluss ausgeübt werden, ganz zu schweigen vom Unterrichten? Musste der Glaube nicht

idealerweise von jedem höchstselbst erfahren werden? *Was willsch du wisse? Wu kumme mia hea? Wu gehe ma hie? Isch sach mol nix, do musch du selwa druff kumme!*

Na, jedenfalls gab es bei Inga und ihm offenkundig nicht das Bedürfnis, einander zu bekehren. Da müsste er sich schon sehr täuschen. *Schummo guud.*

Einen Fehler in diesem Zusammenhang hatte Kommissar Günda allerdings womöglich begangen: Nolan zu nerven. Deshalb hatte er beschlossen, die Frequenz seiner Mitteilungen über Sylvanus deutlich zu senken, sich und seine Euphorie im Zaum zu halten. Nolan und er, sie mussten ja erst noch zusammenfinden.
Ganz ähnlich war das damals mit seinem hochdeutschen Assistenten gelaufen. Fritjof Freese hatte zu Anfang erhebliche Mühe gehabt mit seinem Chef, dem ausgewiesenen Eigenbrötler und Einzelgänger. Der Neue war ein Produkt seiner Zeit, notorischer Teamworker, zwanghaft auf permanenten Austausch über den Stand der Ermittlungen erpicht und schon mal beleidigt, wenn Kommissar Günda mit seinen typischen Alleingängen auf den Erfolg zugebraust war, ohne sich lange mit lästigen Abstimmungen aufzuhalten.

Waren Nolan und er nicht in einer ganz ähnlichen Phase der Teamfindung? Der Gedanke gefiel ihm: Grundverschiedene Typen, die auf unterschiedliche Art an eine Sache herangingen. Der Erfolg, der gehörte am Ende ihnen beiden gemeinsam. *Gönau!* Nolan war also so was wie sein neuer Freese. Mit einem gravierenden Unterschied: Sein alerter, ambitionierter Assistent war ihm mit Anfang, Mitte 30 so manches Mal rätselhaft erschienen. Sich in einen Fünfzehnjährigen hineinzuversetzen, das bereitete Kommissar Günda dagegen keinerlei Mühe.

Auch die Donde Doale verfuhr hinsichtlich ihrer Informationspolitik ganz ähnlich. Wenngleich am Hopfeloch die Renovierungen erhebliche Fortschritte machten, hielt sie es nicht für nötig und auch nicht für sinnvoll, ihren Neffen *am laufende Meda* über den Stand der Dinge zu informieren. Sie hatte in ihrem Leben an etlichen Bauprojekten maßgebend mitgewirkt und nicht zuletzt dafür gesorgt, dass die Arbeiten an ihrer Ferienwohnung in Spanien reibungslos verliefen, und das ohne jede Kenntnis der Landessprache. Zurückzuführen war das darauf, dass sie Handwerkern gegenüber eine natürliche Autorität besaß, an der es ihrem Neffen aus ihrer Sicht leider vollständig fehlte. So clever und durchsetzungsfähig der gewesen sein mochte in beruflicher Hinsicht, so wenig ihm Spitzbuben etwas hatten vormachen können, so hilflos und naiv war er im Alltag.

Für sie gab es da auch einen unmittelbaren Zusammenhang, was sein nicht vorhandenes Händchen für Frauen anbelangte. Diese Inga schien eine große Ausnahme zu sein. Sie tat ihm offenkundig gut, und – nicht ganz unerheblich – sie fand auch der Donde Zustimmung.

Doch gemach! Noch war *die Bea net gschält.* Ebenso wenig wie die Bauarbeiten am Hopfeloch konnte man diese Beziehung einfach laufen lassen und darauf vertrauen, dass schon alles gut gehe. Es bedurfte in jedem Fall der behutsam flankierenden Maßnahmen, für die sie ganz persönlich Verantwortung trug. Nicht nur als Kommissar Gündas Tante, sondern auch als Familienoberhaupt und nicht zuletzt als Vertreterin ihrer verstorbenen Schwester. Es war guter Brauch, dass sich bei einer vielversprechenden Beziehung die Eltern des Brautpaares frühzeitig verständigten und ein paar grundlegende Dinge klärten, bevor langfristige Bindungen eingegangen werden sollten. Die Donde Doale hatte dazu bereits wichtige Erkundigungen eingezogen: *Wu kummtn die hea? Wemm gheatn die?* Und weil es auf der Baustelle gerade besonders gut lief, entschloss sie sich zu einem Antrittsbesuch.

An dieser Stelle wird deutlich, wie unterschiedlich selbst nah miteinander verwandte Menschen gestrickt sein können. Ihr Neffe hätte einen solchen Besuch akribisch geplant, sorgfältig erwogen, was er sagen würde, vielleicht das Haus erst einmal ein paar Tage beobachtet, den richtigen Moment abgepasst. Vermutlich hätte er sogar zunächst einen Brief geschrieben, um seine Kontaktaufnahme anzukündigen und das Zustandekommen ins Ermessen des Adressaten zu stellen.
Nicht so die Donde Doale. Die setzte auf die Kraft des Augenblicks und der Überrumpelung. Schließlich war ja niemandem mit einer geschönten, inszenierten Begegnung gedient. Kurzentschlossen suchte sie also die mögliche künftige Schwiegermutter ihres Neffen auf. Wie es sich traf, arbeitete die gerade im Garten und unkrautjätete Beete.
„Sie wärre entschuldische…"
Misstrauisch und unwillig schaute Gesine Jablonski hoch.
„Seavus. Sin Sie zufällisch die Mama vun de Inga?"
„Ja, ist etwas passiert?"
„Wie mas nimmt."
„Oh!"
„Nänää, kä Ängscht! Was bassiat is, des is bloß unsan Günda. Isch bin demm soi Donde. Neewebei, mit demm Rosmariin, do muss ma bissl uffbasse, gell?"

Lag es am ähnlichen Alter der Frauen? Lag es an der Unverblümtheit, mit der die Donde Doale zu Werke ging? Lag es am gelungenen Smalltalk über die richtige Düngerstrategie? Gewiss. Doch der entscheidende Türöffner zum Herzen von Kommissar Gündas Schwiegermama in spe, das war die Tatsache, dass die Donde genau wusste, wovon die Rede war, als Gesine Jablonski sich aufrichtete und die Hände stöhnend in die Hüften stemmte: „Ich habs gewusst, es gibt Probleme. Kann nicht einfach mal etwas normal laufen mit diesem Mädchen? So langsam ist meine Belastungsgrenze erreicht. Ein Sorgenkind von Anfang an."

„Schkenns“, erwiderte die Donde Doale wissend. Sie habe zwei von dieser Sorte. Und schon war alles bereitet für den intensiven Austausch unter leidgeprüften Erziehungsberechtigten.
Beim Tee mit leichtem Gebäck am kleinen Bistrotisch im schattigen Eck des Gartens machten beide Frauen keinen Hehl aus ihrer kritischen Haltung gegenüber ihren Nachkommen. Wie sich herausstellte, teilten ihre Töchter gleich mehrere missliche Eigenschaften: launisch, gereizt, trotzig, stur. Ungeachtet zahlloser Kränkungen wurden die Mütter nicht müde, sich um ihre Töchter zu bemühen. Und was war der Dank?
„Eewe!“
„Genau!“

Es herrschte Einigkeit, wodurch die unerfreuliche und gänzlich unverdiente Entwicklung begünstigt worden war, genauer durch wen: durch die sie geradezu vergötternden Väter. Beide bereits verstorbenen Männer hatten sich in der Erziehung wie in der Beziehung als eher schwache Figuren erwiesen. Nach außen hatten sie zwar nur zu gerne die breitbrüstigen Alphatiere gegeben, *Hoppla, jetzt komm ich!*, aber intern, innerhalb der Familie, an wem war alles hängen geblieben?
„Genau!“
„Eewe!“
Während die Mütter schufteten, strahlten die Väter, und sie merkten noch nicht einmal, wie die Töchter sie ein ums andere Mal um den Finger wickelten.

Bei Söhnen, so höre man immer wieder, sei ja alles viel einfacher. Die hingen an ihren Müttern.
„Unsan Günda aa!“ Die Donde Doale räumte ein, sie habe ihre Schwester so manches Mal beneidet.
„Das glaube ich gerne“, erwiderte Gesine Jablonski.
Ein bisschen von seiner Mutterliebe sei nach dem frühen Tod

ihrer Schwester nun ihr zugute gekommen, bis heute zeige Günda sich aufmerksam und melde sich regelmäßig. „Un-auf-ge-foddartt!“
Davon konnte Gesine Jablonski bei ihrer Tochter nur träumen. „Man könnte meinen, das Telefon ist noch nicht erfunden“, fasste sie ihre bitteren Erlebnisse zusammen. Zum Glück gebe es Geburtstage und Weihnachten.
„Un Muddadaag!“, bot die Donde Doale mit einem süffisanten Lächeln an.
„Muttertag? Bloß nicht, das ist ja eine Einrichtung zur Unterdrückung der Frau. Darüber muss man doch stehen, igitt, wie frauenfeindlich.“
„Awwa selwa. Wenn do mol vun de Kinna nix kummt am Muddadaag, oh liewi Zeit, donn ruußts awwa.“

Womit sie bei den nächsten leidvollen Erfahrungen angelangt waren: Die Erziehung der Enkel ließ erheblich zu wünschen übrig. „Aber mich früher kritisieren. Was habe ich nicht alles falsch gemacht. Ich habe Inga immer prophezeit: Krieg du mal Kinder. Ich wünsche dir nicht, dass deine Tochter mal so mit dir spricht wie du mit mir. Sie hat Glück gehabt und einen Sohn bekommen. Typisch.“
Hier nun fand sich ein kleiner Unterschied: Gesine Jablonskis Tochter war geschieden, allein erziehend – sofern man denn überhaupt von Erziehung sprechen könne. Die Töchter der Donde dagegen führten ihre Ehe – noch! Was allerdings großteils auf die Geduld ihrer Männer zurückzuführen war: „Do muss ma einiges wegstegge. Isch beneid die net.“

Kommissar Günda hätten bei diesen Schilderungen die Ohren geklungen, war doch seine Wahrnehmung des Verhältnisses zwischen der Donde und ihren Töchtern eine völlig andere. Für ihn schwang da bei de Doale immer jede Menge Stolz auf jene mit, auf deren Eigenheime, Einbauküchen, erfolgreiche Ehemänner und auf ihre patenten Enkelinnen, deren Namen er sich

beim besten Willen nicht merken konnte. Und das obwohl der aktuelle Stand der stets imponierenden schulischen Leistungen bei jedem Familienfest in aller Breite offengelegt wurde. Garniert mit Flötenstücken, Karaokegesängen und Modenschauen der kleinen Prinzessinnen.
All das im Grunde keinen Deut anders als Jahrzehnte zuvor bei seinen Cousinen. Fünf beziehungsweise sieben Jahre jünger als er waren die, was in Kindertagen dazu geführt hatte, dass er auf sie aufpassen, Rücksicht nehmen, seine letzten *Treets* teilen und mitansehen musste, wie sie seine Lieblingsspielsachen achtlos misshandelten. *Goldisch* fanden das alle. Dabei hatte er ja in solchen Momenten noch Glück, wenn sie ihn ausnahmsweise einmal nicht denunzierten: *Der hat uns gehauen.*
Hatte er nicht. Denn wenn er das getan hätte, dann hätten sie davon nicht mehr künden können. Er war schlicht zu nett. Und die Cousinen waren garstig. Was sich ein paar Jahre darauf auch nicht änderte, wenn sie mit ihren zahlreichen Verehrern protzten. Und was genau besehen auch nie aufgehört hatte, wenn sie ihm gegenüber ihre intakten Familien zur Schau stellten: „Un du, Günda? Wie leefts bei dia? Net so, odda?“
Hatten die Cousinen Kommissar Gündas Frauenbild beeinflusst? *Oh ja! Un wie!* Welch tonnenschwere Hypothek.
Zum Glück war Inga so ganz anders.

Das würde wiederum Gesine Jablonski bestreiten, doch sie räumte ein, die Hoffnung sterbe zuletzt: „Wenn sie nur nicht so verschlossen wäre. Sie nimmt ja nichts an. Und immer gleich gereizt, egal was ich ihr für einen guten Ratschlag gebe.“
„Do is moin Günda jo genau de Rischdische. Dea is so was vun geduldisch.“
„Aber hoffentlich nicht zu sehr. Wie ihr Vater.“
„Do simmia jo aa noch do.“
„Das stimmt. Sag mal, wollen wir uns nicht duzen?“
„Uff jedn Fall! Isch bin die Doale.“
„Ich bin Gesine. Du hast übrigens einen reizenden Dialekt.“

Für Inga war es tatsächlich eine nicht ganz unheikle Situation, einen Partner zu haben, der sich bereits im Ruhestand befand. Sie musste sich das eingestehen. Aber sie fragte sich auch, ob sie selbst es war, die Schwierigkeiten damit hatte? Eher nein.
Oder ihre Mutter? Eher ja.
Oder am ehesten sie ihrer Mutter gegenüber? Garantiert.
Die vermochte einfach immer, Zwietracht zu säen: „Wie findet eigentlich ein junger Mann wie Nolan deinen neuen Freund? Er ist ja nun doch deutlich älter."
Als ob sie ständig neue Partner hätte. Und *Freund*, das klang so nach Zwischenlösung, nix Halbes und nichts Ganzes. Klar, aus Nolans Sicht war Günda steinalt. Wie sie selbst ja auch. Ja, und? Wäre es vielleicht besser, sie kreuzte mit einem smarten Mittdreißiger auf? Das mütterliche Urteil hörte sie schon: „Dieses Alter steht dir einfach nicht, Kind."

So war auch Inga durchaus froh, dass sie derzeit beide eingespannt waren, jeder in seinem Bereich.
Erfreut, aber auch überrascht war sie gewesen, als Kommissar Günda vorgeschlagen hatte, in Ermangelung von Zeit füreinander sich doch des Abends einfach mal *tsuumend* zusammenzufinden.
Dass er dieses Kommunikationsmodell überhaupt kannte!
Dass er es überdies anwandte!

Beim eigentlichen Akt zeigte er sich allerdings kaum erfahren, er fummelte ständig an seinen Haaren herum und grummelte, er sehe ja so was von furchtbar aus, sodass sie den Eindruck hatte, am liebsten würde er hinter einer Wand verschwinden.
Gut, es fiel ihr auch nicht ganz leicht, ihn vom Gegenteil zu überzeugen, denn allzu oft kam er der Kamera bedrohlich nahe, was eine Fischaugenoptik erzeugte, die vermutlich selbst einen Brad Pitt in unvorteilhaftem Licht erscheinen lassen würde.
Sie wiederum überschüttete er mit Komplimenten, sie sehe besser aus *als in Natur*. Sie ahnte, was er meinte. *Fotogen*, das

wäre wohl das richtige Wort. Ihre Mutter hätte das bestimmt anders gesehen, ihre Frisur fand sie in der Regel unvorteilhaft, und sie wurde auch nicht müde, ihre Auswahl neuer Kleidungsstücke abschätzig zu begutachten: „Die Farbe steht dir nicht! Wie oft muss ich dir das noch sagen, Kind?!“

Kommissar Günda war froh, als sie wieder zum herkömmlichen Telefonat zurückkehrten. Nicht nur weil er mit seiner äußeren Erscheinung haderte. Er stellte sich auch derart ungeschickt an. Mit der Donde *do juckt misch des net weidas*. Da kam es nicht drauf an, welche Figur er machte, wenn er Dinge sagte wie *Isch hea nix, heasch du misch? Isch seh grad widda nix, bloß misch. Oh, liewi Zeit, bin isch des? Wie Frankenstein senior.*

Man sollte doch meinen, wenn man einander sah, war man sich näher, doch das Gegenteil schien der Fall. Man blieb sich seltsam fern und kam sich doch zu nah.

Der Kraftakt hatte sich gelohnt. Kommissar Günda informierte die Donde Doale, er stünde früher als erwartet zur Verfügung und sei ab sofort gerne bereit, den versprochenen Vortrag am Hopfeloch zu halten. Jedes musikalische Beiwerk, so sein Hintergedanke, ließe sich damit vermeiden.
„Subba! Donn am libbschde glei heit Noochmiddag, wenn de Robbat un sei Leit Feia-Oowett mache."

Dem ersten Impuls, Nolan dazuzuholen, hatte er widerstanden. Er wollte ihm nicht die Unbefangenheit nehmen, seinen eigenen Vortragsstil zu entwickeln. Obendrein musste man voraussichtlich für die schulische Zielgruppe grundlegend anders vorgehen als bei Walkerinnen 60 plus.

Bevor es losging, inspizierten die Frauen die Baustelle, und sie zeigten sich hochzufrieden mit dem Verlauf der Arbeiten: „Net grad schlambisch."
„Do kann de Schang im Brinzipp glei oofange."
„Des muss ma demm Robbat losse, er selwa kann nix, awwa sei Leit, die hodda im Griff."
Kommissar Günda hatte zum einen nicht die nötige Ruhe für eine Besichtigung des Baufortschritts, zum anderen hatte er beschlossen, keine Zwischenstadien in Augenschein zu nehmen, sondern gleich das fertige Werk. Ohnehin wäre es in diesem Moment zu spät gewesen, denn die Donde Doale klatschte drei Mal in die Hände: „Soot, Günda! Un jetz zu dia un deina Horroa-Gschischt! Hex-Hex!"

Gespannte Erwartung lag über dem Hopfeloch, als sich die Frauen auf den eigens deponierten Klappstühlen niederließen. Nicht ganz ohne Nervosität nahm Kommissar Günda wie ein Lehrer vor ihnen Aufstellung. Er merkte, dass er schon eine Weile aus der Übung war – seine letzte Pressekonferenz hatte er vor über einem Jahr geleitet – und holte erst einmal tief Luft. Voreilig, denn die Donde Doale gesellte sich zu ihm und ließ es

sich nicht nehmen, ein paar einführende Worte voranzustellen: „Isch froie misch gonz aiig, dass mia uns entschlosse hawwe, newa unsare sporttlische Aktiffideede was fa unsan Kopp zum du. Un schun wärdd aus soare klähne Idee ä A-Eignis. *Wook änd Tell*, isch glaab, des hot Zukunft."
„Des wärdd bstimmt ball olümmbisch!"
„Un du Miss Hopfeloch!"
„Jetz seid mol still! Unsan Günda muss sisch bissl gonzendriare. Uff jedn Fall froie isch misch, dass mia glei zum Oofang än Topprefarent gfunne hawwe."
„Wea?", warf Kommissar Günda ein und sorgte für einen Lacher. *Schummo guud!*
„Un mit demm Topplada bisch du aa noch vawandt, Doale."
„Des sieht ma glei, wie Zwilling, drei-eijische."
„Pscht jetzat!" Die Donde Doale senkte die Stimme. „Unsan Günda, dea is imma aiig bscheide. Dodebei waa dea fria bei de Bollezei soggaa Scheff! Millijoone vun Fäll hot dea gelöst, un reischlisch Spitzbuuwe hodda hinna Gidda gebrocht. Awwa heit vazehlda uns net vun de Äawett bei de Bollezei."
„Schad."
„Wisso eigendlisch net?"
„Heit wärdds noch viel sponnenda! Heit vazehlt uns unsan Günda än histoorische Gruusl-Schogga!"
„Gruusl in Bruusl[96]?", alberte die, die sie Kattl nannten.
Die Donde Doale ignorierte den Einwurf und fuhr aufreizend langsam mit dem Zeigefinger die Schar der vor ihr Sitzenden ab: „Seid ia bereit? Isch sachs glei, dea Voatrag is nix fa schwache Neaffä!"
Ein einsamer Sektkorken ploppte, ein letztes Rücken der Stühle. Nach einer bedeutungsschweren Pause deutete sie auf ihren Referenten: „Dann deedisch mol saare, Günda, leg los! Inschbiriare uns!"
Die Frauen klatschten, die Donde nahm ihren Platz ein und legte die Hände in den Schoß.

---

96 Bruchsal

„Donge, Donde!" Kommissar Günda sprach frei, er hatte lediglich ein paar dürre Notizen auf Karteikarten vorbereitet. „Soot…"
Im Mittelpunkt des Ganzen stehe ein Mann namens Johannes Sylvanus. Er hob beruhigend die Hände. Den nicht zu kennen, das sei beileibe keine Bildungslücke. Johannes Sylvanus und dessen Schicksal, das sei kaum bekannt, und das gelte selbst unter Fachleuten.
Um welches Fachgebiet es sich dabei handelte und wer denn diese Experten waren, das ließ er bewusst offen. Ein geschickter Schachzug, der die Exklusivität des Themas und seine gründliche Vorbereitung elegant unterstrich, wie er fand.
Johannes Sylvanus, so fuhr er fort, sei ein deutscher Theologe aus Südtirol gewesen.
„Was jetz? Deitscha odda Südtiroola?"
Die, die sie Kattl nannten, hatte das in die Runde geworfen. Die Frauen schauten nun noch eine Spur aufmerksamer in seine Richtung, die Frage schien von allgemeinem Interesse.
Nun, jedenfalls aus dem deutsch-sprachigen Raum, erläuterte Kommissar Günda, und der sei ja bekanntermaßen groß.
„Sella Beagsteiga, dea deed sisch bedange. Dea is kähn Deitsche, des is än Südtiroola, gonz gwieß."
„Wella? De Luis Drengga?"
„Lebt dea noch?"
„Nää, dea wu denn Ötzi gfunne hot. Uffm Maunt Effarest."
„Dea wu als mim Dalai Lama babblt?"
„Genau."
„Dea is vun Südtirool."
„Saarisch doch."
„Jetz bringt ma unsan Günda net glei am Oofang schun duaschenanna", mahnte die Donde Doale.
Der nahm den Ball dankbar auf und fasste das Ergebnis der Diskussion zusammen: Johannes Sylvanus, das könne man festhalten, sei geboren in Südtirol.
„Un wonn?"

„Im seschzähnde Jaahunnat." Seine Antwort kam prompt und entschieden.
Die Gegenfrage ebenso: „Gehts aa bissl genaua?"
„Isch mähn, mia sin jo all gebore im zwonzigschde Jaahunnat. Soggaa de Schang."
„Dea? Im Leewe net."
„Wennisch das saach. Dea sieht jinga aus als wie dassa is."
Nun, so räumte Kommissar Günda ein, wann Sylvanus genau geboren sei, dass wisse man nicht.
„Wie bei denne Staas vun Holliwudd. Die mache sisch aa als jinga."
„D-Schea[97] zum Beispiel."
„D-Schea? Lebt die iwwahaupt noch."
„De Tom Tschouns, dea is uff jedn Fall iwwa achtzig. Sieht ma awwa net."
„Fuch-zäh-hunnat-fimfä-fuchzisch!", proklamierte Kommissar Günda, froh, endlich eine Jahreszahl nennen zu können. 1555 sei Sylvanus bischöflicher Prediger in Würzburg gewesen. Über die Zeit davor wisse man nicht so viel.
„Nix, bessa gsacht."
„Awwa gelärnnt hodda schun was, odda?"
„Theologie, des is doch klaa."
„Wisso? Vleischt waa des än Schereschleifa, än fahrende Händla, än Gwacksalwa. Do hots jo viel gewwe dorttmols. Wie des nimmie gloffe is, hodda umgsaddlt uff Parra."
Nein, widersprach Kommissar Günda dieser Theorie. Sylvanus habe ein ordentliches Studium absolviert, mit Abschluss, mit allem drum und dran. Schließlich sei er als bischöflicher Prediger von höchster Stelle, vom Bischof persönlich engagiert worden.
„Un dea hot denn ä-fach so genumme? Ärschda nix, donn glei zum Bischof?"
„Wahrscheinz Ffitamien Bee."
Kommissar Günda wusste, er musste dringend die Zügel

[97] Die Cher – merke: Namen im Dialekt stets mit bestimmtem Artikel

anziehen, um den Vortrag nicht aus dem Ruder geraten zu lassen. Zwischenrufe hatte es nun wahrlich genug gegeben. Also galt es nun, ein paar Fakten am Stück abzufeuern, *dass do mol Ruh is*: In Würzburg sei Sylvanus nicht lange geblieben, er sei 1559 nach Tübingen gezogen und dort zum Luthertum übergetreten. Ein Jahr später habe er seinen Dienst als Pfarrer in Calw angetreten. Dieses Amt habe er zu guter Letzt auch in *Laadebäigg* innegehabt.
„Schääni Altstadt ibbrigenz."
„Mia gfellt des Fäale[98] iwwa de Neggaa."
Kommissar Günda lehnte sich innerlich zurück. *Allo! Geht doch!* Er allein führte das Zepter, jetzt würden sie ihm aus der Hand fressen. Das sei längst nicht alles, fuhr er fort, Sylvanus habe als Theologe eine steile Karriere gemacht, verschiedene Stationen erfolgreich absolviert wie zum Beispiel…
„Mooment, Günda!" Er hatte sich zu früh gefreut. Die Donde Doale war hellhörig geworden. „Langsoom. Wie waa des grad, wu is dea iwwagedreede?"
„Ist doch ganz einfach, dieser Sylvanus war erst katholisch und wurde dann evangelisch."
Diese Zusammenfassung der bislang stumm Gebliebenen klang durch den mangelnden Dialekt in seinen Ohren ein bisschen zu… präzise. Bestätigen wollte er das so nicht: „So ähnlisch."
Was die Diskussion nicht verhinderte.
„Des ging?"
„Scheinz."
„Des wunnat misch", gab die Frau, die sie Kattl nannten, zu bedenken. „Isch a-inna misch, was des fan Uffstand gewwe hot, wie moin Groß-Unggl seelisch ä Evangelischi heiare gwott hot. Die hot schää mol konfatiare[99] gmisst."
„So Fäll kenn isch aa."
Nun, wandte Kommissar Günda ein, als Theologe sei das wohl einfacher gewesen.

[98] Fähre, Fährlein
[99] konvertieren

„Wie bidde? Des is jo noch schlimma! Stell da mol voa, unsan Parra deed saare: *Leit, isch hab mias iwwalegt, isch wechsl des Laga. Kummt ebba mit? Un neewebei hawwisch noch bissl vun demm Weihrauch iwwarisch. Will denn ähna? Wegön Geschäftsaufgabö günschdisch abzumgewwe!*"
„Gönau! Des is jo net so wie Geha odda Pällikaan. Also fa misch is des än Oppoatunischt. Heute so, mogge so."
„Wenn du misch fräägsch, do steckt ä Fraa dehinna. Isch mähn, bei de Gadohle, die hawwe jo des Zelibat. Dorttmols aa schun, odda?"
Kommissar Günda war unsicher und überlegte, wie er sich um eine konkrete Antwort drücken könnte, da kam ihm die hochdeutsche Beate unerwartet zu Hilfe: „Na ja, was heißt Religion gewechselt. Evangelisch, katholisch, so gravierend sind die Unterschiede ja nicht, beides aussterbende Weltreligionen."
„Beade, jetz sei du mol still. Du hosch jo eh kä Ahnung. Du hosch jo än Buddha als Springbrunne bei dia im Gaade."
„Weesch, Günda, unsa Beade, die kummt net vun do, die kummt vum Oschde, vun driwwe. Jugendweihe un son Kees."
„Was wisst ihr denn von der Jugendweihe?"
„Nix. Weils bessa is. Außadähm, des is bei uns als noch so: Die meischde sin evangelisch, do brauchsch du als Gadohlischa gaa net oodreede, wenn du bei uns Bürgameischda werre willsch."
„A, hea doch uff, des is doch schun eewisch nimmie so. Die misse doch heit froh sei, wenn sie Leit krieje, do hot D-Beade schun rescht. Sgibt halt imma mähna, die wu nix glaawe."
„Moment!", meldete sich die als ungläubig Geschmähte zu Wort: „Was heißt hier, ich glaube an nichts. Natürlich glaube ich, dass es da etwas gibt zwischen Himmel und Erde."
„Isch weeß aa was: de Roy Blegg[100]!"
„Das war jetzt gemein!"
„Weesch, Günda, unsa Beade, die is än riessische Fään vum Roy Blegg. Wenns de Roy Blegg als Springbrunne gewwe deed, die deed ian Buddha glatt nausschmeiße. Stimmts?"

---

[100] Black

Die Stimmung drohte nun doch etwas frostig zu werden. Die Donde Doale hatte dafür ein Gespür und bemühte sich um einen salomonischen Ausgleich, auch um den Referenten wieder ins Spiel zu bringen: „Uff jedn Fall hot sisch rausgstellt, dass sella Sylvanus denn Booge bissl iwwaspannt hot. Des is demm net grad guud bekumme, eines Tages hawwe sie denn – uffgebasst – hingerischdet. Stimmts, Günda?"
„Gonz genau, Donde Doale. Un wisso dass des bassiat is, des is u-heimlisch indressant un sponnend…"
„Un wenn des indressiat, dea kann sisch mol mit unsam Günda dreffe, un donn vazehlt dea derre die Gschischt."
„Ich bin auf jeden Fall einfach nur froh, dass so was heute nicht mehr möglich ist. Was ich glaube, das ist meine Sache. Das hat nichts mit Religion zu tun. Geht ja eh immer nur um Macht und Geld."
„Do sachsch du was mit demm Geld, Beade! Hosch rescht. De Erneschdo, unsan Drähna bei uns im Fitness-Studio, dea griggt mähna als wie die annare. Un warum? Weil wenn dea mit soim Bobbes[101] wagglt, donn glaabt unsa Kattl, des wäa des achde Weltwunna."
„Un beim Schang des neinde!"
Endlich griff sie wieder um sich am Hopfeloch, die allgemeine, unbeschwerte Heiterkeit. Der sich nur der Hausherr nicht so recht anschließen mochte.
„Günda, mia saare mol donge. Indressant waas uff jedn Fall. Än schääne Oofang fa unsa Brogramm *Wook änd Tell.*"
„Awwa beim näggschde Mol willisch ä Gschischt middeme Häbbi End!"
„Alla gudd, isch kanns nimmie heewe, des Geheimnis. Unna uns, Meedls. Hoiischt mol zu!" Die Donde Doale wurde unvermittelt ernst und fuhr bedeutungsschwer fort: „Des kummt wahrscheinz noch vun soinare Äawett, dass de Günda soän Feebl hot fa so düschdare Kroom. Isch geh defu aus, dass sisch des demmnäggschd radikal ännat, wenn do frisch gebläddlt is un

[101] Popo

OBACHT! Wenn… do… ball…. ä Fraa heazieht!“
„Hä? Wie bidde?“
„Ä Fraa? Beim Günda? Bei demm Günda do? Hea uff!“
„Wenn ischs eisch sach. Mia hawwe all nimmie demit gereschlt, awwa unsan Günda, dea hot ähni. Dea is frisch valibbt, awwa voll, un dea wärdd, wenn paa Sache gekläat sin – gell, Günda! –, donn wärdd unsan Günda heiare! Des ärschde Mol. Des muss ma sisch mol voastelle! Des is kwassi die Sen-za-zioon!“
„Do sachsch du was.“
„Desdaweje Meedls, isch vaspreschl eisch: Beim näggschde Mol vazehlt uns de Günda gonz bstimmt ä annari, ä subba ramondischi Gschischt!“
„Awwa donn mit allene Döddai! Bidde!“
„U-bedingt!“
„Alla, Günda, kimma du disch jetzat bissl wennischa um die Spitzbuuwe, die gadohlische un die evangelische, un mähna um dei Schätzl! Meedls, donn mache mia uns mol uff de Weg. Loss stehe, Kattl, de Günda mescht des, dea muss schun bissl iiwe!“
Die Frauen bemächtigten sich ihrer Stöcke, und frohgelaunt entschwand die Schar in den Brombeersträuchern, nicht ohne an die nahe Zukunft zu denken: „Heat mol, wie wäasn beim näggschde Mol middeme Voatrag iwwa de Roy Blegg?“

Bedröppelt ließen sie Kommissar Günda zurück. Während er die Klappstühle hinter die Hütte packte, machte er sich Vorwürfe. Hinsichtlich des Aufbaus. Hinsichtlich der mangelnden Stringenz. Einwürfe und Nachfragen hatten während des Referats nichts zu suchen, das hätte er einfach im Vorfeld klar und deutlich kommunizieren müssen. Gut, besonders reißerisch war der erste Teil nicht gewesen. Aber konnte man damit rechnen, dass er über die Einleitung gar nicht erst hinauskommen würde?

Dann fiel ihm Nolan ein. Eine wichtige Erkenntnis hatte dieser Nachmittag immerhin gebracht: Als Vortrag war die Sylvanus-Sache alles andere als ein Selbstläufer. Oder sprach etwas dafür, dass fünfzehnjährige Schüler leichter davon gefesselt sein würden als sein heutiges Auditorium? *Nix. Null.*
Was tun? Abbrechen? Nein. Dafür hatte der Junge schon zu viel investiert. Es gab nur eine Lösung: Er musste mit dem Lehrer sprechen. Den Mann einstimmen auf die Materie. Den Boden bereiten für Nolan. Das war er dem Jungen schuldig.

Krisensitzung im Hause Kornfeld. Die bei der Anbahnung der Liebesbeziehung zwischen Günda und Inga Involvierten waren samt und sonders anwesend: neben Rosie und Axel Kornfeld Marion Helche sowie nach geraumer Zeit auch wieder Wiebke Freese. Mit Nachdruck eingeladen hatte der Hausherr. Lange hatte er still gehalten, hatte sich bremsen lassen von seiner Rosie:„Mia misse denne Zeit losse, die Marioon sacht des aa." Er hatte sogar seine Kontrollbesuche am Hopfeloch auf ein Minimum reduziert. Was er jedoch bei seinem letzten mitansehen musste, das verlangte rasches, konsequentes und entschlossenes Handeln. So ernst war die Lage, dass eine Zusammenkunft des ursprünglichen Erfolgsteams unumgänglich schien. Auch wenn auf ihn Wiebke Freese immer noch unheimlich wirkte: mutmaßlich männermordend und aller Wahrscheinlichkeit nach ein unberechenbarer *Ffähmp*.

Zunächst fasste Rosie Kornfeld den aktuellen Stand zusammen. Man beobachte mit Sorge, dass sich die Beziehung zwischen Inga und Günda nicht weiterentwickle. Ob das nur am Alter liege? Das frische Liebespaar neige jedenfalls nicht gerade wie in diesem Stadium üblich zu Verrücktheiten, zum Aufbruch in eine gemeinsame Zukunft, sondern jeder führe weitgehend sein eigenes Leben. Man träfe sich nicht allzu häufig, Inga arbeite mehr denn je, und Kommissar Günda…
„Do saarisch glei noch was dezu", verriet Kornfeld vielsagend.
„Alla guud." Rosie Kornfeld rückte zögernd mit der Sprache heraus. Es gebe bei manchem – sie bedachte ihren Mann mit einem Seitenblick – eine gewisse Vorstellung. Eine Form von Verdacht. Und der besage, Kommissar Günda gehe *neewenaus*.
Wiebke Freese lachte schallend.
„Mei Redd!" Marion Helche bestätigte diese Einschätzung. „Im Leewe net. Des ähnzische vleischt, unsa Inga, die is manschmol bissl im Stress. Nommaal. Simmia all."
„Außa unsam Günda…", murrte Kornfeld vor sich hin.
„Ich kann mir das beim besten Willen nicht vorstellen." Wiebke

Freese berichtete von Kommissar Gündas Telefonat mit ihr anlässlich der anstehenden Begegnung mit seiner künftigen Schwiegermutter. „Nervös war er, und wie! Alles wollte er richtig machen. Für mich ein eindeutiger Beweis, wie viel ihm an dieser Beziehung mit Inga liegt."
„Ha!" Kornfeld sah sich gerade durch diesen Umstand bestätigt. Jedes Bemühen sei letztlich lediglich ein untrügliches Zeichen für ein schlechtes Gewissen. „Tibbisch Männas!"
„Do gugg, des is jo indressant."
„Bei monsche, Schätzl. Bei monsche."
„Aber jetzt mal im Ernst, was ist denn nun der genaue Anlass für unser sogenanntes Krisentreffen?" Wiebke Freese wurde ungeduldig. „Was ich bisher gehört habe, sind doch nur haltlose Verdächtigungen. Wir haben es immerhin mit einem eingefleischten Junggesellen zu tun, vergesst das bitte nicht. Für Günda ist das doch alles Neuland!"
Marion Helche nickte, Rosie Kornfeld ebenfalls, nur ihr Mann zog die Stirn tief in Falten. Niemanden hatte er bislang ins Vertrauen gezogen. Er hatte mit sich gerungen, ob er seine Entdeckung für sich behalten sollte.
„Alla guud, isch zeig eisch mol was!"
Er startete seinen Computer, die Frauen versammelten sich davor. „Foddoo. Hab isch gemacht. Am Hopfeloch."
Auf dem Bildschirm sah man Frauen auf dem Gelände. „Vaschiedene", wie Kornfeld bedeutungsschwer anmerkte. „Kennt ia die vleischt?"
„Nää."
„Na und?"
„Des willisch eisch saare. Was machen die do? Un fällt eisch nix uff? Ähni is net debei am Hopfeloch. Nie!"
„Unsa Inga, des stimmt."
„Isch bin jetz schun so oft dortt gewest, awwa demm sei Inga, die hawwisch noch nie dortt gsehe."
„Die hot jo aa kähn Schlissl", gab Marion Helche ihr Wissen zu Protokoll. „Hodda mia mol neewebei vazehlt, unsan Tschief."

„Siggsch! Isch habs geahnt. Unsa Inga, die hot kähn Schlissl. Awwa die Orschl do, die schun!“ Triumphierend klickte Kornfeld weiter, der Bildschirm zeigte eine Frau mit Feudel aus dem Fenster feixen. „Die fühlt sisch scheinz aiig wohl. Zu woohl, wenn ia misch froogt.“
So ginge es zu am Hopfeloch, tagtäglich. „Wie im Dauweschlaag. Odda im Bienestock. Isch froog misch: Weeß des unsa Inga? Isch vamut: nää! Odda hawwe Sie was annares gheat, Marioon? Wiebke? Odda du, Rossie?“
Die Frauen schüttelten einträchtig den Kopf.
„Aber das heißt doch noch nichts …“, insistierte Wiebke Freese.
„Mooment!“, unterbrach sie Kornfeld. „Jetz kummts.“
Er kostete es aus, wie die Spannung spürbar wuchs.
„Gonz frisches Maddajaal. Geschdan vun mia uffgenumme. Hopfeloch, späda Noochmiddag! Da! Isch hab mol ä klähni Serie gemacht, dass ia mol seht, was do abgeht. Glei mehrare vun denne Weiwa – tschuldischung! – spaziare do rum, wie wenns ihne gheat. Luschtwandle! Drin un drauß. Do! Unsan Günda is uff ähmol aa debei. Ähni kummt un legt demm zärttlisch die Hand uff de Buggl. Jetz hogge sie sisch voa ihm hie. Unsan Günda im neie Leine-Oozug. Guggt mol genau hie! Seht ia des? Die himmle denn rischdisch oo. Un ea, ea steht do, unsan Tschikkolo, wagglt mit soim Bobbes un schwingt große Rede. Wie dea geschdikuliat! So kenn isch denn gaa net. Wie uffgezorre. Un die Weiwa hänge an demm sei Libbe.“
„Ja, und?“, warf Wiebke Freese ein.
„Wenn des alles so schää haamlos is, wisso issn donn demm sei Inga net debei?“
„Die muss halt schaffe“, meinte Marion Helche zaghaft.
„Un wisso machda des, wassa do mescht, net oowetts, wenn die kann, sei Inga? Also, fa misch is die Sach klaa: Die sin demm sei Jinga, sei weiblische. Un unsan Günda, so leid mas dud, unsan Günda, dea is denne ian SEX-GURU!“

„Du willst für mich zum Elterngespräch? Aber gerne! Ich hasse diese Termine. Jedes Mal muss ich mir das Gleiche anhören: *Nolan ist faul, Nolan meldet sich nicht, Nolan träumt, Nolan vergisst die Hausaufgaben… Ach, Frau Mertens, was soll ich nur mit dem Jungen machen!* Wenn du dir das antun willst, bitte! Mit welchem Fach willst du anfangen?“
„Gschischde.“

„Geschichte? Na, wenn du meinst, das bringt was. Wie sieht das Nolan?“

Den würde er lieber nicht einbeziehen, entgegnete Kommissar Günda. Es könne das Vertrauensverhältnis, das sich gerade erst entwickle, möglicherweise torpedieren.
Das leuchtete Inga ein: „Da ist was dran. Finde ich gut, was du vorhast. Vor allem wäre das mal ein Gespräch, das ich initiiere. Sonst werde ich immer vorgeladen. Ich kümmere mich und schreib mal eine Mail."

Schon am nächsten Tag hatte er einen Termin bei Lehrer Hofmann.
„Des ging jo fix."
„Nun, ich biete regelmäßig Sprechstunden an, aber ehrlich gesagt, mit dem Geschichtslehrer will nach meiner Erfahrung keiner sprechen."
„Schad."
„Das finde ich auch. So ein spannendes Fach. Umso mehr freue ich mich, dass Sie da sind. Es geht also um Nolan."
„Gönau."
„Ach, unser Nolan! Schon ein kleiner Rabauke. Ein Unruheherd, immer in Bewegung. Clever, aber vorlaut. Ich weiß manchmal gar nicht, was ich mit ihm machen soll."
Kommissar Günda fragte sich, ob es in der Klasse noch einen anderen Nolan geben könnte.
„Der Junge hat so viel Potential, aber er ist stinkend faul. Bei den Arbeiten tut er nur das Nötigste."
Nun war er beruhigt, sie sprachen über denselben.
„Oukey", gab Kommissar Günda zu bedenken, „Zahle aussewennisch lärnne, *drei drei drei bei Issos Keilarei*, des is fa soän junge Monn vleischt net so aiig briggInd."
„So ist das schon lange nicht mehr. Wir bemühen uns heute um einen völlig anderen, zeitgemäßen Geschichtsunterricht. Da geht es nicht mehr um blanke Zahlen, um nüchterne Fakten. Ich versuche, die Schüler dazu zu bringen, sich in historische Situationen und Figuren hineinzuversetzen."
„Ähä. Un wie?"

„Na zum Beispiel beim Römischen Reich, da sag ich ihnen, jetzt stellt euch mal vor, ihr seid Brutus…“
„Dea mit demm Dolsch donzt.“
„Genau. Stell dir vor, du bist Brutus, und du sprichst am Vorabend des geplanten Attentats auf Cäsar mit deinem besten Freund.“
„Wea?“
„Darum geht es nicht. Rein fiktiv. Da ist Phantasie gefragt. Und Einfühlungsvermögen. So macht man Geschichte nachempfindbar. Oder du bist in einem vornehmen Patrizierhaushalt Sklave und führst Tagebuch.“
„Hm.“ Kommissar Günda blieb zurückhaltend, was die Begeisterung seines Gegenübers weiter anfachte.
„Das vermittelt den Schülern einen unmittelbaren Zugang zu Geschichte. Kein stures Auswendiglernen von Zahlen oder Grenzverläufen, da haben Sie völlig recht, das ist überholt. Oder jetzt ganz aktuell, da sind wir ja bei einem außerordentlich spannenden Thema: die Wiedervereinigung.“
Welli?, lag es ihm auf der Zunge. Meinte Lehrer Hofmann die Gegenreformation? Irgendeinen Religionsfrieden?
„Das Ende des Kalten Krieges, die friedliche Revolution in der DDR. Da gibt es für den Unterricht so viele Möglichkeiten anzusetzen, Geschichte begreifbar zu machen. Zum Beispiel jede Menge Karikaturen, die wir uns anschauen können. Ich denke da nur an die Sache mit den Bananen. Da werde ich nächste Stunde ein paar mitbringen. Als Impuls, verstehen Sie?“
„Ähä.“
„Letzte Stunde habe ich zum Beispiel die Aufgabe gestellt: *Stell dir vor, du bist Günter Schabowski, und du hast gerade in dieser berühmten Pressekonferenz die Grenzöffnung verkündet. Anschließend triffst du zufällig deinen Friseur. Was erzählst du ihm?*
Fassongschnitt, awwa korzz!, dachte Kommissar Günda. Er war irritiert. Die Wiedervereinigung? 1989? Das war doch nun wahrlich kein Stoff für das Fach Geschichte, höchstens für Gemeinschaftskunde oder wie immer man das heute nannte.

Das war doch die pure Gegenwart, gerade mal ein paar Tage her. Abgesehen davon, ein abenteuerlicher Sprung: gerade noch auf den Spuren Luthers, und jetzt plötzlich Helmut Kohl?

Andererseits, vielleicht gehörte das auch zu diesem neuen Unterrichtskonzept: Themenhopping, Zeitsprünge. *Stell dir vor, du bist Luther und du hast eine Tsuum-Konferenz mit Gorbatschow und Kleopatra zur Einführung der D-Mark.*
Vielleicht war es Nolan deshalb gelungen, ein Referat über Sylvanus unterzubringen. Auf jeden Fall sprach das enorm für die Flexibilität des Lehrers.
„Was genau ist denn Ihr Anliegen? Wie kann ich Ihnen und Nolan helfen?"
„Weje derre ABS."
„Hm?"
„Des Refaraad."
„Ah, Sie meinen die berühmte GFS. *Die ganze Familie schafft mit*, wie man hinter vorgehaltener Hand sagt. Ja, das fände ich natürlich toll, wenn Nolan bei mir eine GFS halten würde. Das würde sich auf seine mündliche Note bestimmt sehr positiv auswirken. Und vielleicht würde er dann auch aufhören, den Unterricht zu stören, wenn er selbst mal erlebt, wie das ist, vor der Klasse zu stehen. Ich würde das sehr begrüßen, wenn Sie ihn dazu bewegen könnten. Wissen Sie, als Geschichtslehrer ist das schon ein Elend. Mit Engelszungen habe ich dieses Schuljahr wieder dafür geworben, dass mal einer in Geschichte eine GFS hält. Vergeblich."
Hä? Kommissar Günda konnte gerade nicht folgen. „Kähna?"
„Kein einziger. Dabei könnte ich mir so viele Themen vorstellen."
Langsam dämmerte es ihm. Nolan hatte gar nicht mit seinem Lehrer gesprochen. Er hatte auch keine Veranlassung dazu, denn die Absicht, ein Referat in Geschichte zu halten, hatte er vermutlich nie gehabt.
„Es ist zu schade. Viele scheuen eine GFS bei mir. Das Fach leidet unter dem Vorurteil *Großer Aufwand, bringt aber für die Versetzung nix, eine Vier kriege ich eh*. Die meisten wählen eben die GFS rein strategisch: *Wo muss ich was ausgleichen*. Sie schauen so. Ist irgendwas?"

„Nänää." Kommissar Günda war getroffen. Wieso hatte ihn der Junge angelogen? „Äh, donn guggemamol."
„Prima. Vielleicht lässt sich da noch was machen, an mir soll es nicht liegen. Auf jeden Fall finde ich es gut, dass Sie in meine Elternsprechstunde gekommen sind. Darf ich Sie noch etwas Persönliches fragen?"
„Bidde."
„Sie sind hier aus der Region, wie man unschwer hört. Ist aber mittlerweile eine Seltenheit. Leider. Bei Nolan hört man so gar keinen Dialekt. Dann wird bei Ihnen zu Hause prinzipiell hochdeutsch gesprochen, nehme ich an."
Das wäre die Gelegenheit, ein paar Worte darüber zu verlieren, dass er gar nicht der Vater von Nolan war. Dass er schon mal gar keine Verantwortung trug für dieses hinterlistige Früchtchen. Doch dafür war er gerade zu… „Gönau!"

Es wartete noch ein weiterer herber Schlag auf ihn. Inga rief ihn an und erkundigte sich, wie das Gespräch mit dem Lehrer gelaufen war. Kommissar Günda hielt sich bedeckt: „Indressant. Uff jedn Fall. Kamma schun so saare."
Daraufhin platzte es geradezu aus ihr heraus: „Stell dir mal vor, es hat geklappt: Nolan hat endlich mal eine gute Note! Eine zwei. Ausgerechnet in Chemie! Für seine GFS. Danke, dass du dich so engagiert hast! Toll, dass das jetzt so belohnt worden ist. Bestimmt meldet sich Nolan demnächst bei dir. Oder hat er das schon?"
„Nää."
„Ich musste dich gleich anrufen. Ich bin so froh. Ich hätte das nie geschafft, du hast offenkundig einen Draht zu dem Jungen, du hast ihn motiviert. Ich weiß gar nicht, wie ich dir danken soll. Ich war ja etwas skeptisch, auch weil du keine Erfahrung mit Kindern hast, aber das ist vielleicht dein Erfolgsgeheimnis. Jetzt muss er was draus machen. Und es ist gut zu wissen, dass du an seiner Seite stehst, wenn es drauf ankommt."
Dessen war sich Kommissar Günda nicht mehr so sicher.

Nachdem er ein paar abwiegelnde Bemerkungen genuschelt hatte „Klaro… Gärnn gschehe… Is doch sebvaständlisch…" und ihr Gespräch mit Ingas mehrsekündigem Küsschen durchs Telefon geendet hatte, verzog er sich an seinen alten Schreibtisch. Eines stand bereits fest: Heute würde es keine Erdnüsse geben.
Sein erster Impuls: Alles zum Thema Sylvanus wegschmeißen! Einen Aktenvernichter besorgen und genüsslichst Kopien, Karteikarten und Notizen samt und sonders schreddern.
Dann die Bücher schleunigst mit Dank zurück!
A-leedischt. Rum. Hab Bessas zum du als wie denn alde Kees.
Wer war er denn bitteschön, dass man derart auf ihm herumtrampeln durfte? Nolan hatte sein Interesse vorgespielt, so einfach war das. Gut, übermäßig ausgeprägt war dieses Interesse jetzt nicht in Erscheinung getreten. Von einer großen schauspielerischen Leistung konnte nicht wirklich die Rede sein.
Hm.
Oder hatte er ihn insgesamt mit dem Thema überfordert? Überrumpelt? *Worscht! Broscht!*
Auf jeden Fall hatte Nolan ihn machen lassen, Material sammeln, Zeit investieren, Gedanken verschwenden. Wider besseres Wissen. Genug Möglichkeiten, Einhalt zu gebieten, hatte er gehabt. Ein einfaches *Ich muss dir was sagen, ich glaube, dieser Sylvanus, das ist für mich doch kein so gutes Thema,* das hätte doch genügt. Oder *Wir machen gerade was völlig anderes im Unterricht, das passt null.* Selbst mit einem *Ich komm mit meinem Lehrer nicht klar, der immer mit seinem Stell-dir-vor-du-bist, den will ich am liebsten gar nix fragen*, damit hätte er prima leben können. Für all das hätte er doch vollstes Verständnis gehabt. Wenn überhaupt einer für Nolan Verständnis hatte, dann doch wohl er, und das hatte er doch stets deutlich gemacht. Der Bursche hätte sogar sagen können *Hey, Alter, auf diese Religionssache, da hab ich keinen Bock!* Selbstverständlich hätte er das sagen können. War das Nolan nicht klar?
Hm.

Oder hatte Nolan einfach den richtigen Moment verpasst, ihm reinen Wein einzuschenken? Wollte er ihm einen Gefallen tun, indem er scheinbar mitspielte? Weil er spürte, zu *demm alde Sseggl* hatte er einen Draht. *Den soll meine Mutter mal schön behalten!*
Hm.
Hatte nicht letztlich er Nolan in eine missliche Lage gebracht, in eine Zwickmühle? Hatte also er selbst die entscheidenden Fehler begangen? *Apropoo Fehla: Broscht!*

Und wenn er schon bei der Aufarbeitung war, nicht weniger deprimierend war die Reaktion der Frauen in Sachen Sylvanus gewesen. Hatte sie das Schicksal dieses Mannes interessiert? Null. *Ketzer, Kopp ab, Pesch ghabt!*
Zu den interessanten Aspekten war er ja gar nicht gekommen. Dramaturgisch geschickt hätte er mit Ungereimtheiten aufgewartet, die die Runde hätten fesseln sollen: Angefangen damit, dass es über die Jahrhunderte keine solide, abschließende Aufarbeitung des Falles gegeben hatte. Es hatten sich zwar immer mal wieder Historiker mit Sylvanus befasst, aber doch eher am Rande, und am weitesten verbreitet schien das achselzuckende Fazit: *Ja so warns, ja so warns, ja so warns die alten Kirchenleut!*

Mach da doch nix voa, Gündale! Realistisch betrachtet, was hätte das schon geändert, hätten sich die Frauen alles artig bis zum Schluss angehört, was er noch in petto hatte? Er ahnte ihre Reaktion: *Wie wäassn mim klähne Prozeggo? Hammia uns vadient, so lang wie de Günda grad gebabblt hot.*

Höchstens beim Thema Dreifaltigkeit, da konnte er sich schon vorstellen, dass sie reagiert hätten:
Wer sitzt zur rechten Gottes?
De Roy Blegg nadialisch!

Ignorantinnen! *Broscht!* Plötzlich durchfuhr ihn ein Gedanke. *Feiadunnawettl!* Dass er da nicht früher drauf gekommen war! Sein Vortrag war nicht nur zu nüchtern, zu trocken gewesen. Er hatte die Frauen zu wenig einbezogen. Nicht etwa mit Fragen oder Bemerkungen, nein, grundlegend. Wie wäre es zum Beispiel, wenn man das Ganze als Gerichtsverfahren aufzöge? Angeklagt: ein gewisser Sylvanus. In dessen Rolle würde er selbst schlüpfen. Verhandelt würde zünftig vor der Großen Strafkammer am Kurfürstlichen Hof zu Heidelberg. Die bestünde aus den Walking-Damen. Meinungsstark waren sie ja, wie sich gezeigt hatte. Chef-Ankläger: de Roare-Robbat. Daran hätte der bestimmt Gefallen.
Des wäas doch! Ein schönes, kleines Rollenspiel, wie er es von Fortbildungen kannte. Und verabscheute.
Des wäa awwa ganz was annares!
Zur Vorbereitung würde er an die Mitwirkenden kurze Rollenanweisungen verteilen mit den wichtigsten Informationen. Dann würde es losgehen, Vorsitz des Gerichts: die Donde Doale. Die wusste ja angeblich ganz genau, wer wie evangelisch war.
Er konnte sich vorstellen, wie sie bedeutungsschwer anheben würde: „Die Vahandlung ist a-öffnet. Mia beginne glei mol mit paa Froore zua Passoon. Name?“
„Sylvanus. Günda Sylvanus.“

Ein bisschen Auflockerung konnte nicht schaden.
„Familljestand?"
„Vaheiat, zwee Sööhn."
„Hoffentlisch vun ähnare."
Die, die sie Kattl nannten, würde sich bestimmt bei erster Gelegenheit mit einer unangemessen flapsigen Bemerkung hervortun.
„Beruff?"
„Parra. Un Theolooge. Un Büschas, die schreib isch aa als. Aa fa unsan gelibbde Kuafüascht."
„Schleim do mol net so rum! Des bringt bei uns nix. Stimmts, Meedls?"
„Stimmt."
„Stimmt."
„Stimmt."
„Stimmt."
„Im Gejedeil!"
„Soot. Jetz wärdds ärnscht: Günda Sylvanus, Sie sin aangeklagt weje Ketzarei un weje Gottesläschdarung. Bekenne Sie sisch schuldisch?"
„Nää! Uff kähn Fall, eua Ehren!"

Des wärdd guud. Ja, so könnte das funktionieren. Könnte man glatt auch als Theaterstück aufführen. Auf dem Heidelberger Schloss. Und am Schluss natürlich auf dem Marktplatz.

„Vazehl kähn Babb, Bärschtl. Mia hawwe Beweise. Du glaabsch net an die Dreifaldischkeit. Stimmts?"
Oukey, des kennda hawwe. Schon wäre er in seinem Element. „Bidde! Donn dischbudiare ma des mol mit derre Dreifaldischkeit! Dreifaldischkeit, was heeßtn des iwwahaupt genau?"
„Net fresch wärre, mia stelle do die Froore."
„Isch hab nix gemacht, bloß iwwalegt. Isch hab nie, kä ähnzisches Mol geje die Dreifaldischkeit gepredischt."

„Des wäa jo aa noch schääna. Awwa dodedrum gehts net.“
„Sondann?“
„Isch vabidde mia denn Toon, Günda! Mia bekenne uns do zua Dreifaldischkeit. Du net. Un des is Gottes-Läsch-da-rung. So ä-fach is des.“

Kommissar Günda war sich sicher, die Frauen würden rasch in ihre Rollen finden. Er aber auch. Denn die Dreifaltigkeit beschäftigte ihn mittlerweile tatsächlich. Kein Pfarrer bei der Konfirmation, kein Lehrer im Religionsunterricht hatte das Thema auch nur angerissen. Es hatte niemanden gegeben, der ihn entsprechend aufgeklärt hätte: *So, Gündale, das sind unsere Geschäftsbedingungen! Hast du alles schön gelesen, auch das Kleingedruckte zur Dreifaltigkeit?* Beging er also gerade genau wie Sylvanus den Fehler, sich eingehend damit zu beschäftigen und nicht zum richtigen, kirchlich festgelegten Schluss zu kommen?

Und was war denn eigentlich, wenn man schlicht *zu dabbisch* war, die Dreifaltigkeit zu durchdringen? Mit dem Erklären taten sich die Theologen jedenfalls seit eh und je schwer. Gab es da nicht sinngemäß den Spruch *Wer die Dreifaltigkeit vermitteln kann, der hat sie nicht kapiert*? Dann könnte man sich doch ganz einfach rausreden: *Dud ma leid, isch vasteh des ä-fach net. Awwa isch glaabs nadialisch! Alles. Wies kummt.*

„Woher weiß ich, was ich glaube?"
Das würde er die Vorsitzende Donde Doale in der Verhandlung irgendwann zugespitzt fragen, und sie würde sich daraufhin die Haare raufen und ihm, so in die Ecke gedrängt, hilflos entgegendonnern: „Halt die Gosch, Günda! Schuldisch! Uff jedn Fall."
„Schuldisch? Wea sacht des? Grad ia? Odda aa de Liewe Gott? Isch kann ma net voastelle, dass dea nix Bessares zum du hot, als bei jedem zum gugge, glaabt dea aa rischdisch an mei Dreifaldischkeit?"
„Unwissenheit schützt voa Strafe nischt, Günda!", würde die Donde den Einwurf abtun. „Des müschtsch du als Kommissaa doch am beschde wisse."
Er würde entgegnen, dass Glaube doch nicht ein für alle Mal feststehe. Er verändere sich beständig: mit dem Alter, mit Erfahrung. Ja, manchmal sei er sogar abhängig von der Tagesform.

War es folglich mit dem Glauben nicht so wie mit der Liebe? Unerklärlich, uneinklagbar und verlässlich unzuverlässig:
Will you still love me tomorrow?
Froog misch mol was Leischdares!

Hmpf! Seine Euphorie endete jäh: Schluss mit den Hirngespinsten! Allerhöchste Zeit für eine realistische Betrachtung! So sehr ihm eine solche Verhandlung mit verteilten Rollen gefallen würde, er ahnte, wie die Frauen auf dem Richterstuhl reagieren würden: Die Augen verdrehen, auf die Uhr schauen, und die Vorsitzende Donde würde sodann das im stummen Einverständnis gefällte Urteil verkünden:
Schuldig der Verbreitung gähnender Langeweile!

Sylvanus taugte eben doch nur fürs Theologische Seminar.
Losses, Günda!

Kaum hatte er sich damit abgefunden, da fiel ihm dieser Geschichtslehrer Hofmann ein. Dessen *Stell-dir-mal-vor-du-bist-*Herangehensweise fand er zwar ebenso rührend wie *dabbisch*, aber vom Prinzip… Für eine Frauenrunde am Hopfeloch musste man die Sache womöglich abgedrehter aufbereiten. Erste und durchaus entscheidende Frage, der er sich stellen musste: Was wollte er denn eigentlich erreichen?

Sylvanus vollständig rehabilitieren? *Bissl aiig* viel verlangt. Dafür fehlte es an Material, das Aufarbeiten stieß rasch an Grenzen, zu vieles blieb Spekulation. *Oukey*, so ganz das richtige Forum für eine spektakuläre Wiederaufnahme des Verfahrens war es ja eh nicht, sein Hopfeloch.

Was aber möglich schien, das war Aufmerksamkeit zu lenken auf einen reichlich dubiosen Fall, an den niemand besonders gerne erinnert werden wollte. Und das seit 450 Jahren. Darum ging es ihm. Nicht mehr, nicht weniger. Und das sollte doch zu schaffen sein!

Stell dir vor, du bist Henker, und du sprichst mit deinem Optiker.
Stell dir vor, es ist Reichstag in Speyer, und du bist der Elefant.
Stell dir vor…

Kommissar Günda stellte sich vor, er bekäme eine zweite Chance, aber dieses Mal würde er es *annaschda* machen. *Vollischt.* Er nahm sich einen Block und zückte einen Bleistift. Als er den aus der Hand legte, dämmerte bereits der Morgen.

Der Schlaf war erholsam, wenn auch zu kurz. *Bissl uffgregt* war er. Aber nicht die Sorge trieb ihn um, dass sich seine nächtliche Idee bei nüchterner Betrachtung als unbrauchbar entpuppen würde, im Gegenteil: Er brannte darauf, daran weiterzuarbeiten. Nachdem er ihn sorgfältig mit seiner Schreibmaschine abgetippt hatte – sein moderner Nadeldrucker taugte dafür keinesfalls –, las er sich den Text halblaut vor. *Net schlambisch.* Ja, so könnte Sylvanus selbst bei den Frauen, den geschichtsverdrossenen, verfangen.

Nun sprach auch nichts dagegen, die Sache mit einem Einweihungsfest am Hopfeloch zu kombinieren. Im Gegenteil, *wenn schun, denn schun!* Man sollte den Kreis der Zuhörerinnen und Zuhörer sogar unbedingt erweitern, schon um deutlich zu machen, es handelte sich nicht um einen zweiten, halbherzigen Sylvanus-Aufguss, der zu erdulden sei: *Alla gudd, donn losse man halt nochmool, unsan Günda.*

Wen könnte man noch einladen? *Voa allem mei Inga! De Nolään? Wenna will. D-Wibbge, D-Marioon, D-Rossie, de Weize. De Ruddl? Uff jedn Fall! De Freese, demm Seini un die alde Kollege vum Brässidium? Wisso eigendlisch net?!*

Die endgültige Liste würde er später angehen. Jetzt galt es erst einmal, den Text zu überprüfen. Auf keinen Fall durfte sein Vortrag zu lang werden. Er las ein weiteres Mal und stoppte die Zeit: *ä Värddelzi*[102]*-Stund, obdimaal!*

Doch noch konnte er sich kein rechtes Bild von der Wirkung machen. Wie weiter vorgehen? Er könnte den Text testweise jemandem vortragen. Nolan zum Beispiel. Er musste grinsen. *Jo net!* Nein, das würde er schön mit sich alleine ausmachen, und er hatte schon wieder eine Idee. *Wenns leeft, leefts.* Er reaktivierte seinen alten tragbaren Kassettenrekorder, der tatsächlich noch funktionsfähig war, obschon er Jahrzehnte unbenutzt in einem Regal gelagert hatte. Anstandslos verrichtete er seinen Dienst, einzig beim Spulen schwächelte der Motor. Oder lag es an der Kassette?

---

[102] Viertel

Was issn do eigendlisch druff? Er neigte leider nicht zu Beschriftungen. *Egool! Kamma lesche, hawwisch bstimmt aa uff CD.*
„Tescht! Tescht!“
Ein-wan-frei[103]*!* Auch die Aufnahme mit dem eingebauten Mikrofon funktionierte. Erstaunlich. Er brachte das Gerät in Position, legte sich die drei Seiten zurecht, holte tief Luft, drückte die beiden Tasten für *Start* und *Record* und las.
Das Ergebnis ließ sich hören. *Oukey*, ein paar kleine Versprecher hatte es gegeben, ein paar Nebengeräusche auch, aber darum ging es nicht. Wichtig war der Gesamteindruck, und er hatte weiterhin ein gutes Gefühl bei diesem Text. Allerdings war ihm etwas aufgefallen, von dem er noch nicht genau sagen konnte, ob es ein Problem darstellte. Er spulte die Kassette zurück, was dem Gerät nur unter beträchtlichem Jaulen gelang. Dann hörte er erneut seine Stimme aus dem näselnden 0,2 Watt-Lautsprecher.
Danach hatte er Klarheit gewonnen. An der einen oder anderen Stelle könnte man etwas einfügen, manche Formulierung ließe sich kürzen, aber im Großen und Ganzen: *Des isses!* Lediglich einen Fehler hatte er vernommen, allerdings einen gravierenden: Er war der falsche Interpret.
Natürlich könnte er den Text lesen. Wenn er übte, vermutlich auch ganz ordentlich, wobei man immer sein Ringen mit dem Hochdeutschen heraushören würde. Das stellte kein Problem dar, schon gar nicht bei dieser Zuhörerschaft. Nein, nach seiner Einschätzung war er einfach nicht der ideale Sprecher. Wenn er ihn vortrüge, würde der Text seine Wirkung nicht voll entfalten können. Es war wie in der Musik. Nicht immer war der Songschreiber auch der beste Interpret.
Father of Day, Father of Night – Bob Dylan oder Manfred Mann’s Earthband? *Klari Sach!*
Es galt also nun, den idealen Interpreten für seinen Text zu finden. Und er wusste auch schon, wer ihm da würde weiterhelfen können.

---

[103] Nein, hier fehlt kein *d*, für dieses vollmundige Lob braucht man keines.

Die Leiterin der Bücherei in Glickerbach erkannte ihn sofort.
„Unn, junga Monn! Was hammia heit fa Thäämaa?"
Kommissar Günda setzte ihr auseinander, dass er jemanden suche, der einen Text bei einer kleinen Veranstaltung vorlesen solle. Früher habe es doch für Schülerinnen und Schüler so einen Vorlesewettbewerb gegeben.
„Des gibts als noch, un do mache viele mit."
„Ealisch? Subba. Un kenne Sie paa vun denne?"
„Klaro. Isch bin jo in de Tschirie[104]. Zamme mit paa Lehrarinne."
„Des wärdd jo imma bessa. Folgendes: Isch bräuscht än Buu."
„Ou." Das klang bedrückt.
„Hm?"
„Des is schwiarisch, mit denne Buuwe. Die lese jo nix mea. Mia mache jo jedes Joa denn Voalesewettbeweab, des wärre imma wennischa, bloß noch Meedlin. Wie beim Ausleihe jo aa. Bei de A-wachsene aa net groß annaschda. Paa Männas kumme. Awwa bloß zum Zeidunglese."
„Ä Meedl? Hm. U-gärnn." Kommissar Günda kratzte sich am Kopf. „Nää, des geht net. Fa moin Teckscht, do bräuschdisch schun än Buu. U-bedingt."
„Tscha..." Sie zuckte mit den Achseln. „Des Joa ware zwee debei. Weil derre ia Müddas gsacht hawwe, die misse. Des waa grenzweadisch. Net ge-iibt. Kä Luscht. Am Schluss hawwe die Müddas selwa voaglese."
„Bleed. Wu find isch jetz än Buu, dea wu voalese kann? Hawwe Sie gaa kä Idee? In Heidlbäiig vleischt?"
„Doch! Mia fällt grad ähna ei. Moin Enggl, dea liest viel. Moin Monn, dea sescht imma, isch wäa schuld, wenn aus demm Buu nix wärdd. Awwa demm sei Eldan, die schaffe beide, un isch hab viel uff denn uffgebasst, un donn issa do bei mia gwest."
„Wie alt?"
„Moin Enggl? Neine[105]."

---

[104] Jury
[105] Neun

„Des gähngt."
„Isch hab kä Ahnung, ob dea des hiebringt, des Voalese. Bei demm Wettbewerb, do sin sie jo älda. Awwa isch sachs mol so, bei de Buuwe, do deaf ma net so wählarisch sei."
„Alla guud. Browiare kammas jo. Deede Sie mia bissl helfe debei? Isch mähn, dea kennt misch jo gaa net."
„Sie! Des machisch glatt. Isch kimma misch."
„Äh, ähns noch… Ian Monn?"
„Demm saarisch, de Klähne, dea hilft mia in de Büscharei bissl beim Kischde schlebbe. Donn issa beruischt, moin Dabbes."

Kommissar Günda war begeistert, die Weichen, sie waren gestellt.

Großes Einweihungsfest am Hopfeloch!
Kommissar Günda sorgte für einige Überraschungen, als seine Einladung bei den Adressaten eintrudelte.

Die Donde Doale war begeistert: „Dass isch des noch a-leewe deaf! Unsan Günda dud ei-lade. Hoffntlisch issa net kronk, un des gibt sei Abschiedsvoastellung." Aussichtslos war es, sie davon zu überzeugen, sich nicht um das Kulinarische zu kümmern. „Kummt net in Frooch, mia mache des, mei Meedls un isch." Worauf er durchaus spekuliert hatte, wusste er doch, wie *schiagaa uumeeglisch* das Unterfangen sein würde, ihren Ansprüchen gerecht zu werden.

Auch sein Freund Rudolf konnte sich nicht erinnern, jemals von Kommissar Günda zu einer Party eingeladen worden zu sein. Er war davon ausgegangen, das würde frühestens zu dessen Beerdigung der Fall sein. So eine Einladung *auf den letzten Drücker*, das sähe ihm ähnlich.

Axel Kornfeld rief sogleich den Gastgeber an, um sich zu vergewissern, dass kein Irrtum vorläge. Galt die Einladung tatsächlich ihm?
„Hä? Klaro. Wisso net, Weize?"
„Pff, isch hab gedenkt, bstimmt is des bloß fa Fraue."

Marion Helche nahm umgehend Kontakt zu Rosie Kornfeld auf. Die antwortete mit einem Jubelschrei: „Mia hawwes gschafft! Marioon, wenn du misch fräägsch, des is kä Eiweihungsfeschtl, des gibt die Va-lo-bung. Weddema?"

Inga war schon früh und umfassender als alle anderen in Kommissar Gündas Pläne eingeweiht worden. Sie wusste, dass es anlässlich der Beendigung der Bauarbeiten am Hopfeloch ein Fest geben würde. Gleichwohl wartete auch auf sie eine Überraschung: Im Schlepptau der Donde erschien ihre Mutter.

Wiebke Freese rief bei ihrem Sohn an, um zu erfahren, ob der auch eine Einladung erhalten habe. Als sich eine Frauenstimme meldete, legte sie direkt wieder auf: „Falsch verbunden."
Wie kindisch von mir, ärgerte sie sich.
Kurz darauf klingelte ihr Telefon: „Hast du gerade bei uns angerufen, Wiebke?"
„Ich, Fritti? Nein."
Es ging eben immer noch kindischer.

Die *Briddi Flamingo*, dienstälteste Band in Glickerbach, erreichte Kommissar Gündas Angebot, bei diesem Einweihungsfest aufzutreten, während einer Probe, die daraufhin in eine erbitterte Auseinandersetzung mündete. Der Streit entzündete sich an der Bitte des Gastgebers um einen Auftritt *unplugged*.
„Subba! Endlisch mol was Gscheits!"
„Anblaggd? Nua iwwa mei Leisch!"
„Guude Idee!"

De Roare-Robbat war über seine Einladung nicht sonderlich erstaunt, die Donde hatte den Termin beharrlich als Druckmittel für die Bauarbeiten eingesetzt: „Dähdlain[106], Robbat! Abso-lutt!" Dass sein gesamtes Team eingeladen war, damit hatte er gerechnet, weil *des gheat sisch so*. Dass seine Frau eine eigene Einladung erhalten hatte, führte er auf den unheilbaren Lesezwang des Gastgebers zurück. Dass indes die Einladung auch für seinen Enkel gelten sollte, das irritierte ihn gewaltig. Mehr noch die denkbar knappe Äußerung seiner Frau dazu: „Waats mol ab, Digga!"

Absagen musste *Bleddl-Held* Schang. Seine Mannschaft hatte mit ihrem Männerstrippprogramm einen Auftritt bei einem Junggesellinnenabschied. Er versprach, falls möglich, würden sie gerne später vorbeikommen. Was Kommissar Günda angesichts der dann zu erwartenden Arbeitskluft nicht hoffen wollte.

---

[106] Deadline

Kommissar Gündas ehemaliger Assistent Freese bedauerte zutiefst, nicht dabei sein zu können, auch wenn er ahnte, wie mühsam sich der Besuch für ihn und seine Braut gestalten würde: „Du würdest dort kein Wort verstehen, Schatz, ich müsste dir alles übersetzen.“
Un des glei mol falsch, hätte Kommissar Günda angemerkt, wäre er in Norddeutschland am Küchentisch zugegen gewesen.

Verblüfft waren die Ex-Kollegen aus dem Präsidium, was aus ihrem ehemaligen Kollegen für ein Feierbiest geworden war.
„Denn hots vawischt.“
„Awwa voll!“
„Hoffntlisch kriggda beim Twischt kähn Härzzkaschba!“

Dann war es endlich so weit: Hochstimmung am Hopfeloch!
Sämtliche Arbeiten waren perfekt erledigt worden. Die Hütte imponierte mit modernster Technik und geschmackvoller Ausstattung. Ein dezent funkelndes Schmuckstück, das man eher am Ufer vom Ammersee erwartet hätte.
Die *Pärll vum Hopfeloch*, wie es die Donde unnachahmlich auf den Punkt brachte. Die Baustellenleiterin zeigte sich hochzufrieden, ebenso Kommissar Günda, und auch die Gäste waren beeindruckt und begeistert.
„Aiig schää!“
„Ramondisch bis hinnewedda[107]!“
„Ä klähnes Paradies.“
„Wenn bloß des Hopfeloch net wäa.“
„Un du!“

---

[107] wörtlich: bis hinten dagegen

„Hallole zamme! Schää, dassa do seid!“ Kommissar Günda hatte die kleine Bühne vor dem Steg erklommen.
„Zugabe!“ Die Ex-Kollegen waren bereits guter Dinge.
„Wie ia seht, hot sisch do monsches va-ännat.“
„Bloß du net. Leida!“
„Pscht! Sei mol still, wenn de Günda babblt, sunscht heada glei widda uff!“
„Isch bedange misch bei allene, die wu mitgholfe hawwe. Vornneweg mei Donde Doale. Oohne die un oohne derre ia Meedls, wäa do nix bassiat. Die hawwe gemacht un gedu…“
„Voa allem uns Handweiiga schiganiat hawwe die! Sklavedreiwa sin sie, die Weiwa! Un was fa!“ Ein Roare-Robbat-Einwurf, der mit allgemeiner Heiterkeit quittiert wurde, weil man ihn als nicht ernst gemeint einstufte. Fälschlicherweise.
„Isch bin aiig froh, dass des alles geglabbt hot. Net weje mia, isch brauch des net.“
„Des kannisch bschdeedische, isch kenn demm sei Woohnung un demm sei Audo.“
„Un isch, isch hab mit demm mol zamme än Schreibdisch ghabt, isch kann eisch saare: Kaddaschdroof!“
Die Ex-Kollegen wussten wahrlich beinahe jede seiner Äußerungen aus ihrem reichen Erfahrungsschatz zu würzen.
„Ia habt vleischt gheat, sgibt bei mia Neuischkeide.“
„Du hosch ähni! Endlisch!“
„Auf! Jetz zeig sie mol.“
Dieser Aufforderung kam Kommissar Günda nur zu gerne nach, er winkte Inga zu sich auf die Bühne.
Beifall kam auf, gepaart mit einigem Erstaunen: „Hea, die is jo escht. Isch hab des net geglaabt, isch hab gedenkt, dea hot bstimmt bloß ä Bobb[108] vun Schiena.“
Etwas linkisch suchte Kommissar Günda ihre Hand. „Des issie, mei Inga. Mia hawwe uns gfunne, so gsacht. Noch gaa net long hea. Un isch bin aiig froh. Aaba…“ Er wandte sich seiner Gefährtin zu. „Isch muss dia ä Gständnis mache, Inga.“

---

108 Puppe

„Isch bin noch älda, als wie dass isch ausseh, haha!"
Kommissar Günda druckste: „Isch, äh… Wie willischn saare… Isch waa des net, dea wu do gebutzt un gewienat un Orddnung gschafft hot. Des hosch du dia awwa bstimmt schun gedenkt."
„Ehrlich gesagt, ich habe gedacht, du hast eine Professionelle."
„Gell? Des hawwisch aa gedenkt!" Kornfeld stupste seine Rosie an.
„Mei Donde Doale waa des un ia Meedls."
„Stimmt!" Die Bestätigung kam prompt. „Mia sin demm sei Butz-Drubb-Driehm-Tiem."
„Fimf Engl fas Hopfeloch!"
„Blus unsa Doale, unsan Owwa-Engl."
„Gönau", bekräftigte Kommissar Günda. „Un die sin ä-fach gran-di-joos! Die haawes druff, die Meedls. Isch sach nochmool donge, Donde! Soot, jetz binnisch beruischt, dass des haus is: Isch bin net de Meischda Brobba."
„Nää, Günda. Du bisch doch de Gilb!"
Die Stimmung am Hopfeloch schien kaum steigerbar.
„Aaba…"
„Obacht, jetz kummt des digge End!"
„Weil isch do nix zum saare ghabt hab am Hopfeloch, net bloß beim Bleddlä, iwwahaupt, was wann wie gemacht wärdd – des hot jo alles die Donde entschiede…"
„Gaa net, Günda!", Widerspruch aus dem Kreis der Ex-Kollegen. „Du hosch doch entscheide kenne, zahl isch baa odda iwwaweis isch."
„Des stimmt! Wie isch die Reschnung vum Schang gsehe hab, hawwisch gedenkt, dea hot des gonze Hopfeloch zugebleddlt. Nää, was isch saare wollt, weil isch nix zum saare ghabt hab bei derre Renoffiarung, will isch heit, jetz bei meim klähne Eiweihungsfeschdl weniggschdens bissl Brogramm biede."
„Oh leck, de Günda singt, rette sisch, wea kann!"
„Nänää, kä Ängscht, des mache glei die Briddi Flamingo. Awwa zuärscht kummt was annares. Ganz was annares. Es geht um ä Gschischt, mit dea isch misch bschäfdischt hab die leddscht

Zeit, paa vun eisch wisse des. Es geht um de Johannes Sylvanus. Denn kennt kähna."
„Doch!", widersprach de Roare-Robbat. „Nadialisch kenn isch denn, de Tschonnie. Des is än Dachdegga, un was fan schlesch-de. Reats[109] laufend owwe rei, muss des Dach vum Tschonnie sei."
Fast alle lachten, nur die Walking-Frauen blickten betreten drein. Sie ahnten, was nun kommen würde. Er ließ doch einfach nicht locker, de Günda. *Alla guud, do misse ma duasch.*
„Wie lang gehtsn?"
„Zwee Stund. Donn is Paus. Klähna Witz. Nää, Värddelzi-stund."
„Donn gehts jo."
„Allo, folgendes: Was jetz glei fa eisch kummt, des is fascht än Grimmii."
„Awwa aiig fascht."
„Die Sach, um dies geht, die is tatsäschlisch bassiat, un zwaa voa ball fimfhunnat Joa. Des, was ia glei zu heare kriggt, die Gschischt, die hot alladings ä klähnes Probblähm."
„Des Probblähm, des kenne mia schun: gähn", wisperte die, die sie Kattl nannten.
„Die Gschischt is uff Hochdeitsch."
„A nää, machs net, Günda, des bringsch du net hie!"
„Eewe. Un desdaweje heat ia die Gschischt net vun mia, sondann vum Flori, vum Florian. De Flori, des is än Buu, denn hawwisch gfunne iwwa die Büscharei in Gliggabach, wie isch än Voalesa gsucht hab fa heit. De Flori, dea is grad frisch neine worre, un des is demm soin alla-ärschde Uffdritt. Flori, kumm grad mol zu mia uff die Bihn un bring dei Ooma mit, des is die Scheffin vun derre Büscharei. Auf, glatscht mol fa die zwee!"
Aufmunternder Beifall aus dem Plenum, in den sich ein Zwischenruf mischte: „Soll isch aa mitkumme, isch bin nämm-lisch demm soin Ooba."
„Oh liewi Zeit, Robbat, jo net!"

---

[109] Regnet es

Einigen war der strohblonde Junge im Real Madrid-Fußballdress mit dem Longboard unter dem Arm bereits aufgefallen. Manch Mutmaßung hatte es gegeben: „Bstimmt derre Inga ihra. Obwoohl, bissl aiig jung issa jo, dea klähne.“
„Du kannsch heit mit sibbzisch noch Kinna krieje.“
„O! Bisch schwanga, Kattl?“
„Weeß mas?“

Als Oma und Enkel sich den Weg zur Bühne bahnten, war man sich einig in der Einschätzung: „Goldisch, dea Buu!“
Kommissar Günda begrüßte die beiden herzlich und bot an, das Longboard zu verwahren.
„Flori, des deedisch net mache, dea haut glei ab demit un browiat, ob ma des aa als Söafbrett nämme kann.“
„Jetz seid awwa mol bissl still!“, gebot Kommissar Günda. „De Flori, dea liest eisch jetz was voa, ä Gschischt. Weil de Flori, dea is net bloß än subba Fußballa, de Flori, dea liest aa rischdisch gärnn, stimmts?“
Der Junge nickte und wirkte ein wenig eingeschüchtert.
„Vun mia hot dea des net!“ Roare-Robbat verschränkte reserviert die Arme vor der Brust.
„Pscht.“
„Jetz schiewe ma mol denn Disch in die Mitt, die Männas vun de Briddi Flamingo hawwe ä klähnes Mikrofoon voabereidet, dass ma disch aa gut heare kann. Zwee Stühl hammia aa. Dann deedisch saare, hogg disch, Flori. Mach dias gemietlisch, un die Ooma glei newa disch. Bloß im Fall dass du bissl uffgregt bisch. Musch du awwa net. Sin alles nedde Leit. Odda?“
Aufmunternder Beifall, in einigen Fällen auch von der Sorge getragen, dass es sich Kommissar Günda sonst vielleicht doch noch anders überlegen könnte.
„Donn kummt jetz die Gschischt vum Johannes Sylvanus, Pfarrer in Laadebäiig un Theolooge. Awwa net iagendähna, nää! De Johannes Sylvanus, dea is in de gonz Kuapalz so brominent, so berühmt un geachtet, dassa fuchzähhunnatunsibbzisch zum

Reischsdaag uff Speya gehe deaf. Un de Reischsdaag uff Speya, des is ä Riessesach!"
„Greeßa als wie de Worschtmaiikt in Däiige[110]?"
„Uff jedn Fall. Himmel un Leit vun iwweraal hea. Un voa allem gonz aiig wischdische Leit. Un soggaa de Kaisa is dortt. Un dea hot was mitgebrocht, nämmlisch OBACHT: än Elefant! Än eschde! So was hawwe die dorttmols noch nie gsehe ghabt bei uns in de Kuapalz. Des hot sisch glei mol rumgsproche. Aa beim Johannes Sylvanus dehääm. Flori, jetz bisch du droo! Un ia do drunne, ia seid jetz schää still un hoiischt demm Buu zu!"

Hand in Hand verließ Kommissar Günda mit Inga die Bühne und suchte sich ein einsames Plätzchen neben dem Eingang zu seiner Hütte, auch um seine Nervosität zu verbergen. Würde seine neue Sylvanus-Strategie aufgehen?
Derweil rutschte Flori auf seinem Stuhl hin und her. Kommissar Günda beschlich die Sorge, ob der Junge trotz allen Übens vielleicht doch zu nervös sein würde angesichts der vielen fremden Zuschauer. Doch dann griff Flori nach dem Mikrofon und schob es sich zurecht. Von Schüchternheit war nichts mehr zu spüren, als sich der Junge nun an sein Publikum richtete: „Hi! Ich bin der Flori. Geil, dass ihr alle da seid!"
Ungläubiger Seitenblick der Oma. Im Publikum konnte man sich die Souveränität des Jungen erklären: „Dea guggt bstimmt als *Foiss uff Tschöömäni Kids*, do mache die des all so. Mia deed do die Düüs gehe."
„Pscht."
„Ich lese euch jetzt die Geschichte von Michael vor. Michael ist der Sohn von Johannes Sylvanus, der war vor 450 Jahren ein berühmter Pfarrer in Ladenburg und einer der wichtigsten Kirchenmänner des Kurfürsten. Michael ist neun Jahre alt. Also genau so alt wie ich. Und hier kommt das erste Kapitel."
Hell, klar und ohne jede Spur von Unsicherheit ertönte Floris Stimme und zog bald jeden in ihren Bann.

---

110 Wurstmarkt in Bad Dürkheim

„Bringst du mir den mit, den Elefanten?, hab ich meinen Papa gefragt. Bitte! Und er hat gelacht.
Das geht nicht, Michael.
Und wieso nicht?
So einen Elefanten, den kann man nicht einfach unter den Arm nehmen. Gegen den ist der Ochse von unserem Nachbarn ein kleines Hündchen. Barbara, kannst du unserem Sohn mal erklären, wieso man in der Stadt keinen Elefanten spazieren führen kann?
Keine Ahnung, hat meine Mama gesagt, ich habe noch nie einen Elefanten gesehen.
Siehst du, hab ich gesagt. Mama will auch, dass du uns den Elefanten mitbringst.
Der Elefant gehört dem Kaiser. Außerdem reise ich nicht für den Elefanten nach Speyer. Ich habe dort zu tun, ich treffe viele wichtige Männer. Wenn du immer schön lernst, Michael, wirst du später auch in der Kirche Karriere machen wie ich. Deshalb, wenn ich wiederkomme, frage ich dich ab im Kate…“ Erstmals zögerte Flori, seine Oma flüsterte ihm etwas ins Ohr. „Chismus. Katechismus.“
„Is awwa aa ä schwierisches Wortt.“ Volles Verständnis im Publikum. Nicht wenige fühlten sich an ihre Konfirmandenzeit erinnert: „Denn hawwisch aa lärnne misse, oh liewi Zeit, isch weeß nix mea defu.“
„Pscht!“
Flori hatte sich rasch wieder gefangen: „Sei bloß vorsichtig, Johannes, hat meine Mama gesagt. Überall gibt es Räuber und Betrüger.
Mach dir keine Sorgen, der liebe Gott passt ja auf mich auf. Außerdem bin ich ja nicht alleine, wir sind zu dritt. Und ich werde in Speyer erwartet.
Da bin ich ganz schön stolz gewesen, und ich hab mir gedacht, bestimmt kriegt mein Papa am Schluss den Elefanten geschenkt, weil er ja sozusagen ein Ehrengast ist. Aber das soll natürlich für mich eine Überraschung sein. Und ich hab mir vorgestellt, wie

ich mit dem Elefanten durch die Stadt laufe und alle haben Angst, aber ich rufe dann: Keine Angst, der will nur spielen!"
„Des kennisch. Un dann am beschde noch: *Isch vasteh gaa net, was mit moim Hasso heit los is. Dea hot noch nie ähm die Hand abgebisse!*"
„Am nächsten Morgen hat es geklopft, und mein Papa ist abgeholt worden von zwei Freunden. Die kenne ich gut, denn die arbeiten auch in der Kirche wie mein Papa.
Weil ich so gebettelt hab, durfte ich dann doch mitgehen, aber nur bis an die Stadtgrenze. Dort hat mein Papa mich gedrückt und mir nochmal durch die Haare gewuschelt. Und ich hab noch ganz lange gewunken und mein Papa auch. Bis ich ihn nicht mehr gesehen hab."

Kommissar Günda signalisierte unauffällig, wie man auf das Ende eines Kapitels zu reagieren hatte, indem er dezent, aber eindringlich klatschte. Was von allen sofort und bereitwillig aufgenommen wurde.

„Zweites Kapitel.
Vom Elefanten hab ich natürlich keinem erzählt, nur dem Ottl. Der ist nämlich mein bester Freund. Früher hatte ich gar keine richtigen Freunde, weil wir immer umgezogen sind. Mein Papa ist nämlich so berühmt, dass ganz viele Fürsten wollen, dass er für sie arbeitet. Fast wäre der Ottl auch gar nicht mein bester Freund geworden, sondern mein schlechtester. Er wollte mich nämlich zuerst verhauen, und das hätte auch fast geklappt. Wenn ich von der Schule nach Hause gehe, dann muss ich einen Weg gehen, den man lieber nicht geht. Dort wohnen Jungs, die einen immer ärgern, die Steine nach einem schmeißen und einem alles wegnehmen, was man dabei hat, zum Beispiel die Schuhe oder den Stift. Weil ich so vornehm angezogen bin, rufen sie. Mein Papa hat gesagt, wenn man sich vor etwas fürchtet, muss man das erst recht machen. Klar, hab ich meinem Papa gesagt, ich kann ja beten, dass mir nichts passiert. Moment, hat mein Papa gesagt. Der liebe Gott hat so viele

wichtige Sachen zu tun, da darf man nicht wegen allem beten."
„Des stimmt", raunte Rosie Kornfeld ihrer Nachbarin Marion Helche zu. „Sunscht reagiat dea manschmool drotzisch, unsan Härrgott drowwe. Isch hab beispielsweis gebeedet, dassisch mol än grouße, schääne Monn krigg. Un was hawwisch gekriggt? Moina."
„Auf einmal stand auf dem Weg ein riesiger Hund. Bestimmt so groß wie der Elefant. Und er hat geknurrt. Aber weil ich Tiere mag, hab ich ihn gerufen und gestreichelt. Und in dem Moment ist mein Freund Ottl um die Ecke gekommen und hat uns beide gesehen, mich und den Hund. Da hat der Hund wieder geknurrt und mein Freund Ottl, der da ja noch nicht mein Freund gewesen ist, wollte weglaufen. Ich hab gesagt, das soll er lieber nicht machen.
„Do hosch rescht ghabt, Flori!"
Die Zuschauer gingen ja tatsächlich richtig mit! Kommissar Günda war beruhigt, sein Kalkül schien aufzugehen.
„Mein Freund Ottl ist stehen geblieben. Und ich hab dem Hund erklärt, dass das nur ein Junge ist, den ich auch nicht kenne. Und dann haben wir beide den Hund gestreichelt. Später hat mir mein Freund Ottl erzählt, dass er mich normalerweise verhauen wollte, weil er mich nicht kennt und weil ich so vornehm aussehe. Und seitdem ist er mein Freund und hilft mir, wenn mich größere Jungs verhauen wollen. Mein Freund Ottl, der hat nämlich vor keinem Angst, er ruft dann: Knottlpu. Was willst denn du?"
„Gnoddl[111] heeßt des, Flori! Gnoddlbuu, was willschn du?" Eine erste kritische Stimme aus dem Publikum. „Dud ma leid, dass isch disch korrigiere muss. Ausnahmsweis."
„Knoddl?", fragte Flori zurück.
„Fascht. Des muss ma awwa long, long iiwe, des *gn*!"
Flori grinste breit. Keine Frage, der Junge hatte Charme. Hatte Kommissar Günda je Zweifel an seiner Auswahl gehabt, soeben waren sie endgültig zerstreut worden.

---

[111] Pferdeäpfel

„Übrigens, mein Papa sagt, mein Freund Ottl heißt gar nicht Ottl, sondern er heißt in echt Otto. Aber mein Freund Ottl sagt, sein Papa und seine Mama, die sagen nie Otto zu ihm, sondern Ottl, und die müssen das ja wissen, die haben ihm ja schließlich den Namen gegeben. Für meinen Freund Ottl wäre es gut, wenn ich auch Ottl heißen würde, denn er kann nicht so gut Michael sagen. Er sagt immer Müschaeel."

Diesmal musste Kommissar Günda schon nicht mehr anklatschen.

„Drittes Kapitel.
Heute hab ich einen Brief von meinem Papa bekommen. Also eigentlich hat den Brief meine Mama bekommen, aber für mich ist auch was dabei. Ein Elefant nämlich. Nein, kein echter. Der passt ja nicht in einen Brief. Eine Karte, auf der sieht man den, den Elefanten. Und er ist fast so groß wie der Kirchturm, der nebendran steht."
„Bstimmt de Doom vun Speya."
„Ich hab die Karte mit in die Schule genommen. Natürlich nicht zum Angeben, nur zum Zeigen."
„Wahrscheinz, Heinz."
„Mein Lehrer hat meine Karte hochgehalten und gesagt: Seht ihr! Solche Sachen bekommt man geschenkt, wenn man so einen berühmten und bedeutenden Papa hat wie unser Michael. Hoch lebe der edle Sylvanus, der beste und der größte Theologe in der ganzen Kurpfalz! Ich wette, das Bild hat ein berühmter Kartenmaler gemalt. Ganz toll!
Also ich finde das nicht so toll, wenn man ein Tier malt und die ganzen Haare vergisst. Ich meine, wenn ich einen Hund malen würde, und ich würde die Haare weglassen, dann sieht er ja aus wie eine Blindschleiche mit Füßen."

Herzhaftes Gelächter mischte sich mit Applaus. *Obdimaal*, grinste Kommissar Günda, nun schon deutlich entspannter.

„Viertes Kapitel.
Dein Papa bleibt ganz schön lange weg, hat mein Freund Ottl gesagt. Dabei ist er ja gar nicht weit weg.
Doch, hab ich gesagt, er ist nämlich in Speyer.
Pff, hat der Ottl gesagt, mein Papa sagt, Speyer, da ist man gleich, zum Beispiel wenn man mit dem Floß fährt.
Dem Ottl sein Papa kennt sich nämlich mit Floßfahren aus, der macht das als Beruf.
Hast du denn eins, ein Floß?, hab ich gefragt. Dann könnten wir ja meinen Papa in Speyer besuchen.
Klar. Ich weiß nur nicht, ob es auch den Elefanten aushält. Aber wenn der so groß ist, kann der ja auch einfach laufen im Wasser und uns nach Hause schieben."

Es war eine gute Idee gewesen, die Geschichte in Kapitel zu unterteilen, dachte Kommissar Günda. Und zwar *liewa zu korzz als wie zu long*. Die weiterhin sehr applausfreudige Reaktion des Publikums bestätigte das. Sie waren bei der Sache. Hoffentlich auch bis zum Schluss.

„Fünftes Kapitel.
Wir sind heimlich losgefahren mit dem Floß. Ich wollte meiner Mama Bescheid sagen, dass wir nach Speyer zu meinem Papa fahren, aber mein Freund Ottl hat gesagt, das soll ich lieber nicht. Außerdem sind wir abends wieder da.
Wo ist denn dein Papa?, hab ich gefragt. Kommt der nicht mit?
Nein, wir schaffen das alleine.
Klar, hab ich gesagt, aber ich bin mir nicht so sicher gewesen. Dann sind wir an die erste schwierige Stelle gekommen. Das Wasser war ganz schön wild, und ich hab Angst gekriegt. Mein Freund Ottl hat mir was zu trinken gegeben, einen Zaubertrank von seinem Papa, der einen ganz stark macht. Und er hat recht gehabt, es war gleich viel besser. Auch wenn der Zaubertrank ziemlich komisch geschmeckt hat, aber das muss so sein, hat mein Freund Ottl gesagt. Und dann hab ich gesagt, ich nehme

schon mal vorsichtshalber noch einen Schluck. Oder besser gleich drei oder fünf, falls wieder eine schwierige Stelle kommt. Dann hab ich plötzlich ganz laut lachen müssen.

Pass auf, sonst fällst du ins Wasser, hat mein Freund Ottl gesagt.

Na und, hab ich gesagt, dann trinke ich einfach den Neckar aus, macht mir doch nichts, du kleiner Ottl, du Ameisen-Ottl!

Dann hat es ein Geräusch gemacht, ein ziemlich lautes, und ich hab gedacht, ein Pferd ist auf dem Floß, und es hat mich gerade getreten, und dann ist es Nacht geworden."

„Vollrausch middeme Filmriss", befand Kornfeld trocken, was für einen Zwischenbeifall sorgte.

„Als ich wieder aufgewacht bin, hat mein Freund Ottl gefragt: Na, wie fandst dus in Speyer?

Äh, hab ich gesagt. Denn ich konnte mich gar nicht erinnern an Speyer.

Sag bloß, du hast alles schon vergessen. Den Elefanten!

Wir waren beim Elefanten?

Den Kaiser!

Der Kaiser, was hat der gesagt?

Der hat gesagt, hiermit erkläre ich meinen Freund Ottl zu meinem Nachfolger. Nee, keine Lust, hab ich gesagt.

Und mein Papa?

Der hat das gesagt, was er immer sagt: Amen.

Mein Kopf hat mir ganz schön wehgetan, und mir war ganz schwindelig.

Da, trink!, hat mein Freund Ottl gesagt."

„Gönau, so macht ma des, glei zum Früstick än Korzze hinnahea. Des is die beschd Medizin."

„Ich hab nur dran gerochen, und schon musste ich mich übergeben."

„Flori! Klähna Tipp: Woaxe sacht ma do. Odda Reiare. Sgähngt beides."

„Okay, ich nehme worxen. Dann habe ich also daran gerochen und musste mich gleich worxen."

Flori verstand es trefflich, mit seinem Publikum umzugehen, das musste man ihm lassen. *Wie wenna nie was annares gemacht heed!*
„Danach ist es besser gewesen. Und mein Freund Ottl hat mir gesagt, hör zu, Müschaeel, ich sag dir jetzt die Wahrheit: Wir sind gar nicht bis nach Speyer gekommen, weil uns Soldaten erwischt haben. Die haben gesagt, wir sollen zurück nach Hause fahren, sonst können wir was erleben. Danach musste ich dir schnell den Mund zuhalten.
Warum hast du mir den Mund zugehalten?
Weil du den Soldaten zurufen wolltest: Knottlpuu, was willsch denn du?"
„Schun bessa."
„Des wärdd!"
„Mia glaawe an disch, du packsch des!"

Erstes Johlen beim Beifall bekräftigte diese Einschätzung.

„Sechstes Kapitel.
Heute ist in der Schule was Komisches passiert. Mein Lehrer hat gesagt, wenn ich so weiter mache, schmeißt er mich aus der Klasse. Er hat gebrüllt: Da wird dir auch dein feiner Herr Papa nicht helfen, der kann sich ja nicht mal selber helfen.
Ich hab überhaupt nicht verstanden, was das zu bedeuten hat, und deshalb hab ich meine Mama gefragt. Und die hat nichts gesagt. Die hat sich umgedreht und hat geweint.
Was ist denn, hab ich gefragt. Ist was wegen Papa?
Michael, hat sie gesagt, du bist ja schon ein großer Junge. Wenn meine Mama so was sagt, kommt immer irgendwas, was ich nicht darf oder unbedingt soll. Aber diesmal war das anders. Dein Papa ist im Gefängnis. Sie sagen, er hat etwas Böses gemacht. In Speyer?, hab ich gefragt, und sie hat genickt und gesagt: Es wird bestimmt alles bald wieder gut. Das ist nur ein Missverständnis. Das hab ich ihr nicht geglaubt. Ich hab genau gewusst, was passiert ist: Mein Papa hat für mich den Elefanten geklaut, und sie haben ihn erwischt. Ich bin an allem schuld."

Selbst nach diesem ersten ernsten Kapitel ließ die Beifallfreude nicht nach. *Sauwa!*, frohlockte Kommissar Günda.

„Siebtes Kapitel.
Ich darf nicht mehr in die Schule.
Sei froh, hat mein Freund Ottl gesagt.
Bin ich aber nicht. Denn mein Lehrer hat gesagt, ich darf nicht mehr in die Schule gehen, weil ich der Sohn von diesem Ketzer bin.
Was ist das, ein Ketzer?, hab ich meinen Lehrer gefragt.
Einer, der nicht an Gott glaubt, hat er gesagt. Ein Gotteslästerer. Pfui, Teufel!
Du lügst, hab ich gerufen. Mein Papa glaubt an Gott. Ich kenne keinen, der so viel betet wie mein Papa. Und der liebe Gott hilft ihm ganz bestimmt, weil er das weiß und weil mein Papa ganz vielen beigebracht hat, wie man betet.
Meine Mama hat gesagt, komm, wir gehen zum Kurfürsten. Bestimmt waren da nur ein paar böse Männer, die neidisch sind auf deinen Papa, weil er nach Speyer gedurft hat, aber sie nicht. Und weil er den Kurfürsten gut kennt und sie nicht. Und weil er weiß, wie man mit dem lieben Gott spricht und sie nicht.
Aber sie haben uns nicht zum Kurfürsten gelassen. Dabei kennt mein Papa am Hof und in Heidelberg alle wichtigen Leute und meine Mama deshalb auch. Und bei manchen von denen bin ich oft zu Hause gewesen, weil sie Kinder haben. Mit denen hab ich immer gespielt. Aber alle haben gesagt, sie können nichts tun, mein Papa wird schon seine gerechte Strafe bekommen. Und dann haben sie uns weggeschickt, und ich konnte ihnen nicht mal das mit dem Elefanten erzählen."

Zum ersten Mal blieb es ruhig nach einem Kapitel. Was aber nicht bedeutete, dass sich jemand langweilte, im Gegenteil. Kommissar Günda beobachtete die Zuschauer. Zu seiner Beruhigung verrieten deren Gesichter gespannte Aufmerksamkeit, wie es wohl weitergehen würde.

„Achtes Kapitel.
Ich hab mich mit meinem Freund Ottl getroffen und hab ihm alles erzählt. Auch dass sie meinen Papa freilassen müssen, weil er ja unschuldig ist. Mich müssen sie ins Gefängnis stecken.
Quatsch, hat mein Freund Ottl gesagt. Kinder kommen nicht ins Gefängnis. Jetzt gibts nur eins, wir müssen deinen Papa befreien.
Aus dem Gefängnis?
Nein, aus dem Wirtshaus. Klar aus dem Gefängnis, du Seftl."
„Sseftl heeßt des. Mit viel *ssss*. Awwa des is wiaklisch aiig schwiarisch. Bloß fa Proffii. Mach da nix draus, Flori!"
Flori machte sich nichts draus, nickte und fuhr fort: „Wir sind zum Gefängnis geschlichen, um alles auszukundschaften. Aber die Wächter haben uns erwischt. Was wollt ihr denn hier?, haben sie gebrüllt. Kinder haben hier nichts verloren.
Wir wollen meinem Papa was zu essen und zu trinken bringen, hab ich gesagt.
Wer ist denn dein Papa?
Mein Papa ist der Pfarrer Sylvanus.
Sylvanus? Haha! Hast du gehört, hier ist der Bangert von diesem elenden Ketzer. Den haben sie heute Morgen in den Kerker nach Mannheim gebracht. Da geht es nicht mehr so gemütlich zu wie bei uns. Aber das Essen und Trinken, das könnt ihr mal schön hierlassen. Und sie haben ganz gemein gelacht, diese Zeftl, diese blöden!"
„Do hosch rescht. Mia sin uff deinare Seit, Flori!"

Erneut gab es herzlichen Beifall, mit dem Kommissar Günda an dieser Stelle nicht unbedingt gerechnet hätte.

„Neuntes Kapitel.
Heute früh hat es ganz laut bei uns geklopft. Aufmachen!, haben Männer gebrüllt. Wir kommen vom Kurfürsten. Sofort aufmachen! Wirds bald! Bumm, bumm, bumm!
Ich hab mich schon gefreut, weil ich gedacht hab, sie bringen

meinen Papa zurück, weil ja morgen Weihnachten ist, aber das haben sie nicht. Sie haben gesagt, wir müssen mitkommen, mein Bruder und ich.

Das ist nicht mein Bruder, wollte ich sagen, denn mein Freund Ottl hat bei mir übernachtet, wir haben Würfeln gespielt, und mein Bruder hat noch geschlafen. Aber da hat mir mein Freund Ottl unterm Tisch gegen das Bein getreten, und er hat gerufen: Aber klar kommen wir mit, mein edler Herr Soldat!

Meine Mama wollte auch mitgehen, aber sie haben sie nicht gelassen, und ein anderer Soldat ist bei ihr geblieben.

Dann sind wir zum Marktplatz von Heidelberg gegangen, und die Soldaten haben uns in die Mitte genommen. Dort haben sie gesagt, wir sollen uns hinstellen und zuschauen. Gleich fängt das Spektakel an!, haben sie gerufen und sie haben wieder ganz gemein gelacht. Da kommt er schon, euer feiner Herr Papa. Schaut genau hin, so ergeht es einem, wenn man ein elender Gotteslästerer ist!

Und dann haben sie meinen Papa gebracht in Ketten mit einer Kapuze über dem Kopf und nur mit einem langen schwarzen Hemd, obwohl es so kalt war.

Und ein Mann hat vorgelesen, dass Johannes Sylvanus das schlimmste Verbrechen begangen hat, Gotteslästerung, und dass er alles zugibt, aber dass das nichts nützt, weil er zum Tod verurteilt ist. Und dann haben sie die Kapuze abgenommen und ihn geschubst, dass er sich hinkniet und die Hände zum Beten faltet. Rette ihn, lieber Gott, hab ich gebetet, rette meinen Papa, jetzt, sofort!

Dann ist ein großer Mann gekommen mit einem riesigen Schwert. Ich wollte schreien: Papa! Aber ich konnte nicht. Ich wollte zu ihm hinrennen, aber ich konnte nicht. Ich wollte weggucken, aber ich konnte nicht. Und dann hat der Mann mit dem Schwert ausgeholt, und ich hab in dem Moment geschafft, dass ich die Augen zumache.

Dann hab ich geweint, ganz doll, und die Soldaten haben gesagt: Hab dich nicht so, Du Ketzer-Bangert!

Dann hab ich plötzlich etwas neben mir gehört: Pscht. Und nochmal: Pscht. Das war mein Freund Ottl.
Sie haben ihn totgemacht.
Ich weiß, hat mein Freund Ottl gesagt. Aber hör mir jetzt genau zu! Das ist gar nicht dein Papa gewesen.
Was?, hab ich gesagt, aber ich hab gar kein richtiges Wort rausgebracht.
Pscht! Sei still, dass sie uns nicht hören. Hast du den Mann überhaupt richtig gesehen, dem sie den Kopf abgeschlagen haben?
Ja.
Hat der vielleicht ausgesehen wie dein Papa?
Na ja.
Hat dein Papa so einen langen Bart und so komische Haare? Und ist dein Papa etwa so dünn wie der Mann da?
Eigentlich nicht, hab ich gesagt.
Siehst du, das war er nämlich nicht. Und außerdem ist der Kurfürst ja gar nicht da gewesen, und ohne den dürfen sie deinen Papa gar nicht bestrafen.
Vielleicht hast du recht.
Klar, hab ich recht. Die Knottlbuuwe, die haben sich geirrt, die haben diesen armen Mann da mit deinem Papa verwechselt. Ich sag dir jetzt die Wahrheit: Dein Papa hat in Speyer mit dem Kaiser gesprochen, und der Kaiser hat gesagt, ich brauche dich, Sylvanus. Du bist mein bester Mann. Du kommst ab jetzt mit mir.
Meinst du?
Do kannsch ähna druff losse. Das darf natürlich niemand wissen, dass wir das wissen. Deshalb tu so, als ob du ganz traurig bist.
Meine Mama hat zu Hause auf mich gewartet und ganz doll geweint und mich in die Arme genommen. Ich hab sie getröstet und hab ihr erzählt, was wirklich passiert ist, und sie hat mich ganz fest umarmt und geflüstert, das stimmt bestimmt, Michael. Dein Freund hat recht.

Und dann hab ich ihr von unserem Plan erzählt und dass sie sich keine Sorgen machen muss: Mein Freund Ottl und ich, wir suchen ihn nämlich. So lange, bis wir ihn finden. Und dann kommen wir zurück. Mit meinem Papa. Und mit dem Elefanten.
Dann sind wir los, und meine Mama ist mit uns gelaufen, und sie hat mich bei der Hand genommen. Und am Ende von der Stadt ist sie stehengeblieben, und wir sind weitergegangen. Und sie hat gewunken und ich auch. Ganz oft. Bis ich sie nicht mehr gesehen hab."

Ganz still war es geworden am Ufer vom Hopfeloch, und auch ein paar Tränen wurden verdrückt. Zaghaft keimte Beifall auf. Der schwoll schnell zu einem regelrechten Tosen an.
„Subba, Flori!"
„Glasse gemacht!"
„Braffoo!"

Flori stand auf, ging an die Bühnenrampe und verbeugte sich. Seine Oma blieb im Hintergrund, stolz strahlend.
Kommissar Günda eilte zur Bühne, in der einen Hand einen Blumenstrauß, in der anderen einen Fußball.
„Un fa wenn is jetz was?" Die Leiterin der Bücherei stand in Sachen Schlagfertigkeit ihrem Enkel in nichts nach.
Er bedankte sich bei seinem „Driem-Tiem", bei der Oma „fas Koutsche" und bei Flori für die hervorragende Leseleistung: „Isch heed des net noogebrocht, so viel Wörddas hinnananna. Des mit demm *Gnoddlbuu*, des iiwe ma noch bissl! Un jetz kriggt unsan Flori was zum esse, was Gscheids! Des hodda sisch vadient. Un die Ooma aa. Kimmasch du disch, Donde Doale?"
„Was glaabschn du, Günda? Schun alles gerischt!"

Tisch und Stühle wurden von der Bühne geräumt, die Musiker machten sich für ihren Einsatz bereit. Etwas hatte Kommissar Günda noch auf dem Herzen: „Donge ia do drunne, dass ia so

brav zugheat habt, isch bin froh. Aiig. Isch hab voahea schun ä Weil iwwalegt, ob ma des iwwahaupt mache kann beiämme Feschdl. Awwa wie ma gsehe hot, sgeht."
„Awwa bloß wejem Flori!"
„Des stimmt. Wea mähna wisse will vum Sylvanus, dea geht ä-fach in die Büscharei odda dea kann aa zu mia kumme. Un wea weeß, vleischt is jo ähna vun uns de Ua-Ua-Ua-Ua-Ua-Enggl vum Müschaeel."
„Odda vum Ottl."
„Soot. Un jetz wärdd gfeiat. Jetz kummt die bescht Bäänd vun Gliggabach…"
„Die ähnzisch, bessa gsacht!"
„Bühne frei fa die Briddi Flamingo!"

Was sonst regelmäßig zu Zerwürfnissen führte, die Frage, mit welchem Titel die Band beginnen sollte, war dieses Mal vom Gastgeber geklärt worden: *I'm a Believer*, die Monkees-Version.

Kommissar Günda war erleichterter, als er es sich anmerken lassen wollte. Und das nicht nur, weil sein Konzept aufgegangen war. Dieser Pfarrer Sylvanus, der wohl zeitlebens auf der Suche war, lag ihm mittlerweile regelrecht am Herzen. Ja, er konnte sich schon irgendwie mit diesem Mann identifizieren. *Awwa bloß bissl.* Denn er hatte ja leicht reden. Was widerfuhr einem heute groß, wenn man sich als Sinnsuchender zu erkennen gab? *Nix. Null.* Dafür hagelte es umgehend unzählige Angebote zur Abhilfe, unumstößliche Gewissheiten, unbedingte Heilsversprechen. Zumeist gegen reichlich *Bimbes*[112].
Ich glaube. Hilf meinem Unglauben. Irgendwo war er bei den Dokumenten, die er durchgearbeitet hatte, auf dieses unscheinbare Bibelzitat gestoßen. Hatte Sylvanus nicht genau das in Anspruch genommen?
Aber das führte ja schon wieder zu weit. Diesen Fehler der ausufernden Betrachtung hatte er bei seinem ersten Vortragsversuch leidvoll begangen. Dieses Mal, so glaubte er, dieses Mal hatte er alles richtig gemacht.

Und wie stand es um Kommissar Gündas Gäste?
Was glaubten die?

Kommissar Gündas Ex-Kollegen glaubten, der Kartoffelsalat der Donde Doale sei zweifelsohne der beste seit langem, mit anderen Worten: „Kamma losse!"

Floris Oma glaubte fest an eine Fortsetzung. Endlich habe sie mit dem Hopfeloch einen würdigen Platz gefunden für ihre lang ersehnte Reihe: Lyrik bei Sonnenuntergang.

Wiebke Freese glaubte zu wissen, was diese überraschend ordentliche Band an diesem Abend unbedingt noch für Kommissar Günda spielen sollte: *I Believe in Women*, Slade, *My Oh My*.

---

[112] Geld

Axel Kornfeld glaubte, er könne künftig seinen Beobachtungsplatz am Hopfeloch getrost verwaisen lassen.
Voaläufisch!

Rosie Kornfeld glaubte, Marion Helche habe Recht, wenn sie vermutete, die Verlobung falle aus, weil „die heiare liewa glei."

Flori glaubte, dieser Opa – der andere, nicht seiner – habe vielleicht doch recht mit dem Versprechen, mit Vorlesen könne man reich und berühmt werden.

De Roare-Robbat glaubte an das Gute, nämlich an sich. Und er glaubte, er habe sich *vun de Donde iwwa de Disch ziehe glosst.* Einmal mehr sei er *zu gutmüüdisch* gewesen und im Ergebnis *zu billisch. Viel zu.*

Die Donde Doale wiederum glaubte, dass sie und ihre Meedls quasi im Handstreich den Jahrzehnte vor sich hindümpelnden, unter dramatischem Mitgliederschwund leidenden Fischerverein übernommen hatten, das sei die beste Idee überhaupt gewesen. So könnten sie mit allen maßgebenden Stellen – Verwaltung, Naturschutzbund *un all die annare Kaschba* – wunderbar zukunftsträchtige Vereinbarungen fürs Hopfeloch abschließen. Und mit ihrem Neffen einen Unterpachtvertrag, von dem der noch nicht einmal erfahren müsste: „Alles im Griff, Günda!"

Ihre fünf Engel glaubten, das Konzept *Wook änd Tell* habe eher keine Zukunft. „Höggschdens *Wook änd Tell un donn än Bauchbladdscha!*" So der Vorschlag von der, die sie Kattl nannten.

Gesine Jablonski glaubte, ihre Tochter habe wieder ein bisschen zugenommen. Dieser neue Hosenanzug betone das und lasse sie unförmig erscheinen. Aber das würde sie natürlich niemals sagen. Höchstens ihrer Freundin Dorle, der das aber bestimmt auch gleich aufgefallen war.

Pfarrer im Ruhestand Rudolf glaubte, auf seine alten Tage habe er doch noch ein Thema für die ewig geplante und immer wieder aufgeschobene Doktorarbeit gefunden.

Inga glaubte, Neun, das sei bei den Jungs einfach das allerschönste Alter.

Marion Helche glaubte, diese verflixte biologische Uhr mache sich immer ausgerechnet in den unpassendsten Momenten bemerkbar.

Die Briddi Flamingo glaubten, der Konflikt, ob die *I'm a Believer*-Version von Neil Diamond besser sei als die der Monkees, würde über kurz oder lang die Band spalten. „End-gül-disch!"

So glaubte jeder etwas anderes. Und doch, für einen Moment, als Kommissar Günda seiner Inga einen dicken, fetten *Schmatza* gab, da glaubten sie alle das eine: „Des kann was wärre mit denne zwee!" Die beiden Küssenden eingeschlossen.

Eine Begegnung stand freilich noch aus: die zwischen Kommissar Günda und Nolan. Aus Ingas Sicht duldete die keinen Aufschub: „Sei so gut, geh doch mal bei Günda vorbei und bedanke dich für seine Mithilfe!"

Und so tauchte eines Nachmittags – Kommissar Günda hatte sich gerade gemütlich auf dem Steg vom Hopfeloch niedergelassen – der junge Mann schlurfenden Schrittes auf.
„Grüß disch, Großa! Unn? Kennsch des, des Hopfeloch? Waasch schummo do? Mit Froinde?"
Nolan schüttelte den Kopf.
„Hot disch die Muddi gschickt?"
„Hm."
Auch wenn er sich dagegen wehrte, die Offenheit nahm ihn sogleich wieder für den Jungen ein. Das kannte er gut, diesen elterlichen Druck: *Das gehört sich so! Was sollen die Leute denken?!*
„Auf, hogg disch bissl zu ma! Unn, was hoschn uffm Härzze?"
„Ja also. Genau. Danke!"
„Donge? Fa waas?"
„Wegen der GFS."
„Ah. In Gschischde", nickte Kommissar Günda lauernd.
„Geschichte? Nee, Chemie."
„Ähä. Un was hab isch dodemit zum schaffe?"
„Keine Ahnung."
„Eewe."
„Wegen der Hilfe halt."
„Isch hab gholfe in Schämmii? Des wüssdisch awwa. Des hosch du doch selwa gemacht."
„Na ja. Mehr mein Papa."
Kommissar Günda war nicht sonderlich überrascht: „Ähä. Wie kummts?"
„Ich hab ihm erzählt, dass Sie… äh, dass du mir in Geschichte helfen willst. Aber kein Chemie kannst. Und in Chemie brauch ich doch eine gute Note. *Das wollen wir doch mal sehen*, hat er gesagt. *Okay, von mir aus*, hab ich gedacht. Also, ihm macht so

was ja Spaß. Und wieso soll er mir dann nicht helfen? Ich mein, wir haben ja beide was davon."
Kommissar Günda nahm sich vor, diesen Tag mit einem Ausrufezeichen im Kalender zu versehen. Einen solchen Redeschwall hatte er bislang von dem Jungen noch nicht vernommen.
„Ähä. Unn, hosch alles vastanne?"
„Was?"
„A, Schämmii!"
„Nee", lachte Nolan.
„Kä Wunna, is jo aa des dabbische Schämmii."
Nun lachten sie beide.
„Un jetzat? Was als näggschdes?"
Nolan ließ den Blick über das Hopfeloch wandern.
„Loss misch mol roode: Biologie! Stimmts?"
Nolan zuckte mit den Achseln.
Kommissar Günda schüttelte anerkennend den Kopf. *Des is ähna!* Einmal mehr erinnerte ihn der Bursche ans Gündale. Natürlich war er damals nicht annähernd so raffiniert gewesen wie Nolan.
„Dann fange ma doch am beschde glei mol oo."
Er drehte sich zur Seite und zog ein Netz aus dem Wasser. Leises Klirren mischte sich mit dem Glucksen.
„Wenn disch die Muddi fräägt, mia hawwe bissl Exberimende gmacht. Bissl Schämmii, bissl Biologie, bissl Philosophie. Vun allem was. Un des steckt alles do drin."
Er öffnete beide Flaschen und reichte eine seinem Nachbarn.
„So gehts als. Geschdan noch *Sill! Faa! Nuss!* Heit: *Bia! Ge! Nuss!* Broscht, Nolään!"

Ähns noch! Nicht, dass Sie glauben, Kommissar Gündas Gespräch in der Schule sei ohne Folgen geblieben. Vielmehr hatte Lehrer Hofmann spontan die Idee gehabt, ihn in den Unterricht einzubinden. Auch andere im Kollegium zeigten sich angetan davon, ebenso die Schulleitung. Das teilte Lehrer Hofmann Kommissar Günda in einem Brief mit, den er Nolan mitgab. Aus Rücksicht auf Eltern, die darob um die Sprachkompetenz ihrer Kinder fürchten könnten, habe man sich entschlossen, Kommissar Gündas Unterrichtsbesuch im Rahmen der Heimattage stattfinden zu lassen. Ein griffiges Motto sei auch bereits gefunden:

Ausgestorbene Tiere, seltene Pflanzen und urwüchsiger Dialekt
die Kurpfalz zu Großvaters Zeiten

Ob Kommissar Günda einer solchen Einladung wohl Folge leistet?

Schglaabschun.

Mein Dank gilt zuallererst Manfred Kuhn, Kirchenrat i. R., der mich auf die Idee zu diesem Buch brachte. Seine Dissertation *Die Hinrichtung vom Johannes Sylvanus am 23. Dezember 1572 auf dem Marktplatz zu Heidelberg – im Licht der Theorie von der Zweiten Reformation nach Heinz Schilling* war für mich maßgebende Informationsquelle und immer wieder Inspiration. Meine Nachfragen beantwortete er nicht nur höchst kompetent, sondern auch geduldigst.

Sodann bedanke ich mich bei den drei Frauen, die mein schriftstellerisches Tun unterstützen:
Helga Föll, unermüdliche Motivatorin und Buchhändlerin mit Leib und Seele, Claudia Verclas, einfühlsame Korrekturleserin, die mir bei diesem Buch einen entscheidenden Hinweis gab, und Bettina Heilmann (ehemals Gantert), meine Grafikerin der Extraklasse.

Gestaltung: Bettina Heilmann, Mannheim
Fotos: Arnim Töpel
Seite 230: Horst Töpel
Seite 236: Jaspar Töpel
Druck: CPI Clausen & Bosse

ISBN: 978-3-9820343-4-8

BISHER ERSCHIENEN

De Schorle-Peda

ISBN 978-3-9812773-8-8

Auch als mp3-Hörbuch

Muffzekopp

ISBN 978-3-9812773-9-5

Auch als mp3-Hörbuch

Die Luddarisch Brick

ISBN 978-3-9817294-1-2

Auch als mp3-Hörbuch

Fagrumbelung

ISBN 978-3-9817294-3-6

Auch als mp3-Hörbuch

Männas!

ISBN 978-3-9817294-8-1

Auch als mp3-Hörbuch

Mord beim Männerballett?

ISBN 978-3-9817294-9-8

Auch als mp3-Hörbuch

Gündales in Glickerbach
Beschd of Tschief und Freese

ISBN 978-3-9820343-1-7

Grähm Brüllee!

ISBN 978-3-9820343-3-1

Die Corona-Heimvideos

März bis Mai 2020

Isch, de Krutze

ISBN 978-3-9817294-4-3

GÜNTER HARITZ

Aus dem Leben eines Radsportbesessenen

ISBN: 978-3-9817294-5-0